灼熱の魔女様の楽しい温泉領地経営 3

～追放された公爵令嬢、
災厄級のあたためスキルで
世界最強の
温泉帝国を築きます～

海野アロイ
♨ 切符

前巻までのあらすじ

魔法第一主義を掲げるリース王国で公爵家の養女だったユオは、魔力ゼロでスキルも対象物を温めるだけの「ヒーター」と判明したことから、凶悪な魔物が跋扈する辺境へと追放されてしまう。

しかしユオの「ヒーター」スキルは、触れたものを瞬時に爆発させたり、対象を瞬時に蒸発させたりもできる、災厄級の代物だった。

領主としてやってきた辺境の村で、不思議な効能を発揮するお湯が湧き出しているのを見つけたユオは、これを「温泉」と名付け、「温泉」で村を発展させようと決意する。

こうして村には公爵家時代からの専属メイドのララ、村長で実は剣聖だったサンライズと孫娘のハンナ、猫人族の商人姉妹メテオとクエイク、職人ドワーフのドレスなど、頼れる仲間がどんどん増えていく。

そんな中、冒険者としてやって来たヒーラーのリリが実は隣国のサジタリアス辺境伯の娘と発覚する。彼女を取り返しに来たサジタリアス騎士団のクレイモアを仲間に加え、リリの不本意な婚姻を阻止すべく隣国に殴りこんだユオたち。うっかりお城を襲撃したり、大洪水を起こしたり、「この世の終わり」を現出させたりしつつ、卑劣な手段で無理矢理リリと結婚しようとしていたローグ伯爵の謀略を打ち砕き、ついでに塩不足やクレイモアの家庭問題までサクッと解決してしまうのだった。

そして、さらに村を盛り上げようと、仲間たちにプランを持ち寄るよう提案したユオだったが、どいつもこいつもまともなアイデアを持ってくるはずもなく……？

ハンナ

辺境の村の村長サンライズの孫娘。ユオに会った当初はやせたかなしい姿だったが、温泉パワーにより笑顔で魔物をぶった切る狂戦士と化した。色々とずれている。

ララ

なぜかユオに心酔している、公爵家時代からのユオの専属メイド。氷魔法を得意としており、普段はクールだが時折真顔で素っ頓狂な発言をする。ユオ命の女。

ユオ

魔力ゼロで魔法は使えないが、災厄級のスキル「ヒーター」によって過激な熱操作を行う。村人たちからは伝説の「灼熱の魔女」と呼ばれるが、本人は認めていない。

クエイク

メテオの妹で同じく商人。人物鑑定を得意としており、村への冒険者の募集も担当する。姉妹が揃うとわちゃわちゃ五月蝿い。

メテオ

一攫千金を夢見て辺境にやってきた猫人族の商人。アイテムの鑑定を得意としており、お金儲けには目が無い。悪乗りがひどく、トラブルを呼ぶ。

クレイモア

サジタリウス騎士団に所属する剣の達人。現在はリリの護衛として村に滞在中。料理上手で美人だが、頭の回転がいろいろズレている。

シュガーショック

ユオがペットにした聖獣。村では「いぬ」扱いされているが、本来は小屋より大きい狼。村では綿あめみたいな姿になっている。

リリ

冒険者として村にやって来たヒーラーの少女。気弱で大人しい性格だが、村では子供たちの教師やヒーリングルームの運営者も務める。本名リリアナ。

ドレス

村にやって来たドワーフの女の子。神匠と称される凄腕の職人で、本職は大工だが、簡単な城づくりから刀鍛冶までこなす。素材に目がない。

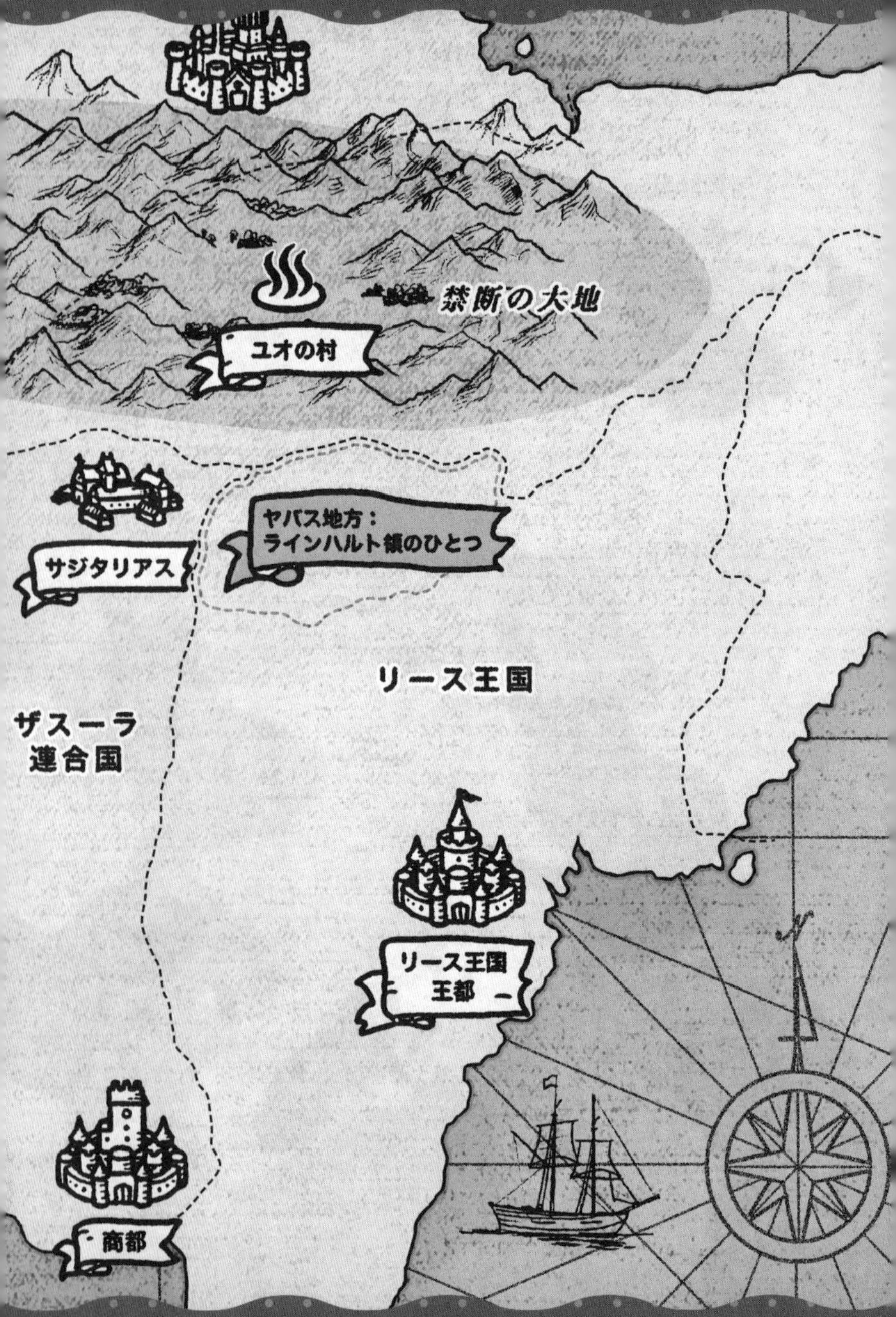
禁断の大地
ユオの村
ヤバス地方：
ラインハルト領のひとつ
サジタリアス
リース王国
ザスーラ
連合国
リース王国
王都
商都

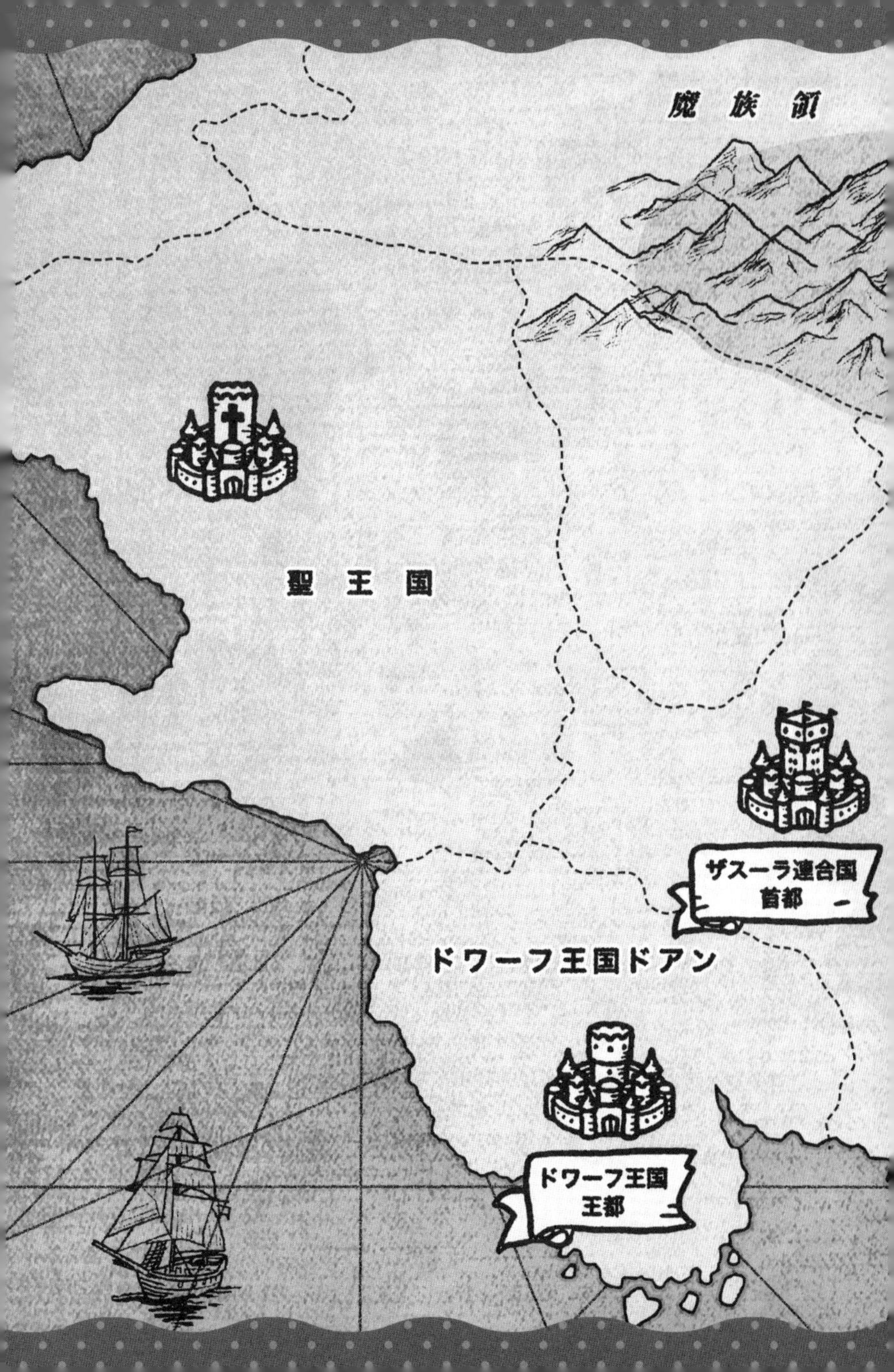
魔族領
聖王国
ザスーラ連合国
首都
ドワーフ王国ドアン
ドワーフ王国
王都

第9章　魔女様のやばい薬草流通！　ザスーラに蔓延する流行病を阻止します！……195

第8章

魔女様の冒険者ギルド誘致！
村の近所にダンジョンが見つかり、
魔女様は十四日ぶり八回目の大暴れ

第1話　魔女様、第一回「魔地天国温泉盛り上げ大会」の審査員に駆り出される

「みんなぁあああ、村の新名物が見たいかぁあああ!?」

「おぉーっ！」

場所は村の温泉リゾート。

その中央ホールにはステージが設置され、「第一回　魔地天国温泉盛り上げ大会」が開催されようとしていた。メテオの呼びかけに村人と冒険者たちが大声をあげる。

「魔女様のために心臓を捧げてるかぁー？」

「捧げてるーっ！」

「いけにえになりたーい！」

私は村人たちが意味不明な方向に盛り上がっているのを冷ややかに眺めていた。

なんなのよ、これ!?

メテオに煽られた人々の熱狂ぶりがなんだか怖い。特にハンナの血走った眼が。

「ほな説明するでぇ！　審査員の前で村の新名物を発表しようっちゅう大会や！」

この大会、早い話が、うちの村の名物を開発するっていう発表会なのだ。

にぎやかなことが大好きなメテオはこれを商売のチャンスと考えて、たくさんの村人が参加する

イベントに変えてしまった。

　審査員は私とララとメテオとリリと村長さんの五人。なかなかバランスの取れた人選である。

「優秀者には村の厳選素材に加えて、リゾート一ヶ月使い放題、さらには魔女様のビンタまでついてくるでぇえ！」

「うぉおおお！」

「ビンタされたーい！」

　大盛り上がりを見せる村人たち。

　だが待ってほしい。

　どうして、私のビンタがついてくるわけ!?

　ハンナは大盛り上がりしてるけど、私のビンタにそんな価値が……あるわけないよね？


「くふふ。今日は厳選なる事前審査を勝ち抜いた猛者だけの決勝戦や！　それじゃあ、エントリーナンバー一番、うちらの永遠の妹、クエイク・ビビッドちゃんの発表です！」

　私の疑問など吹っ飛ばし、唐突に決勝戦が始まる。

　一人目の発表者はメテオの妹、クエイクだった。

　ステージがぱっと暗くなったかと思うと、彼女の位置に光が当たる。

　すごい、こういう演出って王都の劇場でしか見たことがない。

「うちが紹介したいのは、温泉で取れたこちらです！」

　クエイクが見せてくれたのは白い粉だった。砂糖とも、塩とも違う、ちょっと黄色がかっている粉だ。温泉であんな粉がとれるのかしら。

「な、なんやねん、白い粉なんて？　怪しいもんやったら、姉ちゃん、正気を失うほど怒るで!?」

クエイクの発表を受けて、メテオは冗談ともなんともいえないことを言う。

しかし、私はそれを見た瞬間、ぴーんっとくる。

「わかった！　これって、西の温泉の底にたまってるやつだよね!?」

「それです！　さすがはユオ様！」

そう、クエイクが見せてくれたのは、村の西にある温泉に沈殿している謎の白い粉だ。

実をいうと、この間、村の西で温泉が発見されたのだ。

その温泉はこれまでのお湯とはちょっと違って、ものすごく白濁しているのである。

お湯の中に手を突っ込むと見えなくなるぐらいの、うちの村の温泉では一番の白濁温泉。しかし、あの白いやつ、乾燥させるとこんな風になるのか。

「ちぃっ、うちとしたことが一ポイント先取されたわ。しかし、その泥みたいなのをどうすんねん？　用途とかあるんかいな？」

「ふふふ、ドワーフのみなさん、持ってきてください！」

クエイクはメテオの質問を聞くと、待ってましたとばかりに、ぱんぱんっと手を叩く。

「よぉいっしょっ！」

その合図を受けて、ドワーフのおじさんたちが大きな桶を持ってくる。ちょうど人が一人ぐらい入れそうな大きなやつを。

おじさんたちはその中に水を入れて、なにやらセッティングをする。

「この中に入っているのは普通のお湯です。そやけど……」

クエイクが袋からその白い粉をどばどば桶の中に入れる。

すると、どうだろう、十秒も経たないうちにあの匂いがしてきた。

そう、温泉のにおい！

「すごいよ！　これがあれば温泉を作り出せるってこと!?」

「ななな!?　この粉、魔法の粉やんけ!?」

私たちはクエイクの用意した桶をまじまじと観察する。

白く濁っていて、見た目や香りは完全に温泉のお湯だ。手を入れて感触を確かめると、ぬるっとしていかにも温泉のお湯って感じ。

この間の塩をお湯に入れるのもよかったけど、これは段違いだ。

「これやったら温泉のない地域でも手軽に温泉を再現できます！　しかも、原価はほぼゼロ！　だって、温泉のお湯を乾かすだけですから！　塩より簡単に作れまっせぇぇぇ！」

クエイクは自信満々に胸を張る。

「すごい！」

「クエイクちゃん、かわいい！」

「俺たちの妹！」

もちろん、ギャラリーの村人は大盛況。拍手と歓声の雨あられが降り注ぐ。

クエイクによると村の温泉ほどではないが、粉を溶かしたお湯にも疲労回復効果があるらしい。

それにしても、クエイクは村人や冒険者からの人気が高いようだ。

「……ほんまにあのクエイクがこんなに大きくなって、うちはめっちゃ嬉しいわ。泣けてくるで」

「お姉ちゃん……」

クエイクの発案にメテオは涙を流す。クエイクもつられてうるっと来ているようだ。

うーん、いい話。仲良し姉妹っていいなぁ。

「うちがおむつを替えてたんが昨日のことのように思いだされるわ。あの頃はぴぃぴぃうるさくて」

「うそつけ！　うち、お姉ちゃんと一つしか変わらんやんか」

「ちいっ。せっかく情にあつい人物を演出して好感度アップを狙っとったのに」

いや、メテオのはただのよこしまな涙だったらしい。

彼女には騙されてばかりである。

「それにしても、ええわぁこれ。疲労がポンっととれるやつやんか！　これやったら合法的に人を虜にできるでぇ！　魔法の白い粉ばんざいや！　にひひひひ」

ビジネスチャンスと見抜いたメテオはよだれを垂らさんばかりに喜ぶ。

確かにこの粉は魔法の粉だ。温泉を手軽に作り出せるなんてヤバすぎる。とはいえ、魔法の白い粉という名前はよろしくない気がする。もっと適切な呼び名はないかな。

「はいっ、私にアイデアがあります！」

さっそうと手を挙げるのはララ。

嫌な予感がするのは私。

「これは温泉という沼の泥の粉ですから、沼泥《ぬまどろ》はいかがでしょうか!?」

「ぬまどろ……。却下ね」

彼女の提案は、ぬまっとしていて、どろっとしている感じだった。

なんていうか、「沼」とか「泥」とかついた時点でアウトだと思う。

誰もお湯に入れたがらないのではないか。

「はいはいはい！　私はすっごく自信あります！」

続いて、ハンナが客席から手を挙げる。相変わらず元気ハツラツの美少女である。

しかし、これまでの経験から、ろくな提案ではないだろう。

私の背中にじわりと汗がにじむ。嫌な予感がするのだ。

「これは魔女様の中毒的な温泉でとれる骨のように白い粉ということで、マジ毒骨粉《どくこっぷん》はいかがでしょうか？」

「却下」

「ええぇ、なんでですかぁああ!?　いいじゃないですか、まじどくこっぷん！」

ハンナは普通にしていれば、村でも一、二を争う美少女だと思う。

いろんなことに気が利くし、親切だし、笑顔も素敵。

しかし、「普通」とどこかズレているのだ。発想も、言動も。

そもそも毒なんて言葉のついたものをお湯に入れたくない。

商品名を決める作業は紛糾しそうなので、一旦、クエイクのプレゼンは終了することにした。

さぁ、さくさくいくよ！

【魔女様の手に入れたもの】
温泉の白い粉：温泉の成分を乾燥させて粉にしたもの。湯に入れることで温泉と同じような効果効能を味わうことができるが、少し弱め。一度使い始めたら、ただのお湯では満足できないなど中毒性がある。決して、非合法なダメゼッタイなものではない。

第2話　魔女様、ドレスの作った自分の立像があまりに盛りすぎていて恥ずかしさに震える

「よぉし、次はあっしらの出番だ！　みんな、外に出てくれ！」

温泉リゾートのステージに上ったのはドレスだ。

彼女のプレゼンが始まるかと思いきや、私たちは村の一画に案内される。

そこには三階建てぐらいの大きな建物が建っていた。この村に似つかわしくない重厚な建造物だ。

入り口には『偉大なる魔女様のために血の汗流す冒険者訓練所』と書かれている。

ちょっと、待って、なにこの名前!?

私、血の汗とか流してもらいたくないんだけど！

「おぉおおお、ついにできたのかぁ!?」

「すげぇぜ、こんなん大都会にしかないやつだ！」

戸惑う私を尻目にわぁっと反応したのは冒険者の皆さんだった。

「ふふふ、ついにできあがったぜ！　もともとはメテオとクエイクのアイデアだけどな！」

「いやいや、ドレスがおらんかったら無理やったし。三人のお手柄やん！」

ドレスとうちの猫耳姉妹はそう言って胸を張る。

そういえば、私がサジタリアスに行く前にこういうのを造りたいって言ってたっけ。

「とりあえず説明は中に入ってからですぜ。さぁ、さぁ、入った！」

そして、内側に入った私たちはさらに驚く。

そこはけっこうな人数が訓練できるようなスタジアムになっていた。

「冒険者は鍛えてないと危険だからな。ここの施設を使えば、一通りのトレーニングができるぜ？」

ドレスはそう言って、様々な部屋に案内してくれる。
・重りを使って鍛える場所
・格闘技術を磨く場所
・簡易宿泊所
・冒険者が情報を共有する場所……などなど
まだ出来上がっていない場所もあるけど、どの部屋も広くてしっかりしている。名前は最悪だけど、すごいじゃん、うちの村じゃないみたい。

「まだまだ急ごしらえだから、こっから内側を作りこんでいくんだけどな」

ドレスが言うには冒険者のための施設を作ることで、もっともっと人が集まるとのこと。

冒険者のおかげで村が潤っているわけで、彼らの待遇を厚くすることは大きな意味があるよね。

「一番の目玉はこれですわ。村長さん、これを壁に向かって投げてもらえますか」

しかし、ドレスのサプライズはそれだけではなかった。

彼女は剣を一本取り出して村長さんに渡す。

「ちょっと待ってよ！　そんなことしたら大変なことになるじゃん！」

もちろん、私はストップをかける。

村長さんはたまにとぼけているけど、ただの老人じゃない。ものすごい力を持っているのだ。

せっかくの新築物件に剣がさくっと刺さってしまう可能性だってある。

「ふふふ、まぁ、見ててくだせぇ。どうぞ」

ドレスが私を制止すると、村長さんは「ほらよ」などと言いながら剣をスタジアムの壁に向かって投げる。ぶおんっていう風を切る音がすさまじい。

がぎぃん！

金属のこすれる音が辺りに響き、剣は地面に転がるのだった。

「お、おいっ、この壁、傷一つついてねぇぞ!?」

「本当だ、なんだこの壁!?」

冒険者の幾人が駆け寄り、壁を見て驚いている。

私も壁のそばに行ってみると、剣がぶつかったのに傷が一切ついてない。

あの村長さんが投げた剣なのに!?

この壁の素材、どこか見覚えがあるような……?

「あ、この壁ってこの間のレンガだ！」

そう、このスタジアムの内壁はすべて私の焼いた硬質レンガでできていたのだ。

「このレンガの壁ならいくら冒険者の野郎どもが暴れてもＯＫですぜ」

ドレスが言うには、この手の建物というのはとにかく傷むのが早いらしい。

それを解決するために硬いレンガを使用したとのこと。

「それに後で調べてわかったんですが、魔法耐性もあるんですぜ。おいっ、やっちまいな」

「へいっ、親方！　ファイアーボール！」

ドレスに促されたドワーフのおじさんの一人がスタジアムの壁に魔法を放つ。

ずどんっ！

赤い火球が一直線に壁に向かい、激突！

あわわ、大丈夫？

「おぉ、なんにも起きてねぇぞ!?」

普通なら壁に焦げ目ぐらいはつくはずだろう。

しかし、このレンガの壁は未だにピカピカなのだ。

「よぉっし、これであたしも大暴れできるのだ！」

「私も負けませんよ！」

「ほっほっほ、おぬしらをしっかり鍛えんといかんのぉ」

喜んでいるのは冒険者たちだけではない。

クレイモア、ハンナ、村長さんといううちのアタッカーの三人も何気に嬉しそうにしている。

うーん、あんたらが本気で暴れたらどうなるかわかんないけどなぁ。

「すごいよ、ドレス！　あなたみたいな人に住んでもらえて、私はとっても幸せだよ！」

「へ、へへ、魔女様にそう言ってもらえるなら最高ですわ」

照れくさそうに笑うドレスに私は抱き着く。

彼女とはすごく気が合うと前々から思っていたのだ。

ものづくりは私も大好きだし、彼女の職人気質なところも気に入っている。

「おっと、いっけねぇ。あっしらにはもう一つ見てもらいたいものがあるんです」

ドレスは村のもう一か所に見せたいものがあるという。

どんなものを作ったんだろう。わくわくが止まらないじゃん。

♨　♨　♨

「こ、これは、すげぇ！」

「ヤバすぎるぜ、これ！」

「かっこいいー！」

ドレスが案内したのは村の中央の広場だった。そこは村の人々の憩いの場となっていた。

鳥がさえずり、蝶が舞う、平和な場所なのである。

だけど、私は愕然としていた。

それはモンスターが現れたとか、ハンナとクレイモアがケンカしたとか、ハンスさんが腰を抜かしたとか、そんな生易しいものではない。

「な、な、なんなのよ、これ!?」

私の目の前にでっかい私がいるのだ。

いや、正確には私の石像とでも言うべきだろうか。

真っ黒な素材でできた、高さ五メートルぐらいの像が建っているのだ。台座の上に乗っているから、かなり大きく見える。

彼女は片手の人差し指で空を指さし、もう片方の手の人差し指で大地を指さしている。

口元にはうっすら笑みを浮かべているのだが、すっごく大胆不敵な表情に見える。

「ふふふ、禁断の大地の偉大なる首領である、魔女様の栄光を祈念した像ですぜ！　実は留守中に村のみんなで作ったんですわ！　硬質レンガでできてるから超頑丈ですぜ！」

ドレスはそう言って、種明かしをする。

彼女が言うには私たちがサジタリアスに行っている間に急ごしらえしたとのこと。

あぁ、そう言えば、レンガと一緒に変な形のものを焼いてるなぁとは思ってたよ。

ドレス、あんた、なにやってくれてるのよ！

こんなものを焼かせるなんて信じられないんだけど！

「魔女様と言えば爆破だろ。手当たり次第に爆破してご機嫌なのが、あっしらの魔女様だぜ」

ドレスは自信満々で続ける。彼女いわく、この立像のポーズは私がモンスターを爆破したときの様子だという。

「こんなポーズで爆破なんかしてないんだけど!?」

私はたいてい「えいっ」ってやるだけだし、こんなにかっこつけて爆破した覚えはない。

これじゃまるで、私が爆破を楽しんでるみたいじゃん。

しかも、である。

石像の足元に「禁断の大地の偉大なる領主にして最強の魔女様」って彫られた石板を発見。

こんなの見られたら、私のことを勘違いする人が続出することになる。最悪である。

全身から血の気が引いていく私。一方、村のみんなは大喜びしている。

「ご主人様の素敵なところが表現されていますよね。今にも歩き出しそうです！」

「すごいやろ？　こんなん見たら戦う気が失せるで？」

「大陸を火の海に変えそうです！　これでこそ私たちの偉大なる首領様です！」

ララもメテオもハンナも嬉しそうに目をキラキラさせている。

恥ずかしすぎて足ががくがくしてくる。

「ご主人様にそこまで感激していただけるとは私も頑張った甲斐がありました！」

「うちも設計に参加したんやで！」

私がぽかんと口を開けているのに、みんなの笑顔は止まらない。

どうやらこいつら全員グルだったらしい。

メテオが悪さをするかと思いきや、まさかのドレスが伏兵だったとは。

しかも、目付け役のララまで裏切る始末。

「これぞ我らが破壊神様じゃ……」

「おっそろしいけど、村の守り神だぞ。ちゃんと両手を合わせて拝まねば」

いつの間にか石像の足元に花が置かれていて、村人たちの礼拝所の様子を呈している。

こんなの建てるから、一種の信仰みたいになってるじゃん。

私は魔女様なんて呼ばれているけど、普通の人間だし、信仰されるとか絶対に無理。

うわっちゃぁあああ、どうしてこんなことに!?

「くふふ、実物よりかっこよすぎるぐらいなのだ」

しかし、この中に一人だけ王様は裸だと言う人物がいた。

それはクレイモア。体は大人、頭は子供という女である。

クレイモアは正しい、それも圧倒的に。

私がこの立像に絶望している本当の理由は別のところにあったのだ。

クレイモアに「いえいえ、そっくりですよ？」などとリリは言うが、そっくりではないのだ。

この立像、胸がしっかりと大きいのだ。明らかに盛っているのである。

立像のそれはクレイモアみたいな殺人的な大きさではないし、この前のシルビアさんみたいに敢えて見せつけてる感じでもない。

だけど、明らかに大きい。たぶん、私よりも二周りぐらい大きい。たゆんとしている。

これじゃまるで私が見栄を張っているみたいじゃん！

敢えて、大きく作らせたみたいじゃない!?

王侯貴族には肖像画をやたらと美男美女に描かせる人が多いという。実際の人物はそれほどでもなかったりして、美男美女すぎる絵画に出くわすと複雑な気持ちになるのだ。

この立像はそれと同じレベルのことをやってるわけである。

はっきり言って、恥ずかしいの極致。恥ずかしさで死ねる。

私は『これが私です』だなんてふんぞり返れるほど精神がタフじゃないのだ。

そもそも、十六の普通の女の子の立像なんか作るな！

村人はともかく、他の地域の人に見られたら頭おかしいって思われるでしょ。

「魔女様、ばんざい！」

「我らが偉大なる首領様！」

「世界最強の破壊神様！」

いつもの魔女様ばんざいが沸き起こる中、私は静かに誓う。

この石像を破壊しようと。せめて、その胸部分だけは絶対に爆破しようと。

ドレス、あんたのことは大好きだけど、この件に関しては大っ嫌い！

【魔女様の手に入れたもの】
冒険者訓練所：冒険者が訓練をするための施設。硬質レンガでできているため頑丈。
魔女様の立像：村の中央に配置された、今にも動きだしそうなリアルな立像。硬質レンガと同じ素材でできており、とっても硬い。魔女様の目鼻立ちを再現しているが、胸だけは立派である。本人が恥ずかしくなるほど立派である。

第3話　魔女様、村長さんの「いのちだいじに」な提案に悪意すら感じる

「さぁ、お次は村長さんの村おこし案やで！」

ドレスの発表の後、温泉リゾートに戻って仕切り直しである。

発表者は村長さんであり、みんなが盛大に拍手をする。

「皆の衆、よく聞いてくれ」

村長さんは相変わらず、かくしゃくとした足取りでステージに上がる。

そして、真剣な眼差しで話し始めた。

村長さんの見た目はただのおじいさんだけど、実は剣聖のサンライズ、過去には数々の伝説的な活躍をした人物なのである。

当然、村人や冒険者から一目も二目も置かれていて、みんなが村長さんの話に耳を傾ける。

「わしは以前、そこのクレイモアとの一騎打ちに臨んだ。力及ばず、もうここでとどめをさしてもらおうと思った矢先、魔女様はこうおっしゃったんじゃ。命を大事にせよと」

村長さんはサジタリアス騎士団が勘違いで攻めてきたときのことを話し始める。

確かに、あの一騎打ちの後に村長さんにお説教をしたのを覚えている。

村長さんはうちの村のリーダーだし、みんなのとりまとめ役なのだ。

私含めてみんなから尊敬され、愛されている。勝手に死ぬことを選んでもらったら困る。

「それでわしは気づいたんじゃ。命はたった一つの大事なもの。そして、皆にも命を大事にしてほしい、と」

村長さんの言葉が胸に響く。

まるで私たち一人一人の目を見て話しているかのようだった。くぅう、かっこいい。

「そうだよな、命あっての物種だよな」

「さすがは剣聖のサンライズ、言葉のウエイトに差がありすぎる」

「なにを言うかじゃねぇな、どの口がモノを言うかにかかってんだな」

村長さんのいい話に、村人や冒険者たちから感動の声が上がる。

命を大事にする。

これって当たり前だけど、本当に大切なことだよね。私の胸はじぃんっと熱くなるのだった。

「そして、皆がもっと命を大事にできるように提案したいのがこれじゃ！」

村長さんはそこまで話すと、ステージの袖に目配せする。

続いて、どん、どん、どん、どんと太鼓の音が響く。

ん？　ちょっと空気変わった？

「はーい、持ってきましたぁ！」

すると、ハンナが大きな木の板を担いできて、ステージの中央に設置する。そこにはなにやら地図のようなものが描かれていた。

命を大事にするためってことは、この村周辺の危険を避けるための地図なのかな？

「これはみんなの命を大事にするお散歩コースじゃ」

「お散歩コース？」

「さよう。皆がこの地図に沿って散歩をすれば、自然と鍛えられ、自然と命を大事にできる。そういう寸法なのじゃ」

「ふふふ、これはすごいんですよ！　歩くだけで誰でも簡単に力がつきます！」

村長さんもハンナもうんうん頷いて、提案に大満足している様子。

お散歩コースっていう名前からして気軽な感じが伝わってくる。

それなのに鍛えられてしまうなんて、すごい！

「すげぇぞ、村長さん！」

「散歩するだけで強くなれるなんて最高だぜ！」

強くなれると聞いて、冒険者たちは喜びの声をあげる。ドレスの作ってくれた冒険者の訓練所と組み合わせると効果バツグンだね。よし、もうちょっと近くで見てみよう。

「……ん？」

そして、私は気づくのだ。

なにかがおかしいと。

「あ、あのぉ、この最初のところに、崖から飛び降りるとありますが……？」

「これは村の裏手にある死の崖じゃな」

「……死の崖？」

「うむ。ちょっと高い崖じゃ。これを飛び降りることで、不死身の耐久性を身に付けるのじゃ」

「……次の殺人モグラと泥遊びっていうのは？」

「これも簡単じゃ。ちょっとお茶目なモグラと楽しく遊ぶんじゃ。もぐらたたきの要領じゃな」

「……イノシシに骨砕き体当たりというのは？」

「おぉ、これぞ序盤のクライマックス。激殺イノシシと押し合って楽しむのじゃ。真っ向勝負で吹っ飛んだほうが負けじゃぞい」

「激殺イノシシ？」

「これがとっても硬いやつでのぉ、頭蓋骨の二つや三つもっていかれるかもわからんが」

「頭蓋骨の二つや三つ……」

「特筆すべきはこのお散歩コース、ゴールまで一方通行で出られんようになっとることだぞい。両側を崖に囲まれておってのぉ」

「それって、一度入ったら出られないってことじゃ……」

「そうじゃ。しっかり鍛えるための心憎い仕掛けじゃな」

私のツッコミを意に介することなどなく、にっこりと微笑む村長さん。

狂気じみた提案に絶句する私。

リリは小さい声で「ひぇ」とだけ言って、私の服のすそをきゅっと握ってくる。もはや村長さんの存在自体が怖いらしい。気持ちはわかる。

「ふふふ、すごいでしょ？　これなら強くなれますよ！」

「ふぉふぉふぉ、いのちだいじに、というやつじゃの。なぁに、最初の二、三回は死にかけるかもしれんが、徐々に慣れてくるじゃろう」

ハンナと村長さんはほほえみ合う。一見すると孫とおじいちゃんの心温まる風景。

「…………………」

しかし、会場の空気は見事に凍ってしまう。

もはや冒険者たちからは拍手の一つもない。

「オイオイオイ!?　死ぬわ、俺」

「ほう、散歩コースに見せかけた処刑場ですか……、即死確定ですね」

そんな声さえ聞こえてくる。

あわわ、明らかに冒険者の皆さんをビビらせてしまってるじゃん。

っていうか、なんなのよ、これ!?

死の崖とか、殺人モグラとか、激殺とか!

全ての要所に「死」を連想させるワードが入ってるし。こんなの私の知ってる『お散歩』じゃない！　ぜんっぜん、命を大事にしてない！

私みたいな普通の人じゃ七回ぐらい死ぬと思う。

「大丈夫じゃ。皆の者、そこまでびびらんでもよい。ハンナやクレイモアは毎朝、これをやっとるんじゃぞ?　あやつらにできるんじゃ、おぬしらもできる」

「おじいちゃん！」

村長さんはなんだかいい感じに話をまとめようとしており、隣のハンナは涙で頬を濡らす。だけど、絶対に無理である。たくさんの人が死ぬ。

そもそも、ハンナもクレイモアも素質が違うし、地力《じりき》が違う。同列に並べるのは危険だ。

「ひ、ひぇえ、俺は化け物の村に来ちまった」

「私、郷里の幼なじみと結婚して農家になるんだったわ」

「これ、全員参加じゃないよな？」

冒険者の皆さんのやる気がどんどん失せていく。

まずいよ、この空気を打開しなきゃ、村から冒険者がいなくなっちゃう。

私は村長さんの提案のいいところを探そうと必死に眺める。

「あ、あのぉ、このマークはなんでしょうか？」

すると気になるものを発見した。

散歩コースの途中に大きくドクロマークが描かれているのだ。

「それはのぉ、えーと、なんじゃったかな……、思いだせんのぉ」

私が指摘すると、村長さんは腕組みをしてうなる。自分で地図を作っておいて、どうやら本気で忘れてしまったらしい。

明らかに危険そうなにおいがするんだけど。

「おじいちゃん、それは……ごにょごにょ」

「……そうじゃ、絶対近づいちゃならん場所じゃ」

「近づいちゃ駄目な場所？」

「ふむ。あれは三十年ほど前じゃったかのぉ。なんかこう、えーと……、見たことのない化け物が
……あれ？　それは別の場所だったかのぉ。……とにかく、危険な場所なんじゃ」

ハンナから耳打ちをされた村長さんはドクロマークの理由について話し始める。

非常にうっすらした記憶だけど、とにかく危険がいっぱいの場所らしい。

見たことのない化け物っていう言葉は聞かなかったことにしよう。

村長さんが危険って言うほどの場所なのだ。近づかないように周知徹底しなきゃダメだ。

「おじいちゃんが言うには、近づいてみな、死ぬぞ？　って場所です。私たちみたいな普通の人は近づいちゃダメです」

「そっかぁ、へぇ～、普通の人かぁ～なるほどぉ～」

ハンナが自分を『普通の人』に含めたことに素で驚く私である。普通の人っていうのは私みたいな人畜無害なタイプなのではなかろうか。笑いながらモンスターに斬りかかる人ではなく。

「以上でわしの発表は終わりじゃ。ふぉふぉふぉ、今日からお前らを待っとるぞい！　もちろん、冒険者は全員参加じゃ！」

村長さんはそう言ってピースサインをする。

茶目っ気を見せて終わりたかったのかもしれないけど、むしろ逆効果だ。うちの村人はともかく、冒険者の皆さんの顔はいまだにひきつっている。

「村長さん、アイデア自体はいいと思うので、この十分の一ぐらい簡単なものを考えてください」

「じゅ、十分の一じゃと!?」

「百分の一でもいいです」

「ひゃ……!?　ふぅむ、難儀じゃのぉ」

そういうわけで、私は村長さんの案を優しく却下することにした。

しょうがないじゃん。命を大事にするためのトレーニングで命を落とす人が続出すると思うし。

「魔女様は心配性なのだ！　みんなで走れば怖くないのだよ！」

「そうですよ！　朝から楽しく崖ダイブ、みんなで朝崖《あさがけ》しましょうよ！」

クレイモアとハンナはみんなに笑顔で声をかける。なにも知らない人が聞いたら、美少女二人と朝から運動できると喜ぶかもしれないが、場の空気は凍り付いたまま。

そりゃそうだよ、誰が朝から崖を飛ぶか！

こいつらはモンスターの亜種みたいなものなのだ。いったん、優しく無視しておこう。

お願いだから、次はちゃんとしたのが来て！

【魔女様の手に入れたもの】

トレーニングお散歩コース：村長のサンライズが作成した冒険者を鍛えるための散歩コースの地図。ルート通りに進むことで鍛えることができるが、力が及ばないと即死する。ちなみに初心者コースと中級者コースがあるが、基本的にすべて油断すると即死する。

第4話　魔女様、ハンナ・クレイモア・リリの発表に背筋がぞわぞわする

「えーと、お次はハンナちゃんやな」

「はーい！　ちょいとお待ちを！」

ハンナが明るい声を響かせて、スタンバイに入る。

彼女は本当に元気で明るい。つやつやした金色の髪の毛に大きな瞳。うちの村自慢の美少女だ。

温泉リゾートのお客様担当としてよく働いてくれているし、とても頼もしい仲間である。

冒険者の皆さんに親身になってトレーニングをしてくれているのも素晴らしいことだよね。

客観的に見れば、ハンナは頑張り屋で、実直で、裏表のない笑顔の素敵な女の子。

たぶん、きっと現場で気づいたことを提案してくれるに違いない。

しかし、それでも嫌な予感が止まらない。絶対に変な発表をすると私の本能が告げているのだ。

「私は村の訓練所で着る服を提案したいと思います！　なんていうか、服装がまちまちだとトレーニングしづらいので！」

「訓練場で着る服？」

「そうです！　ふふふ、みんな出ておいで！」

ハンナが合図をすると、ステージの上に四人ほど同じ衣装の人々が現れる。

一人は村長さんで、二人は村のハンター、もう一人は村の子供だった。

彼らはにこにこしながら、服の良さを伝えようといろんなポーズをとる。

動きやすそうだし、確かに訓練所の制服っていうのはいいアイデアかも。

「訓練着の色が冒険者のレベル分けにもなりますよ！」

ハンナは笑顔で服の説明をしてくれる。ふぅむ、彼女にしては普通の提案だとすら感じる。

もっと、とんでもないものを提案するかと思ったけど、彼女も成長したってことなのだろうか。

だけど、気になることが一つあるのだった。

「その背中に書いてある『魔』っていうのはなんなの？」

そう、彼らが着てる服の背中には大きく円が描かれ、その中に『魔』という文字が書かれているのだ。

ぐむむ、なんだかすっごく嫌な予感がする。背筋にぞわぞわと汗が滲む。

「さすがは魔女様！　これは魔女様の魔の字です！　魔女様のために魂をささげる者だけが着ることができる服なのです！」

ばばぁーんっと、ハンナは見得を切る。

「かっこいいぞぉー！」

「さすがハンナちゃん！」

「俺も着てみたいぞ！」

「狂剣！」

それに合わせて、村人や冒険者の皆さんは声をあげる。

熱狂しているところ悪いけど、『魔』って書かれた服とか、魂をささげるだとか、発想がヤバい。

ハンナの成長をしみじみと感じていた私がバカみたいである。

とはいえ、冒険者は盛り上がっているし、全部を却下するのも悪い気がする。

「ハンナもアイデアはいいんだけど、ちょっと変更できないかな？　少なくとも背中に『魔』の文字があるのは絶対にダメだと思うんだよね」

「えぇえ!?　魔女様の魔ですよ!?　これがないと『女』になっちゃいますよ」

「いや、そういう問題じゃなくてね」

背中の文字をやめるように言うとハンナは混乱し始める。

頭をかかえて唸り始めるが、『女』の文字も却下だ。背中に『女』の文字を入れて訓練する人はいないと思う。わけがわからないし。

「わかりました！　『様』ですね？　世界の上位的存在だからこそ、『様』ってことですね!?」

「……えーと、とりあえず文字書くのはなしで」

「えぇええ!?　それじゃどうやって魔女様が最上位種だと示すんですか!?」

ますます混乱するハンナであるが、私は無理やり押し切る。

最上位種ってなによ。それじゃ私が人間じゃないみたいじゃないの。

「魔女様、この服は着るだけで鍛えられるんですよっ！　リリさん、ちょっと着てみてください！」

ハンナは私の抗議をさらりとかわし、リリに訓練着の上着を着せ始める。どうやら、実演して見せてくれるらしいのだが、着るだけで鍛えられるなんてあり得るだろうか。

「ひぶっ、な、な、なにですかこれぇえぇ!?」

ハンナと同じ訓練着を着せられたリリはその場に崩れ落ちて悲鳴をあげる。ぴくぴく震えており、どうやら動けなくなっているらしいけど、どうして!?

「魔女様、この訓練着にはすごく重い素材が仕込まれてるんですよ！　ドレスさんに作ってもらいました！　えへへ！」

目をキラキラさせてぴょんぴょん飛び跳ねるハンナ。

一方のリリはもはや虫の息状態である。

私はふぅと息を吐いて、こう伝えるのだった。

「却下」

お願い、次こそはまともなのが来て！

♨　♨　♨

「お次はクレイモアとリリのコンビやで！」

しばらく経って呼び出されたのが、クレイモアとリリのコンビである。これは期待していいだろう。

リリはとにもかくにも常識人だ。うちの村で教師をやっているだけあり、誰よりもまともな人物。料理の腕前以外は満点女子である。クレイモアはハンナや村長さんと同じ人外方向だけど、リリなら制御できるだろう。いや、制御してほしい。この際、ぐるぐるに縛ってでもいいから。

「あたしたちが提案したいのは食堂なのだ！　名付けて、クレイモアのでっかいハンバーグ亭！」

二人の提案は思った以上に普通だった。

クレイモアと言えば、お料理名人。彼女が調理を担当すれば、間違いなく行列店になるだろう。

「にしし、本当はリリ様の癒しどころでマッサージをしたかったんだけど、やめさせられたのだ」

クレイモアは照れたように笑う。その笑顔はかわいいけど、彼女は素手で石を砕く女。止めたのは本当にグッジョブ。癒しどころで怪我人が続出することになりそうだし。

「剣聖の飯なんかうまいのか？」

「お前知らないのかよ？　あぁ見えて凄腕なんだぜ？」

「でっかいハンバーグか、いいなぁ」

クレイモアの料理の腕は私だけではなく、冒険者も知っている。これは期待できそうだ。

しかし、問題はリリである。彼女の料理の腕前はお世辞にも上手とは言えない。いや、上手だとか、下手だとか、そういうのを超越して、別のなにかを生み出してしまうのだ。服が吹っ飛ぶなにかを。

正直言って、彼女の料理を野放しにしていたら、村の平和の脅威にすらなりうる。

「と、ところでリリはどんな仕事をしたの？」

私は勇気を振り絞って、リリの担当を尋ねるのだった。

「あ、あのぉ、私はメニュー開発とかネーミングに携わらせてもらいました」

食堂のメニュー開発かぁ、よかったぁあああ！

村の平和が守られたことに思わずガッツポーズをする私である。

そりゃそうだよね、リリは学校の教師や癒しどころの主任もしていて忙しい。クレイモアの食堂の手伝いを全力でできるわけでもないのだ。

そんな中でもメニュー名を考えてくれるのはありがたいことだよね。

さて、どんなメニューだろうか。リリは暇さえあれば本を読んでいるし、文学的な素養もあるのだろう。『シェフの気まぐれハンバーグ　～季節野菜と短角牛のマリアージュ～』みたいな、素敵なメニュー名だと嬉しいな。

「ふくく、これがリリ様が考えたメニューなのだっ！」

二人は「お品書き」と書かれた大きな紙を広げて見せる。

「は？　なに……これ……」

私は本日、三回目十五分ぶりに絶句するのだった。

・魔女様の盗賊爆破ハンバーグ　～盗賊たちの断末魔の絶叫を添えて～
・魔女様のドラゴン解体ハンバーグ　～バラバラトカゲは死んだことさえ気づかない～
・魔女様の敵対するやつは殲滅だハンバーグ　～恐怖の魔女様は今日も肉汁を飛び散らす～
・魔女様のハグハグ塩キャラメルプリン　～魔女塩と魔女熱のマリアージュ～……

実際には途中で読むのをやめたけど、もっといろんな種類があった。ただ、頭がくらくらして、読み進められなかったのだ。

爆破とか、解体とか、殲滅とか食べ物につける名前じゃない！

それに「断末魔の絶叫を添えて」とか冗談じゃない。添えるな、そんなもん！

「私が徹夜して考えました！　ユオ様、いかがでしょうか？」

リリの瞳はキラキラと光る。相変わらずのパーフェクト美少女である。小首をかしげて尋ねてくる様子は庇護欲を掻き立てることだろう。

「ぐむむ……」

しかし、可愛らしさに押し切られてはいけないのだ。このメニュー名は危険だ。私の可憐で儚げな印象を地の底に沈めることになる。少なくとも、徹夜して考えるもんじゃない。

「……やっぱり、盗賊たちの阿鼻叫喚を添えて、のほうがよかったですか？」

リリが目をうるうるさせる様子に小動物が震えるのを連想する私。

このままでは「却下」なんて言い出せそうにない雰囲気。

「あ、あのぉ、そもそも、ハグハグってなに!?」

それにハンバーグもさることながら、もう一つ気になることがある。

それはハグハグ塩キャラメルプリンの「ハグハグ」である。なんだそれ。

「にひひ、この間、ローグ伯爵の騒動の時に、魔女様はリリ様をハグしていたのだ！　それを表現したのだよ！　頬っぺたが落ちるプリンなのだよ！」

「そうなんですぅ、あんまりに熱かったので、その……」

クレイモアがどんっと立派な胸を張り、リリが頬を赤らめる。

あ、ダメだ、こいつら。

ここに至って私はやっと理解したのであった。

「おい、俺は盗賊爆破ハンバーグ食べてみたいな」

「殲滅ハンバーグもいけそうだ」

頭痛の続く私とは異なり、村人や冒険者たちには大うけである。

この人たち本気で言ってるの？

殲滅ハンバーグなんてメニュー、食べたい？　そんなわけないよね？

「ふぅむ、いいネーミングやな。一本取られたで」

「ご主人様のあっけらかんとした恐ろしさが伝わってきます」

「ドラゴン解体ハンバーグ食べたいのぉ。確かに死んだことさえ気づかなそうじゃ」

審査員のメテオ、ララ、村長さんも大絶賛。

ちょっと、こんなメニューが定着しちゃったら、私が恐怖の大王みたいに思われちゃうじゃん！

「メニュー名は却下で！　もうちょっとオブラートに包んだのにして！」

私は溜息をついて、メニュー名の変更を要請するのだった。

【魔女様の手に入れたもの】
クレイモアの食堂：料理上手のクレイモアが運営する食堂。辺境の珍しい食材を使って、お客をおもてなしする。メニュー名はリリが考えた。

第5話　魔女様、メテオの真面目な発表に感動するも、やっぱり緊急事態です！

「よぉっしゃ、最後はうちの発表やな」

発表会のトリを飾るべく、立ち上がったのがメテオだった。

彼女はいつものへにゃるんとした表情ではなく、真剣な表情でステージにあがる。

いつだって軽口の止まらないメテオがあの表情である。絶対によからぬことを考えているはずだ。

背筋のぞわぞわが本日の最高潮に達しているのを感じる。

彼女はうちのトラブルメーカーである。はっきり言って期待できない。

「うちが発表するのは……」

ごくりとつばを飲む。

どうか、「魔女様の自伝で一発当てる」とか「例の魔女塩ついに発売開始」とか痛いことを言い出しませんように！

「この村への冒険者ギルドの誘致や！」

「へ……？　冒険者ギルド？」

「せや！　この村でとれている魔石や素材は大好評や。村を街にしていくためにも冒険者ギルドを村に入れて、しっかり管理できる体制を整えようっていうのがうちの提案や」

「えぇええ……!?」

開いた口がふさがらないとはこのことだ。

メテオが、あのメテオが、ちゃんとしたことを考えている!?

なんだか悪いことが起こるような胸騒ぎさえしてきた。

……うちの温泉が涸れたりとかしないよね？

「涸れるかいっ!!　ユオ様はうちを疑いすぎやって！　うちかてこの村のことを真剣に思ってるんやからな！」

メテオがいつになく真剣な顔で抗議してくる。真面目だ、嘘みたいに、真面目なのである。

……そうかぁ、メテオだってちゃんと村のことを考えてるんだ。村になにもない頃から一緒に頑張ってきたんだから当然だけど、メテオもやればできる子だったんだ。反省。

「ほんでな。先日、冒険者ギルドのザスーラ本部に申請書を送ったんやけど、ついに審査に入ってくれるっちゅう話やねん！」

メテオはそう言うと、ばばんっと手紙らしきものを私たちの前に広げる。

手紙にはこの土地での冒険者ギルドの設置について詳細が書かれているとのこと。

「す、すげぇぞ、冒険者ギルドができるのかよ」

「これで自分のレベルに合わせた仕事ができるぜ」

「ランク上げにもつながるわ！」

冒険者ギルドの誘致の言葉に冒険者たちは声を上げて喜ぶ。

「みんなも知ってるように、うちの村はまだまだや。特に冒険者の扱いは未発展もいいとこやで」

彼女が言うには、この村には以下の二つの問題があるという。
・冒険者のレベルに合わせた仕事を斡旋できていない
・冒険者がいくら頑張ってもランク付けに貢献しない

まずは一つ目だ。

冒険者に依頼を割り振る際、仕事内容をしっかり精査する必要がある。

例えば、トカゲをやっつけるのはBランクとか、そういう風に。

しかし、うちの村は人手不足で依頼内容を査定する能力のある人がいない。しょうがないので、依頼を掲示板に貼り出して、冒険者一人ひとりが自己判断で臨むことになっている。

明らかに危険な仕事はハンナや村長さんが扱うルールになっているんだけど、それでも安全とは言い難い。ハンスさんはトカゲに腰を抜かしていたし、人によって得手不得手があるだろうから。

「冒険者ギルドが間に入ることで、もっと安全に仕事を斡旋できるんやで。これってデカイやろ?」

「大きいね、たしかに」

私はメテオに頷き返すのだった。


そして、二つ目の問題は村の仕事が冒険者の実績につながらないということ。

「一番大事なのがこれやな。ギルドがあるとランク付けのための実績が得られるんや。これがあるのとないのではモチベーション的に雲泥の差やで?」

メテオの指摘に私は思わず唸ってしまう。このランク付けという側面は完全に盲点だったのだ。

私の反応を見て、メテオは言葉を続ける。

「冒険者っちゅう職業は仕事をすればするほど実績が得られて、それに応じてランクが与えられるんや。エースならA級、国をまたぐ大きな仕事ならS級っちゅうぐあいに」

「こつこつ積み重ねてランクを上げていくってこと？」

「そやけどな、うちの村ではゼロやねん、これが。いくら頑張ってもお金と素材しか手に入らへん」

私たちのやり取りに冒険者たちは、無言で頷いている。

私としてはお金や素材さえ得られればいいと思っていたが、そうでもなかったらしい。

冒険者たちにとっては称号が金銭と同じか、それ以上の価値を持つそうなのだ。

ことの重大さに今更ながら気づく私なのであった。

「俺、ずっとDランク止まりだったからなぁ」

「私たちも素材を採取できるようになったし、かなりランクが上がるわよね？」

冒険者にとってランクは自分の社会的地位そのものらしい。ハンスさんも自分がCランクであることを誇りにしていたものね。

「まとめると冒険者ギルドが間に入ることで、安全性が確保できるし実績もつく。そしたら、冒険者が増えるし、冒険者向けの商売も増える。結果、村にはもっともっと人が集まるっちゅうわけや！」

冒険者ギルドを設置することの効用を高らかに宣言するメテオ。

村の発展のためには冒険者ギルドの誘致は欠かせないってことがよくわかる。

すごいよ、メテオ。素晴らしいアイデアじゃん！

「村が発展するなら、どんどんやってくれ！」

村人も冒険者も、そして、私もメテオに拍手を送る。手放しの大絶賛である。

「魔女様、お姉ちゃん、頑張ったんですよ！　ギルドの本部とは、何回もやりあったんですから！」

クエイクが言うには、この姉妹、冒険者ギルドの設置のためにずっと動いてくれていたらしい。

私がサジタリアスに行っている間に、そんな働きをしてくれていたなんて。

「どや、ユオ様、なっかなかのサプライズやったろ？」

メテオはそう言って私にウィンクするのだった。

「もちろん！　とびきりだったよ！　ありがとう！」

喜びのあまり、メテオにハグをしてしまう私なのであった。

きっと私一人じゃ冒険者ギルドなんて考えもしなかっただろう。

メテオはふざけちらかすときがあるけど、商才は一流。彼女の素晴らしさを改めてかみしめる。

「ふふ、それでな、冒険者ギルドの審査官がしばらくしたら来るはずなんや。まぁ、あいつら仕事遅いし数週間後やろうなぁ」

「よぉし、しっかり準備しなきゃだね！」

メテオが言うには、ザスーラの首都にある冒険者ギルドから審査官が派遣されるとのこと。

その人たちが最終的な判断のための報告書を作るのだという。

「冒険者ギルドの皆様へのおもてなしが必要ですね、ご主人さま！」

「ほんとだよ。いやー、村が発展して困っちゃうね」

「そやな～」

ララの言葉にがぜんやる気が出てくる。

まだまだ課題は山積みだけど、きっと私たちなら解決できる。

「よぉっし、冒険者ギルドの審査官をおもてなししちゃおう！　村のみんなも頑張るよ！　冒険者の皆さんもご協力お願いします！」

「おぉーっ！」

「やるぞぉっ！」

「任せとけっ！」

村人も冒険者もみんなが拳を掲げる。

今、村は大きな目標に向かって前に進みだそうとしている。

そんなときだった。

「あのぉ～、魔女様、村の門のところに冒険者ギルドの職員を名乗る人が来ているのですが……」

門番を頼んでいた村の女の子が駆け込んできて、そう言ったのだった。

「やばいじゃん、何の準備もしてないいんだけど！　メテオ、これもサプライズだとか!?」

「んなわけ、あるかい！　こんなんうちも知らされてないわ！」

私とメテオは呆然と顔を見合わせるのだった。

第6話　冒険者ギルドのアリシア、禁断の大地の審査に入ります！「あれ？　この石像、ちょっと胸が大きくない？」と気づいてしまう

「じゃ、アリシアちゃんはこの仕事お願いね？」

私の名前はアリシア。ザスーラ連合国の首都に住む冒険者ギルドの職員だ。

私はギルド本部長からとある仕事の指示書を渡された。そこに書かれていた内容を読んだ私は、思わずメガネがずり落ちそうになる。

「禁断の大地に冒険者ギルドを設置するための査察……ですか？」

禁断の大地、それはこの大陸の中央部に位置し、魔族たちが支配する魔王領との緩衝地帯になっている地域だ。とにかく強力なモンスターが生息しており、いくら開拓団を派遣しても人が住むことはできない場所。足を踏み入れれば命がないと子供の頃から言われてきた。

今はどの勢力も支配しておらず、空白地帯になっていると言われている。

そんな地域の村に冒険者ギルドの審査に行けっていうの!?

うう、ゼッタイ行きたくない。

「そうよ。今、特級魔石が出回っているの知ってるでしょ？」

「知ってますけど……」

特級魔石とは大粒の魔石のことだ。

ここ数ヶ月の間に市場に出回り始め、現在の魔石市場をかき回している存在だ。

サジタリアスの市場から卸されていると聞いているけど、それがどうしたのだろう？

「話によると、その魔石、禁断の大地から出てきているみたいなのよ？　もし、本当だったら、冒険者ギルドを設置するのは妥当な判断だと思うけど」

冒険者ギルドの職員としては勉強不足なことこの上ないが、それは初耳だった。

特級魔石の産地となると、たしかに冒険者ギルドとしては放っておけないだろう。

「それに何度も何度も催促の手紙が来ているのよ。この差出人の名前に見覚えがあるでしょ？」

「メテオ・ビビッド……ですって!?」

その名前を見た私はびっくりしてしまう。

メテオは私の学生時代の同級生だ。成績は優秀だったけど、ふざけた性格の娘だった。

何度彼女にからかわれたことか。

しかし、そんな彼女がどうして禁断の大地なんかにいるの!?

……悪さでもして辺境に追放されたとか？

「知っての通り、メテオ・ビビッドはビビッド商会長の娘。冒険者ギルドが入る前に、あの商会が本格的に絡んできたら面倒くさいことになるのよね？」

「う、うぐ……」

言葉に詰まる私。

私だってメテオの母親がこのザスーラの有力かつ要注意な人物であることは知っている。

あらゆる手段を講じて目的を達成するきな臭い人物だってことも。

「まあこの差出人はあくまでも娘だけど、あの商会、敵に回すと怖いからねぇ」

冒険者ギルド長はそう言って「はぁ」とため息を吐く。

確かにビビッド商会は冒険者ギルドにも多大な影響力を持っている。

特にザスーラにおいては、かなりの依頼を請け負っているわけで、冒険者ギルドとは持ちつ持たれつの関係だと言ってもいいだろう。反感を買わないためにも依頼を受けなければならない。

「アリシアちゃん、ここ最近、全然出張してくれないでしょ？　それだと昇給の査定も厳しくなるし、そろそろ行っちゃおうか？　妹さんのことはちゃんとサポートしてあげるから安心して」

私が出張を渋る理由はもう一つあった。

それは私の妹のことだ。

つい数ヶ月前のこと、私の妹は病で倒れてしまい、ずっと調子が悪いのだ。医者に見せたけれども容態は良くならない。ひっきりなしに熱が出て、咳が続き、体がどんどん痩せていっている。

私は妹の看病のため、一日たりとも家を空けることはできなかったのだ。

最近は熱が下がってきたとはいえ、まだまだ体調は思わしくない。両親を早く失った私にとって、妹は唯一の肉親なのだ。できれば、回復するまで面倒をみてあげたい。

「で、でも、禁断の大地ですよね!?　あ、安全面は」

どうしても首都にいたい私は反論を試みる。

そもそも禁断の大地に私一人で行くなんて危険すぎる。私は受付嬢に毛が生えたようなもので、腕に自信なんかこれっぽっちもないし。

しかし、言い終わらないうちにギルド本部長は口を開くのだった。

「コラートを護衛につけてあげる。頑張ってね」

「コラートさん……!?」

コラートさんというのは私の勤めている冒険者ギルド本部の武闘派職員だ。

元はA級の冒険者で、引退後、うちのギルドで働いている初老の剣士。これまでに数々の事件を解決し、腕は一流だ。必ず生きて帰ってくるので不死身のコラートなんて呼ばれていたらしい。

彼が私の護衛に入ってくれるということは、私の安全は確保されているということ。

……つまり私には断る権利がないということだ。

「わかりました。お受けいたします……」

私は観念してそう伝えるのだった。

妹のためにも早く行って、早く帰ってくるしかない！

♨　♨　♨

「ここが禁断の大地……」

ザスーラ北部の辺境都市サジタリアスから禁断の大地までは馬で数日の距離がある。デスマウンテンと呼ばれる凶悪な死霊のいる山を迂回し、荒れ果てた道を進む。冷たい秋の風が私の体を震わせるのだった。

道中、私は気づいたことがある。

モンスターに一切出くわさないのだ。

ザスーラであってさえも、人里を離れたらなんらかのモンスターに遭遇する。

しかし、いくら道を進んでも、野宿をしても現れる気配がない。

もしかしたら禁断の大地にモンスターが溢れているなんていうのは噂話だったのかもしれない。

そんなことを思っていると、村が現れた。


「しっかりした塀がありますね。奥には城みたいなものもありますよ、コラートさん」

「ふぅむ、意外ですね」

村に到着した私たちは面食らってしまう。

辺境の村には似つかわしくないレンガ造りの塀が連なっているからだ。

入り口の門は大きく立派で、奥の建物は黒光りしていて、まるで城塞のような威容を放っていた。

黒光りする建物だなんて、いかにも蛮族の砦って感じで趣味が悪い。

村の入り口には門番の男性と女の子が待機していたので、我々は用件を伝えることにした。

「冒険者ギルド本部から来たアリシアと申します。領主様からの依頼の件で参りました」

私は門番の女の子に取次をお願いする。

彼女はコクリと頷くと「しばらくお待ちを!」といって走って去っていった。

「……普通の村、いや、普通の街っぽいですね」

待合室から村の内側を眺めていると、立派な街並みが見える。

こんな辺境の村なのに、ここまで整備されているのはなぜなんだろう?

ザスーラでさえ田舎の人々は掘っ立て小屋に住み、貧しい暮らしをしているのが普通なのに。

先程の門番の女の子だってそうだ。栄養状態が良いらしく、肌も髪もツヤツヤとしていた。

もう一人の門番の男性も筋骨隆々としている。

想像以上にこの禁断の大地の村は豊かなのかもしれない。

でも、油断はできない。

あのメテオが入り込んでいる村だ。どうせなにかを企んでいるに違いない。

それに、私はサジタリアスで妙な噂を聞いている。

この禁断の大地には灼熱の魔女が住み着いて、支配しているのだと。

もちろん、そんなおとぎ話は鼻で笑うべきことに違いないけれど。


「まさかまさかのアリシアやん！　生きとったんかい、ひっさびさやなぁ！　元気そうでなにより！」

出迎えに現れたのはメテオだった。

彼女は相変わらず口が悪い。久々の挨拶に生きていたのかはないでしょうよ。

「あんたが冒険者ギルドを呼んだんでしょうが！」

軽口を叩く彼女に抗議するものの、それでも久々の友人との再会だ。ほっとする。

メテオは相変わらず瞳が大きくて、かわいらしい。声も元気そのもの。

顔のアザがなくなっていることについては敢えて触れないでおこう。もしかしたら化粧で消しているのかもしれないし。

「おおっと、こちらがうちらの村の輝ける太陽にして偉大なる首領様のユオ様やで」

「わ、私たちの村にようこそ！　領主のユオです。この度はよろしくお願いしますね！」

そして、紹介されたのがユオと名乗る少女だった。

大陸では珍しい黒髪に、透き通るような白い肌の彼女はハッとするような美少女だった。

なんと彼女は私たちを村の門まで出迎えに来てくれたのだ。

領主というものは自分の屋敷でふんぞり返っていることが多い。いくら辺境の村とは言え、ここまでしてくれるのは珍しい。

……なにか裏があるんじゃないかしら？


「いらっしゃいませ！」

「ようこそおいでなさったぜ！」

彼女以外にもなにかの村人たちが私たちを出迎えてくれる。

あのドワーフの女の子、どこかで見た気がするけど……。

「アリシアも疲れてるやろ？　まずは疲れを取って明日から審査するのがええんちゃうか？　うん、それがええわ、うちの村にはとびきりの料理もあるし」

メテオはぎこちない笑顔で私の背中をぽんぽん叩く。

私は彼女を学生時代から知っているからわかるのだが、彼女があからさまに親切にしてくるのは本心を隠している時なのだ。

確かに足も腰も疲れている。正直、休みたい。

だけど接待を受けて、ついつい審査が甘くなるなんてことはしちゃいけない。

私だって冒険者ギルドの仕事に誇りを持っている。甘い誘惑になんか負けるもんですか！

「駄目よ。時間がないの。審査はすぐに始めるわ」

私は敢えてそっけなく伝えるのだった。

いくら学生時代の友人とは言え、公私混同はできない。

「ひ、ひぇええ、今日、始めるの!?」

「あっちゃあ、バカ真面目なんはずっと変わっとらんわ。石頭やなぁ」

「やばいってば！　メテオ、どうにかできないの？」

「そんなんなるようになるしかないやん!?」

審査を今から始めると言うと、領主様とメテオは小声で言い争っている。

ひょっとしたら、隠した方が良いものがあるのだろうか。

ふふふ、抜き打ち検査だからこそ悪さができないのだ。冒険者ギルドは清廉潔白をモットーとしているからね。

さぁ、冒険者ギルド設置にふさわしい村なのか、審査させてもらうわよ！

第7話　ラインハルト家の野望：ガガン、ザスーラの流行病に乗じて財をなそうと企む。ミラージュはついでにユオの村の計画を潰そうと画策する

――アリシアたちが禁断の大地を訪れる、一週間ほど前のこと。

「請求がここまで多いだと!?　ぬぉおおお、なぜだ!?」


ここはリース王国の王都。

ラインハルト公爵家の当主ガガンはまたも怒りに歯がみしていた。騎士団や領地の維持費などとして請求された金額が膨大なものだったからだ。

胃がきりきりと痛み、ガガンは眉間にしわを寄せる。

「昨年と同様の金額ではございますが……」

報告に来た執事はうつむいたまま答える。

確かに、請求金額は一年前とさほど変わらなかった。これまでのラインハルト家ならば気にもとめない金額だったろう。

しかし、現在は魔石の売上が芳しくなく、貯蓄を切り崩している状況だ。その中での多額の請求は非常に痛い。

「旦那様、そろそろ会合を控えるなどされたほうがよいかと思いますが……」

執事の男は声を絞り出す。彼としても現在の状況は芳しくないとわかっていた。そこでガガンたちの浪費を必死の覚悟で諫《いさ》めるのだった。

「なにを言うか！　社交は貴族の務めではないか！　身の程を知れ！」

しかし、ガガンはそれを一蹴する。

彼は生まれながらの貴族であり、節約という概念からは最も遠い存在である。金銭を浮かせるために質素な生活をするなど夢にも思ったことがなかった。

「も、申し訳ございません！　……ごほっごほっ、失礼いたしました」

ガガンの剣幕に身が縮こまる執事。そして、彼はつい咳き込んでしまうのだった。

「ふんっ、愚か者め。くだらんことを言う前に、自分の体の調子を整えよ！　この部屋からさっさと出ていくがいい」

ガガンは眉間にシワを寄せて、執事を追い出してしまうのだった。

「まったく不敬な男ですね。貴族である我々に節約せよなどとは、よく言えたものです」

その場に同席していたラインハルト家の三男のミラージュが口を開く。

「ミラージュよ、あの者は解雇しておくように。不敬な発言だけではなく、私の前で咳をするなどもってのほかだ」

「かしこまりました！」

「ふむ、咳か……」

苦々しい顔をしていたガガンだったが、咳という言葉に片方の眉毛が上がる。

彼はなにかを思いついたようだ。

「そういえば、ザスーラでは流行病が蔓延しているそうだな」

「はい。咳が止まらずに体力が削られる病と聞いております。治りにくい病で、知り合いの貴族にも病に臥している者がおります」

「ふふふ、そうか。それはいい。ちょっと待っておれ」

ガガンはそう言うと、勢いよく部屋の外へ出ていく。

そして、数分もたたないうちになにかを持って戻ってきた。

「ミラージュよ、これがなにかわかるか？」

そう言ってガガンが差し出したのは、なにかの植物が入った瓶だった。その植物は乾燥しているにもかかわらず、その枝葉は輝くような金色をしていた。

初めて見る植物であり、ミラージュは首を横に振る。

「これはあの聖域草《せいいきそう》だ。あらゆる病を癒すといわれている霊薬よ」

「せ、聖域草ですか!?」

「そうだ。先代のバカ親父が禁断の大地で採取したものがまだ残っておったのだ」

ガガンはそう言うと、植物の入った瓶をゆらゆらと揺らす。

「ふふ、これをザスーラに売って一儲けしてやろうではないか！」

ガガンは自分の計画を話し始める。

それは流行病を恐れる隣国の貴族や豪商たちに、この植物を高値で売りつけるというものだ。

聖域草は実際に高価な薬草であったが、今、ザスーラに売ればその数倍の価格で卸せるとガガンは踏んだのである。

ガガンの父親は禁断の大地から聖域草を数ダースは持ち帰っており、在庫も十分だ。

「さすがは父上！　ザスーラの貴族どもは喉から手が出るほど欲しがっているでしょう！」

「そうだろう。命ほど大事なものはないからな！」

「赤字など吹っ飛びますよ！　父上には感服いたしました！」

ガガンとミラージュはさっそく聖域草を売り込む計画を話し合うことにしたのだった。

♨　♨　♨

「冒険者ギルドを禁断の大地に作る計画があるだと!?」

「ははっ。おそらくは冒険者が増えてきたためではないかと思います！」

その数日後、ミラージュは部下の一人から驚くべき報告を耳にする。

あの禁断の大地の村、つまり妹のユオの村が冒険者ギルドの設置を要請しているという話だった。

冒険者ギルドと言えば、大陸の国々を横断する巨大組織だ。そんなものができてしまうと、ユオの領地には冒険者が集まり、ますます発展してしまう。

もしも、ユオの村が発展を続けてしまうと、その発端となった自分が責任を取らされるかもしれない。ミラージュはどうにかしてその計画を潰せないかと考えるのだった。

「冒険者ギルドなんぞ絶対に作らせてなるものか！　ふふふ、村ごと消してやるわ」

彼は父親に知られることなく、ユオの村を潰す計画を立てるのだった。

「私にご用件とはなんでしょうか？」

数日後、ミラージュは身分を商人と偽り、王都に冒険者ギルドの職員を呼び出す。

初老の彼はコラートという人物だ。ザスーラ首都の冒険者ギルドで働いている。

ミラージュの隣にはザスーラでの商売上のパートナーである、アクト商会の職員も控えていた。

それもあって、コラートはミラージュのことを本物の商人だと思い込んでしまう。

「禁断の大地の村に冒険者ギルドを設置する計画があるそうだな？　それを潰してほしい。あの村は世界中に災いをもたらしている最悪の村なのだ」

ミラージュは自分が禁断の大地の村によって、大損害を被っている商人であると説明する。

冒険者ギルドを作るなどもってのほか。むしろ、あの村に冒険者が行かないように移動禁止令を出すべきだと伝える。

「申し訳ございませんが、それは不可能です。審査は公正に行われますゆえ。お話がそれだけでしたら、失礼させていただきますが？」

そもそも、コラートの担当は護衛であり、審査を彼が左右することはできない。ミラージュの尊大な態度に苛立ちを覚えていたコラートは席を立とうとする。

冒険者ギルドは一種の権力組織であり、その規律は厳しい。簡単に買収されるはずもなかった。

しかし、ミラージュは口元に笑みを浮かべてこう言うのだった。

「コラート殿、金がいるらしいじゃないか。娘が流行病に罹っているのだろう？」

「……どこでそれを」

その言葉にコラートは固まってしまう。

図星だったのだ。彼の娘の一人はここ数ヶ月、流行病に臥していた。

ザスーラで流行している病に罹患した娘は、医師にも治せないと診断されていた。その症状を和らげるためには高価な薬を使うか、回復術師に頼らなければならなかった。

コラートは今後どうやって薬を工面すればいいかと、途方に暮れていたのだった。

「禁断の大地の村の冒険者ギルドを潰してくれれば金を全て出してやろう。いや、移動禁止令を出すようにしてくれれば、この霊薬を使わせてやってもいい」

そういうと、ミラージュはコラートの前にとあるガラスの瓶を差し出す。

その中には黄金色に光る植物が収められていた。

「こ、これは……」

コラートは思わず目を見張ってしまう。

この植物は聖域草と呼ばれ、辺境のごく一部にしか生えない薬草だった。様々な難病を癒すことから、奇跡の霊薬とも呼ばれるものだ。コラートは冒険者ギルドの業務に携わる中で、一度だけその植物を目にしており、その姿を脳裏に焼き付けていた。

「ふふ、ザスーラの貴族でも手に入らない高級薬草だぞ？　冒険者ギルドの職員ごときには一生、手に入らない代物だ」

非常に高価であるが、それ以上に入手困難であることで知られていた。

今、ザスーラ中の貴族や豪商がこの植物を求めており、その葉一枚だけで家が買えるとさえ言われていた。ミラージュの出した条件は、彼の言うとおり、破格のものだった。

コラートの喉から「ぐっ」と音が漏れる。

この薬草があれば娘の病気を治すことができるかもしれない。

元気だった頃の娘の姿が頭に浮かび、コラートの心を揺らす。

コラートにとって、ミラージュの提案は自分の娘を人質に取られたようなものだった。

「その仕事、謹んで受けさせていただきます……」

コラートは一呼吸のあと、そう答えるのだった。

返事を聞いたミラージュは、隣にいたアクト商会の商人と共に満足そうに笑うのだった。

♨　♨　♨

「ほう、それでは冒険者ギルドの職員を消せばよいのですな?」

「そうだ。査察中に事故に見せかけて始末しろ」

「ははっ」

「給金は弾む。しっかりと仕事をするように」

コラートとの面談が終わったあと、ミラージュは別の人物と話し合っていた。その人物は聖王国から派遣された魔獣使いである。

「もちろんですとも。ぎひひ」

提示された金額に魔獣使いは口角を引き上げる。

その笑顔はあからさまに下品で、いかにも邪悪な人間の笑い方だ。ミラージュは内心、辟易とする。

しかし、それでも彼は笑顔を取り繕って、魔獣使いとがっちり握手をするのだった。

「ふはは、冒険者ギルドの職員が死ねば、ギルドの設置計画など水の泡だ。いや、冒険者さえ来なくなるだろう。そうなればやつの村も終わりだ！　全て元通りになるぞ！」

ミラージュは冒険者ギルドの職員に裏工作をさせることだけを企んでいたのではない。

彼らの死をもって、冒険者ギルドに禁断の大地が危険であることをさらに印象付けようと画策したのだ。

ミラージュは自分の悪辣極まりない計画にほくそ笑むのだった。

第8話　魔女様、アリシアに「この領主の像、胸を盛りすぎ？」と感づかれるなど、散々な目に遭う

「こんにちは、冒険者ギルド本部のアリシアと申します。こちらはコラートさんです」

村に現れたのは、メガネを掛けた女の人と初老の男の人だった。

アリシアさんは淡い銀色のロングヘアで、いかにも大人の女性って感じである。

彼女がメテオと同い年と聞いてびっくりしてしまう。

へぇ〜、大人っぽいなぁ。

初老の男の人は目つきが鋭くて、剣士って雰囲気だった。きっと腕の立つ人なんだろう。

二人を観察しながら、私は考える。

とにかく、今するべきことは時間稼ぎだ。できるだけ引き延ばして、準備のための時間を確保しないといけない。とにかく、見せたくないものが多すぎる！

もう夕方に近いし、今日はゆっくり休んでもらえばいいよね。

ふふふ、温泉に沈んでもらえれば、うちの村の良さが骨の髄までわかるはず。

四の五の言わずに温泉に入るのよ、アリシアさん！

そんな風に画策していたら、まさかの事態に遭遇する。

「駄目よ。時間がないの。審査はすぐに始めるわ」

彼女はこれから審査を開始するなんて言い出したのだ。

うっそぉおお、ぜんぜん、準備が整ってないんだけど！

あれとか、これとか、見てもらいたくないんだけど！

内心叫び出したい私。

だけど、混乱しているところを見せるわけにはいかない。

ぐぅううっと奥歯をかんでなんとか耐える。

「ど、どうぞこちらへ……」

そして、私たちは戦々恐々としながら村を案内するのだった。


まずは私の立像のところに到着する。本当は一番、案内したくない場所なのだが、村の中心に鎮座していて、避けて通ることはできない。

ぐぅう、こんなことなら、やっぱりさっき爆破しておけばよかった。

とはいえ、この人達の目の前で爆破するわけにもいかないし……。

「ふふっ」

そんな折、私はある光景を目撃する。

アリシアさんが私の像を見て小さな笑いを漏らしたのだ！

しかも、その後、私の胸元にすこーしだけ視線を合わせてきた気がする……。

この人、絶対、石像の胸を盛っているのに気づいてるよね？

うわぁあああ、穴があったら入りたい！

「……今、微笑まれたんだけど!?　ドレス！　メテオ！　あんたら後でひどいからね！」

ぶつけようのない悲しみと恥ずかしみ。

とりあえずメテオとドレスにパントマイムで怒りを伝える。

この二人、絶対に許さない。明日はおやつ抜きにしよう。いや、リリの料理の味見係にしよう。

「そ、それじゃあ、訓練所に行きましょうっ！　冒険者ギルドもそこに入ってもらいますのでっ！」

とはいえ今は仕事中なのだ。

私はひきつった顔をどうにか笑顔に変える。

そうだよ、別に私の像の胸が盛ってあるからといって、不利になるなんてことはないよね？

貴族が自分を美男美女に見せるなんて、普通のことだ。そうだ、開き直ってれば問題ない。

でも、この人たちに見栄っ張りな領主だって思われるのは癪だなぁ。本当は謙虚で奥ゆかしくて内気な人物なんだけどなぁ。


「コラートさん、これは立派な建物ですね！」

「うむ、なかなかのものですな」

訓練場に案内すると二人はことのほか感心してくれた。

ふふん、これこそがドレスの自信作だもんね。

しかし、アリシアさんはとんでもないことに気づく。

「あら、なにか書かれていますよ？」

訓練所の看板が出しっぱなしだったのだ。

そこにはご多分に漏れず、例の言葉が書かれているわけで。

「『偉大なる魔女様のために血の汗流す冒険者訓練所』……。もしかして、ユオ様、魔女様って呼ばれているんですか？　血の汗って何ですか？」

アリシアさんは首を傾けて、困惑した表情。

このギルド職員、勘ぐりが鋭すぎるでしょ！

「……ま、魔女っていうのは、その場のノリ的な感じですかね？　魔力ゼロの女、略して魔女みたいなぁ!?　さぁ、そんなことは置いといて、内部もすごいんで見てください！　どーぞ、どーぞ！」

私はその質問を勢いと愛嬌ではぐらかす。

だって、私が魔女かどうかなんて勘ぐられたくないし、話題にも出されたくないのだ。

ギルドの報告書に、「この村は自称・魔女が治めている。ぷぷ」なんて書かれたら最悪だ。泣く。

「おおっ、これはまたすごいですよ！」

内部を案内すると二人はさらに驚く。なんせ、目の前には本格的な訓練場が現れたのだ。

まだ完全に出来上がってはいないけど、どこに出しても恥ずかしくない空間だと思う。

ドレスはこういうのだけ作ってくれたらいいのに。

「こんなの都市部でもなかなかないですよ！　この建物はどなたが設計したんですか？」

話の流れで設計者について尋ねられる。

「設計はこちらのドレス・ドレスデンが担当しています。ものすごく優秀な職人なんですよ！　頼りにしてます！」

　そこで紹介するのは村の職人頭《がしら》のドレスだ。モンスターに追われてうちの村にやってきて以来、いろんな仕事を請け負ってくれている。うちの村にはもったいない人材なのである。

「へへへ、ユオ様にそう言われると照れちまうぜ。ま、この村のでっかい建物はたいていあっしが設計してるがな」

「へ？　ドレス？」

「ドレス・ドレスデンとおっしゃいましたかな？」

　私がドレスを紹介すると、二人はぽかんとした表情。

　紹介の仕方がまずかったかなと思ったが、そうではなかった。

「ドレス・ドレスデンってあの、神匠のドレスさんですか？　どうしてこんなところにいるんです？　大陸中の王侯貴族があなたのこと、血眼で探してますよ!?　ギルドにも捜索依頼が来てますし！」

　アリシアさんはドレスの肩を摑んでがくがくと揺らす。

「ひ、ひえぇぇ!?　いきなり何なんだよ!?」

　これにはうろたえてしまうドレスなのである。

　二人に詳しい話を聞くに、ドレスは冒険者ギルドでもかなりの有名人とのこと。

「世間の評価なんてどうでもいいんだよ、あっしは！　この村を世界で一番豊かな場所にするために頑張ってるんだから」

　ドレスはそんな風に嬉しいことを言ってくれる。

はぁああ、もう、大好き。あの石像を作ったこと以外は。

「取り乱して申し訳ございません。ふぅむ、ドレスさんが村にいるのは高評価ですね。それでは冒険者たちが訓練する様子をお見せ願えますか？」

続いての審査は冒険者たちの訓練についてだ。安全に訓練できるかをチェックしたいとのこと。

さぁ、つつがなくお願いしますよっ！

「はい、はーい！　私たちの出番ですね！」

ここで現れたのがハンナである。彼女はこの場所で冒険者たちを訓練する立場にある。

ハンナ、いつものとおりハツラツと訓練よろしく！

笑顔の素敵な彼女ならば、きっと好印象を与えてくれるだろう。

「よっし、みんな出ておいで！」

「おうっ！」

ハンナの掛け声とともに、ぞろぞろと冒険者たちが現れる。

そして、私はポカンと口を開けるのだ。

だって連中は、揃いも揃って『あの服』を着て現れたんだもの！

「な、な、なんで、その服着てるのよ!?　ダメって言ったじゃん！」

「えぇぇ、だって『様』に書き換える時間がなかったんですものぉ」

私は思わず詰め寄ってしまうも、ハンナは困惑の表情を浮かべるのみ。ううぅ、期待した私がバカだった。

でも、ちょっと待って！　別に気にならないかもしれないじゃん。

振り返って、ギルド職員の二人を見てみると訳がわからないといった顔をしている。

そうだよね、別に不思議ではないかもしれない。背中に『魔』って入ってるだけだものね！

そうよ、これは全然、おかしくない！　セーフよ、セーフ！

私はブルンブルンと頭を振って、内側に湧き上がる疑念をかき消す。

そして、ハンナと冒険者の皆さんに訓練を始めてもらうのだった。

「ほらっ、もうちょっと強く！」

「はい、センセイ！」

彼らはそつなく訓練をこなし、訓練所の使いやすさをアピールする。

ハンナは明らかに手を抜いている感じだったけど、それはそれで良かったと思う。

冒険者を半殺しにしちゃったら、多分一発でアウトだろうし。

「すごい迫力ですね。訓練も訓練所もしっかりしているということはよくわかりました」

「そうですね。ハンナさんの指導も素晴らしかったです」

アリシアさんもコラートさんも、訓練の内容に満足してくれたようだ。よかった、これで訓練場は終わりだ。肩の荷が下りた気分の私である。

「それにしても皆さん、変わったデザインの服を着てらっしゃいますよね。特に背中に書かれた『魔』の文字はすごく印象的ですよね。なにを表しているんですか？」

「ぐ……」

ホッとするのもつかの間、背中に衝撃が走る。この人、妙に鋭い。

「それ審査に関係ありますか!?」

「え、いや、気になるといいますか。まさか魔女の『魔』ですか?」

「な、なんでしょうねぇ~? 私もよくわからないんですぅ~」

審査に関係ないなら聞かないでよ!

と、怒り出したくなる気持ちをなんとか抑えて、私はしらを切り通すのだった。

そもそも「魔女の魔なんですぅ」なんて言ったら、自己顕示欲の塊だって思われちゃうじゃん!

「うふふ、気になるなら是非、着てみてください!」

ハンナが笑顔で例の訓練着を着せようと近づいてくるも、私は大慌てでそれを阻止する。

彼女の訓練着はバカみたいに重いのである。あんなの着せられたら嫌がらせとしか思えないだろうし、場合によっては怪我をする。

私はハンナをなんとかブロックして、訓練所を後にするのだった。ひぃひぃ。

第9話　魔女様、クレイモアの食堂のメニュー名に撃沈するも、ギルド職員を温泉に沈める（まさかそっちを沈める）

「アリシア、そろそろ暗くなってきたで？　これ以上の審査は明日に持ち越しにしとこ！」

メテオがここで起死回生の一言を口にする。

西の空を見るとすっかり赤くなっていた。確かにこれ以上の審査は難しいだろう。

やぁっと終わったぁあああ！

長い長い一日の終わりに胸をなでおろす。

アリシアさんたちは温泉にでも入ってゆっくり休んでほしい。

……そうだよ！

私にはまだ温泉があるんだった！

温泉に入っちゃえばこっちのもんだ！

さっきは断られたけど、今からでも挽回できるじゃん！

しかし、そうは問屋が卸さなかった。

なんとこのアリシアさん、周囲に漂っている香りに気づいてしまったのだ。

それはハンバーグの匂い。

……そう言えば、どこに食堂を作っているのか聞かなかったなぁ？

……もしかしてだけど、訓練所に作るって話だったの!?

「ど、ど、どうかなぁ？　そんなことありますか～？」

必死にしらばっくれようとするけど、後の祭り。

「あっ、でっかいハンバーグ亭ですって！」

恐れていたとおり、クレイモアの食堂は訓練所の中にあった。

ハンバーグの香りに誘われて、アリシアさんたちはその中に吸い寄せられてしまうのだった。


「へい、らっしゃいなのだ！　みなさん、お揃いで！」

扉をあけたら、クレイモアの元気な声が響く。相変わらずの美人で笑顔が眩しすぎる。

いや、らっしゃいってなに。どういうキャラなのよ!?

「今日はなにを食べようかなのだらっしゃい？」

……なのだらっしゃい!?

クレイモアのわけのわからない語尾に頭が混乱する。

ええい、焦っちゃダメだよ。クレイモアの料理はものすごく美味しいし、食べてもらうことはきっとプラスに働くはず。

そうだよ、私。「なのだらっしゃい」がどうした、何事もプラス思考で行かなきゃ！

「そ、それじゃ、お任せでお願いね」

しかし、あのメニュー名を目に触れさせるわけにはいかない。

魔女様の盗賊爆破ハンバーグとか絶対にダメだ。レストランのメニュー名にまで登場するなんて自己顕示欲の塊だし、そもそもあのメニュー名は奇抜すぎて頭がおかしいと思われる。

そこで私は頭を使って『お任せ』というオーダーを編み出したのだった。すごいよ、私。

「魔女様からおまかせ頂きましたぁらっしゃい！」

「らっしゃい！」

クレイモアは大声で注文を復唱。

しかも、食堂のスタッフたちも同じように「らっしゃい」で返す。何なのよそれ。

ツッコミたいのは山々だけど、ここは我慢するしかない。


「美味しいいいい！」

「これは……素晴らしいですな」

クレイモアの出してくれてくれた料理はもちろん抜群。非の打ちどころのない味。

ボリュームもたっぷりで体の隅々まで美味しいが広がっていく。ハンバーグも、塩キャラメルプリンも言うことなしだった。

幸せな料理とはこういうことを言うのだろう。最高である。

「ユオ様、こんなお料理、生まれてはじめて食べました！」

特にアリシアさんは感激してくれて、おかわりまでしてしまう。

うん、いい感じ。クレイモアの料理で冒険者ギルドにも好印象を与えられたかもしれない。

そんなことを思っていた矢先だった。

「ぜひ、このメニューの名前を教えてください！　上に素晴らしかったと報告します！」

「げ……」

私の口からカエルの鳴き声みたいな低い音が漏れる。

私は追放されたとはいえ、元公爵令嬢だ。品がなかったよね、反省。

だってぇええええ、そんなこと聞かれるなんて思わなかったんだもん。

「そ、そ、それは、えーと、ハンバーグです！　皆さんが食べたのはハンバーグですよ！」

私の声が上ずる。いや、叫び声に近い勢いである。

必死だと思われるかもしれないが、あのメニュー名を言わせるわけにはいかないのだ。

「ハンバーグは知ってます！　でも、普通のハンバーグじゃないですよね」

アリシアさんはなおも食い下がる。

この人どんだけ知的好奇心に溢れてるのよ!?

別にいいじゃん、そんなこと。

「こちらは『魔女様の敵対するやつは殲滅だハンバーグ　～恐怖の魔女様は今日も肉汁を飛び散らす～』ですぅ！　うふふ」

地獄の釜の蓋を開いたのは思わぬ伏兵、リリだった。

これまで給仕をしていた彼女はひょこっと現れて、はにかみながらそう言うのだった。かわいい。

かわいいけど、かわいいけど、それはやっちゃいけないことだよ!?

彼女の「うふふ」はもはや暴力のように感じる。

「魔女様の？　殲滅だハンバーグ？」

「肉汁を飛び散らすですかな？」

アリシアさんもコラートさんも目を点にして、私の方をじっと見つめてくる。

明らかに、私のことを頭のおかしい領主だと思っている表情で。

ほらぁあああ、こうなるって言ったじゃん！（言ってなかったけど）

「ちなみにこのプリンは？」

「魔女様のハグハグ……」

「うわぁあああ」

恥ずかしさのあまり食堂から走り去る私なのであった。

美味しい食事で幸せになったはずなのにぃいいい！


……でも、それでも、私はあきらめてはいなかった。

だって、うちには温泉がある。

ふふん、温泉にさえ入ってしまえば身も心もとろけちゃうよね。

怪我だって治っちゃうし、冒険者の皆さんにとっても素晴らしいものだと気づくはず。ギルドの評価だってうなぎのぼりになるはず。

ぐへへ、メガネのロングヘアのお姉さんを温泉に沈めると、どんな声で感激してくれるかな？

お堅いアリシアさんが未知の快感に顔を歪めるのが今から楽しみだ。

おっといけない、悪役みたいな思考になっていた。

「メテオ、やるわよ！」

「そやな、サービスタイムやで！」

クレイモアの食堂を出たあと、私はアリシアさんを温泉に連れていくことに決めた。

この村には娯楽がない。美味しいご飯を食べたら、あとはもう温泉に入るぐらいしかないわけで、せっかくの旅人をおもてなししない理由はないのだ。

「あのぉ、アリシアさん、これから予定ありますかぁ？」

「えーと、宿に戻りまして業務報告書を書いて終わりって感じですね」

何だかわからないが、温泉よりは優先順位が低そうだ。それなら好都合。

ちなみに彼女の宿は温泉リゾートではない。あの入り口は怖がらせる可能性が高く、ひいては私に対する盛大な勘違いを生むからだ。

「それなら私たちと一緒にいいところに行きましょう。温泉っていうんですけどねぇ」

「せやせや、疲れてるやろ？　ふくく、ひっさびさに旧交を温めようや。水入らずで！」

私とメテオは左右からアリシアさんをがっちりホールド。

とにかく温泉に入れたら私の勝ちだ。ひへへへ、骨の髄まで癒してあげるわ。

「い、いきなりなんなんですか？　怪しすぎますよ!?　おんせんってなに!?」

はっきり言って、その時の私たちは焦りすぎていたのかもしれない。

アリシアさんは顔を歪めて悲鳴を上げる。

「大丈夫やって。最初はみんなそう言うけどな、ちょっと足の先でも入ったらわかんねん。本能がこれを求めてるって、あとはもう快感に体を任せとけばええねん」

メテオは完全に悪役みたいなセリフを吐く。「な、なんだか怖いんだけど！　それでは明日、おやすみなさぁい！」

なんということでしょう。

アリシアさんは私たちの腕をするりと抜けて、宿の方に走っていった。

凄まじい逃げ足の速さ。うぅう、クレイモアに捕まえてもらえばよかった。

「この村に来て、温泉入らないなんて前代未聞やで……。あの子、なにしに来てん？　あ、冒険者ギルドの審査やったっけ」

メテオの言う通りこの村で温泉に入らないなんて、塩のかかっていないお肉みたいなものだ。

ちぃっ、あのお姉さん、真面目すぎるんじゃないかな。

温泉の良さを感じてもらえないなんて、すごく損した気分だよ。堪能して欲しかったのに。

「……そ、それでは私も失礼します」

背後にいたコラートさんは会釈をしてそそくさと去っていこうとする。

しかし、そうは問屋が卸さない。

この際、グレイヘアのおじさんでもいい。温泉の素晴らしさを教えてあげなくちゃ！

「クレイモア、やっちゃいなさい」

「らっしゃいなのだ」

「な、なんですかな!?　私はどこへ連れていかれるのです!?　なんだこの女の力は!?」

さきほどは逃げられたけど、クレイモアなら大丈夫。

私たちはコラートさんをむりやり温泉へと連れていき、男湯の面々に引き渡すのだった。

一時間後、コラートさんはとても満足げな表情で温泉を出ていったとのこと。

ふふふ、将を射んと欲すれば先ず馬を射よってね。

そんなふうにプラス思考で乗り切る私なのであった。

……明日って村の外を散策するんだっけ？

大丈夫かな？

♨ アリシアの日誌 ♨

今日は禁断の大地の村に到着した。

想像以上に発展した村で、人口も数百人はいるようだ。レンガ造りの街並みは美しく、ザスーラの首都と比べてもそん色はない。

案内された冒険者ギルドの施設の名前は無茶苦茶だが、あのドレス・ドレスデンが設計したとのこと。神匠と言われて著名な彼女だが、驚いたことにこの村に定住しているそうだ。

冒険者の訓練所は申し分なく、スペースも十分。ギルドを置くのも問題はなさそう。

訓練所に併設する食堂も非常に美味。とびきり美人の女性がシェフをしているのだが、非常に美味。ものすごく美味。あんなハンバーグ食べたことがない。めちゃくちゃ美味しい。もう一度食べたい！

このハンバーグを食べるためなら、この村に住んでもいい。そんなふうに思えるほど美味しかった。思い出すだけでお腹が減ってきた。

食堂の店主はどこかで見たことのある人物に見える。それに、あのウエイトレスのかわいらしい女の子も。

査察を通じて一番驚いたのは、この村の領主が村人からの尊敬を一身に集めているということだ。

ユオというその少女は村人から尊敬どころか、崇拝されている存在だ。

村には彼女の像が建っているほどである。

彼女はどこからどう見ても普通の女の子なのだが、村のみんなからは魔女様と呼ばれている。

そういえば、食堂のメニュー名にも「魔女」という言葉が躍っていた。敬愛ぶりが凄まじい。

あるいは、自己顕示欲の表れなのだろうか？

しかし、それならどうして彼女は自分が魔女であることをはぐらかすのだろうか？

たまに見せる恥ずかしそうな表情はなんなのだろうか？

もしかしたら、彼女はこの村の民衆にただただ持ち上げられているだけかもしれない。普通の女の子なのに、勝手に祭り上げられているのかもしれない。

そう言えば、昔、そんな物語を読んだことがある。何の変哲もない少女を村の守り神として祭り上げる蛮族の逸話を。うーむ、さすがは辺境の村。おかしな風習があるものだなぁ。

追記。ユオ様とメテオに「おんせん」なるものに誘われたけど、なにか良からぬ企みを感じたので逃げることにした。相変わらず油断も隙もない。

♨　コラートの日誌　♨

禁断の大地の村。
腰が軽い。
温泉は素晴らしい。本当に素晴らしい。

第10話　魔女様、冒険者ギルドの二人を村の周辺に案内するつもりが思わぬトラブル巻き込まれ、あろうことかお姫様抱っこ朝崖されてしまう

ごごごごごごっ……


「ひえぇぇ!?」

朝から地震が起きて、びっくりしてベッドから落ちた私なのである。

ぐむむ、寝覚めが悪い。ちょっとだけ頭がぼんやりして、イライラする。

この村ではたまに地震が発生するのだ。理由はわからないけれど。

「ご主人様、大丈夫ですか？」

「大丈夫よ。ありがとう。今日は頑張らなくちゃね」

私は背伸びをして、気持ちを入れ替える。

今日は冒険者ギルドの二人を村の外に案内する予定なんだよね。気合を入れなければ。

「領主様、おはようございます」

アリシアさんは肌ツヤもよく、今日も美人だった。

昨日のクレイモアのハンバーグが良かったのだろうか。温泉に入ればもっと美肌になれるのに。

「おはようございます。今日はよろしくお願いします」

コラートさんはもっと元気そうに見える。

肌艶が良く、口ひげもキラッとしている。ふふふ、温泉が効いたんだろうなぁ。

「それじゃあ、行くぞい！」

今日私たちを案内してくれるのは村長さんだ。

彼はこの地域で一番の古株だし、この辺りの地理に明るい。村の周辺を案内するのに一番適任と言える。

「あ、あなたは……!?」

いざ出発のタイミングなのだが、コラートさんは目を丸くして口をぱくぱくさせる。

「ふむ、久しぶりじゃの。コラートじゃったかな？」

「ご無沙汰しております、剣聖様。まさかこのような村にいらっしゃるとは……」

コラートさんが固まってしまった理由は村長さんにあった。彼が言うには、昔、村長さんにお世話になったらしい。危ないところで命を救われた恩人とのこと。

「ふ、ふひぇえ、こ、この方、け、け、剣聖のサンライズさんなんですか!?」

しばらく話を聞いていたアリシアさんだったけど、いきなり騒ぎ出す。

目の前にいるこの白髪のおじいさんが、あのサンライズだって気づいたらしい。

「ふふふ、おじいちゃんはとっても有名人なんですね！」

二人のリアクションを見て、ハンナは嬉しそうに笑うのだった。

♨　♨　♨

「それじゃ出発しましょう！」

今日のメンバーは村長さん、ハンナ、私、アリシアさん、コラートさん、それにシュガーショックだ。シュガーショックは大きい姿でいるとびっくりされるので、今日は縮んでもらっている。

「うわっはぁあああ、もふもふですよぉおお、なにこの天国!?」

アリシアさんは犬が大好きなようでシュガーショックに抱きつく。

シュガーショックは嬉しそうに尻尾を振る。えらいぞ、シュガーショック。こうやって好印象を積み重ねるところから勝負は始まるのだ。

今日は冒険者が素材を集めるのに適しているかどうかをチェックするとのこと。

基本的には村の周辺をぐるっと探索することになっている。

村長さんとハンナがいれば護衛は十分だよね。私はシュガーショックの散歩に行くつもりで付いていけばいいや。

「ふむふむ、さすが禁断の大地ですねぇ～。珍しい素材がいっぱいですよ！」

アリシアさんは道すがら、好奇心旺盛に歩き回る。

冒険者も言っていたけど、うちの村の周りには珍しい素材が沢山落ちているらしい。

ぐがぁあああああ！

そうこうするうちに、相変わらずの森トカゲが襲来。

もっとも、村長さんとハンナの前にはなすすべもなく、即座にバラバラになってしまう。

うぅむ、二人共さらに腕を上げたんじゃないかな。

「ひ、ひぃいいいいい、陸ドラゴンを瞬殺……」

アリシアさんは顔を青くして口をひくひくさせている。

あれをドラゴンだなんて言う人がハンスさん以外にもいたんだなぁ。

「あっ、セキトリ草ですよ！　あ、あのぉ、こちらを頂いてもいいですか？」

探索中、アリシアさんは道端に生えている草が欲しいみたいで上目遣いでお願いしてくる。

うちの村の近くにあちこち生えている草だ。確か薬草かなにかだったはず。

「どうぞ、どうぞ」

「ありがとうございます！　あっ、ここにもあるっ！」

そう答えると、彼女はすごい勢いで採取し始めた。

しまいには崖にほど近い、ちょっと危ないところまで行ってしまう。

そんなときだった。

「魔女様、大きいのが来ます！」

ハンナが叫んだ次の瞬間！

猛烈な勢いでイノシシが突っ込んでくるではないか。

その大きさは尋常ではなく、鋭い牙がにょきにょき生えている。これって村長が言っていたイノシシのモンスター!?

「よぉし、いざ尋常に勝負ですよ！」

ハンナはどういうわけか、剣を抜かずにイノシシに向かって走り始める。

うそ、これって、まさか!?


どげしぃっ！


……どたん。

妙に激しい音がしたあと、ハンナとぶつかったイノシシは地面に転がってしまう。打ちどころが悪く気絶したらしい。

巨体のイノシシを体当たりでやっつけるなんて、どういうこと!?

すごい……。すごいよ、ハンナさん!!

「ふぅむ、まずまずじゃのぉ。じゃが、踏み込みが甘い。こうじゃぞ？」

「えへへ、魔女様が見ているので緊張しちゃいましたぁ」

この期に及んで甘さを指摘する村長さん。てへっと笑うハンナ。まさに村の守り神の姿だ。

思えば、数ヶ月前までこの人たちはやせたかなしい姿だった。この二人を開花させてしまったのは、人間社会にとっていいことだったのだろうか？

もしかしたら、私はとんでもない化け物を解き放ったんじゃないだろうか？

微笑みあう二人を見て、不穏なことを思う私なのであった。

「ひ、ひぇええ!?」

ハンナの活躍に見とれていると、予想外のことが起こる。

アリシアさんが崖から落ちそうになっているではないか。

イノシシに驚いて、よろけてしまったらしい。

崖の近くで薬草を採取していたのも不運だった。彼女は崖の草をつかんで、悲鳴をあげている。

「私につかまってください！」

「た、た、助け――――」

コラートさんが手を差し出し、彼女はなんとかその手にすがりつく。

しかし、次の瞬間、今度はコラートさんの足元がぐらりと崩れる。

どうも地盤が脆くなっていたらしい。

「ひきゃあああ!?」

アリシアさんの叫び声と共に、二人は崖の下へと消えていく。

うっそぉ、やばいでしょ、これ！

「シュガーショック、お願い！」

私はシュガーショックに二人を助けるように号令をかける。

シュガーショックはいつもの大きな狼へと変身し、風のような速さで崖の下へと飛び込んでいく。

飛び込んだ勢いはものすごいのだが、先は霧が濃くなっていて見えない。

私たちは数十メートルはあろうかという崖の下を注視するのだった。

「ふむ、アリシアさんもコラートも、ずいぶん気が早いのぉ。自分から朝崖《あさがけ》するとは」

ひゅおおおっと風の吹きすさぶ中、村長さんから予想外の一言。

いやいやいやいや、あれは自分から落ちたんじゃなくて、事故ですから！

こんな崖から好き好んで落ちる人がいるわけないじゃん、あんたたち以外に！

「大丈夫ですかぁああ？　生きてますかぁあ!?　リフレッシュしましたかぁああ!?」

ハンナが大きな声で呼びかけるも、猛烈な風が吹いていて声がかき消されてしまうようだ。

シュガーショックが間に合えば、なんとか無事に降りられたかもしれない。

だけど、これはまずい。早く見つけなければ！

「村長さん、ハンナ、崖の下まで助けに行ける？」

「もちろんですとも！　しかし、ちょいと厄介なところに落ちたようじゃな。ハンナ、魔女様を頼むぞい！　それでは！」

村長さんはまさかのまさか、崖を走って下っていく。

どうやら崖のわずかな窪みを利用しているらしい。

あれ？　崖って走って下るものだっけ？

朝崖って、朝に崖を駆け降りることだったの？

村長さんの運動能力に驚愕しているところに、ハンナから一言。

「じゃ、魔女様、私たちも行きますよ！」

「は？」

「魔女様、失礼いたしますね」

「へ？」

気づいたときにはハンナにお姫様抱っこされている私。

生まれてはじめてのお姫様抱っこがこれ？

「魔女様の抱き心地、最高ですぅううう」

「ちょっと待った、心の準備が」

しかも、この流れ、なに？

どう考えても私を抱えて崖から降りるつもりだよね？

そもそも、私が行く必要ある？　ないよね？

「うっそでしょぉおおおおおおお!?」

吹きすさぶ風の中、私の悲鳴はそりゃあもう豪快に響いたのだった。

♨　ミラージュ・ラインハルトに雇われた魔獣使い　♨

「やったぞっ！」

ミラージュから依頼を受けていた聖王国の魔獣使いの男は物陰でほくそ笑んでいた。

彼は事故に見せかけて冒険者ギルドの職員を殺すことを計画していたのだ。

彼の計画はイノシシのモンスターを操り、職員二人に突っ込ませ、崖から落とすことだった。

モンスターは金髪の少女に始末されてしまったものの、職員二人は不運にも崖から落ちてしまう。

もちろん、それは魔獣使いの彼にとって幸運であること、この上ないが。

数十メートルの崖から落ちてしまっては命はないだろう。

彼はターゲットたちの安否を確認することなく、その場を後にするのだった。

第11話　アリシア、なんとか無事に着地するも、またもやピンチに追い込まれる

「きゃああああ!?」

私、死ぬ。こんな辺境で死んでしまう!?

薬草を拾おうとして崖から落ちるなんて、なんて間抜けな死に方なんだろう。

手を差し伸べてくれたコラートさんを巻き込んでしまうなんて、本当に私はバカだ。

私なんかの命を助けるためにコラートさん、ごめんなさい！

神様、来世ではもっと賢い人間になります。せめて、コラートさんだけでも助けてください！

観念して目を閉じた瞬間だった。

……ん？

にゅまっとした感触が私の体を包む。生あたたかいというか、生ぬるいというかなんとも表現のしようのない感覚。もしかしてこれが死ぬってことなんだろうか……。

目の前が真っ暗だし、これが死後の世界？

「わわっ!?」

そんなことを思っていたら、地面に転がされる。

私の目の前には巨大な、本当に巨大な白い狼が立っていた。

「ひ、ひ、ひぃぃいいいいい!?」

いくら死後の世界でもモンスターに遭遇するのは恐ろしすぎる。

私は冒険者ギルドに所属しているけれども受付嬢あがりである。腕っぷしに自信はない。

死んだっていうのに恐怖は感じるようで、ガクガクと足が震える。

「アリシアさん、どうやら無事だったようですね。良かったです」

私が一言も発せないでいると、後ろから声がする。

その声は!?

慌てて振り返るとそこにはコラートさんがいた。私と一緒に死後の世界に来てしまったのだろうか。

「いや、生きていますよ。その白い狼が私たちを空中でくわえてくれたんです」

「う、うっそぉ!?」

信じられないことが起きた。

なんだかよくわかんないけど、目の前のモンスターのおかげで私たちは助かったのだ！

どうしてこのモンスターは私たちを助けてくれたんだろうか!?

あの村に魔獣使いがいたとでも？

目の前の白い狼は私たちを襲う気配すらなく、辺りを注視している。まるでなにかを警戒するかのようだ。

それから彼（彼女かもしれない）は、わぉおおおんと大きな声で吠えた。

その声を聞いて私は気づく。

「シュガーショック!?　あなた、シュガーショックなのね!?」

そう。吠えた時の声質がユオ様の飼い犬であるシュガーショックと同じなのだ。

無類の動物好きの私じゃなかったら聞き逃していただろう。

それにしても大きさが違いすぎる。もしかしたらシュガーショックの親や親戚なのかもしれない。

「ありがとぉおおおお！」

私は白い狼に抱きついて心からの感謝を伝える。その、白いもふもふの中に顔を埋めて幸せな気分になるのだった。


「コラートさん、これからどうしましょうか？　助けを呼べる状況ではないかもしれませんね」

コラートさんは切り替えが早い。彼は辺りを見回して険しい顔をする。

そう、ここは禁断の大地。無事に着地できたからといって、安心はできないのだ。

この地域には陸ドラゴンを始めとして、凶悪なモンスターがたくさん現れる。いくらコラートさんの腕が立つといっても危険であることに変わりはない。

「あちらに丘があります。登って辺りを見渡してみましょう」

コラートさんに従って丘の方に向かう。

シュガーショックはその位置から動かないようだ。顔を険しくしたまま、辺りをしきりに警戒している。その様子に少しだけ嫌な予感がするも、私はコラートさんを追いかけるのだった。

「これは……まずいですね」

小さい丘から辺りを見回すと、私は軽くめまいを覚える。

なぜなら私たちのいる場所は切り立った崖に挟まれていて、逃げ場がどこにもないのだ。

私たちが着地した辺りには巨大な岩がゴロゴロと転がっていて、行き止まりになっている。

よじ登れるところがないか探してみるも、私の体力では難しそうだ。

「ひゃっ!?」

どうしようかと途方に暮れていると、私は岩につまずいて転んでしまう。膝を擦りむいてしまって、ひりひりと痛い。こんな時になんて私はドジなんだろう。

「ア、アリシアさん、あ、足元を見てください……」

そんな時だった。

神妙な顔をしてコラートさんが私の足元の岩場を指差す。心なしか彼の声は震えていた。

コラートさんの指し示す方向、そこには金色に光る草が生えていた。

ん?　これ、どこかで見たことがある?

「ま、まさか、聖域草ですか、これ!?」

そう、あの幻の霊薬とも言われる聖域草が生えているのだ。

聖域草は浄化の力を持ち、モンスターを抑え込む力があると言われている薬草だ。人間に使った場合には、あらゆる病を癒す力があることで知られていた。

禁断の大地にこんなものが生えていたなんて!?

すごいことだ。これがあれば私の妹の病気も治るかもしれない。

ごくっと唾を飲み込む。

手を伸ばして摘み取りたいけれど、ためらってしまう。ザスーラじゃ、一部の上級貴族しか使えない代物だ。

こんな貴重なものを私たちが回収していいんだろうか!?

「……アリシアさん、これは神様がくれた幸運ということで頂いておきませんか？」

ためらう私を見てコラートさんが続ける。

「私の娘は流行病にかかっています。これがあれば娘を救えます。もちろん、冒険者ギルドのマナーには反すると思いますが……」

「それは……。たしかに、うちの妹も流行病で咳が止まらず……」

私の脳裏に咳で苦しむ妹の姿が浮かぶ。彼女は夜中にも咳き込むため、満足に眠ることもできない。ここ数ヶ月、どんどん痩せてきているのだ。

これがあれば妹は助かる。

崖から落っこちたのは確かに不運だった。しかし、その先でこんなものに出会えるとは。

「わかりました、これはギルドにも内緒で頂いちゃいましょう」

私とコラートさんは見つめ合って、お互いの意思を確認する。

これで妹も治るし、コラートさんの娘さんも治る!

貴重な素材の採取については冒険者ギルドへの報告と提出が義務付けられている。そのため、本当はこんなことをしてはいけないのはわかっている。ギルドに知られたら厳罰ものだろう。

それでも、妹が救えるなら……。

私は幻の薬草の発見に思考が凍ってしまっているような気がした。

びしっ、ぎしっ、どどどどど……！

聖域草を採取した直後のことだ。なにかが割れるような音が聞こえてくる。

ひょっとしてモンスターかと思ったけれど、もっと大きな音。今朝の地震の音を大きくしたような、そんな音だ。どこかで崖崩れでも起きたのだろうか？

「アリシアさん、警戒を！　なにかが来ます！」

「はいっ！」

私は慌てて聖域草を保存用の袋に放り込む。

「まずいですね……」

コラートさんの額には汗が滲んでいる。なにか良からぬものを発見したのだろうか。


ぐごぁあああああ！


「ひぃっ!?」

十秒もしないうちに私たちの目の前に現れたのは、牛の頭をつけた巨人だった。

あ、これ知ってる。ダンジョン学の研修で習ったモンスターだ。

「ミノタウロスですよね、コラートさん……」

「そのようですね」

ミノタウロス、それは巨大な斧を持ち、人を好んで殺す化け物。すさまじい攻撃力を誇り、一頭のミノタウロスに熟練の冒険者パーティが全滅させられたと聞いたこともある。

ふしゅるるるる！

荒々しく鼻から息を漏らすミノタウロスは腕から血を流しているようだ。

「嘘でしょ……」

ミノタウロスってダンジョンにしかいない化け物だったはず。

どうしてこんなところに!?

「アリシアさん、下がってください。今は謎解きをしている場合じゃありませんよ！」

コラートさんは剣を抜き、ミノタウロスの方向に駆ける！

彼はがぎぃん、がぎぃんっと斬り合った後、なんとか倒してしまった。

つ、強い！

相手が手負いだったこともあるけど、さすがは元A級冒険者！

「よかったぁああ、これで聖域草を持って帰れますね！」

気持ちが一瞬、上向きになる。

しかし次の瞬間、私の笑顔はすぐに掻き消えることになる。

ぐごぉあああああああ!!

私たちの目の前にミノタウロスが再び現れたではないか。

しかも、今度は三体も。そのうちの一体は頭が青い。あ、あれは、あの色は。

「あ、あ、あれはハイミノタウロスじゃ……」

ハイミノタウロス、それはミノタウロスの上位種。ミノタウロスの親分みたいな立ち位置で、もはや図鑑でしか見ない化け物だ。

ダンジョンの奥にいて、たしか岩をも砕く腕力を持っていたはず。

三体とも体のあちこちに怪我をしているけれど、脅威であることに変わりはない。

「ちっ、さすがに分が悪いですね。……アリシアさん、ここは私が精一杯、引き止めますから、どうにか帰り道を探してくださいませんか。もし帰れたら、妻と娘に達者でと伝えてください」

コラートさんは口元に笑みを浮かべて三体のミノタウロスの前に立ちふさがる。

多勢に無勢ながら、絶対にここを通さないという思いが背中に溢れていた。

「コラートさん……」

私はコラートさんの覚悟を理解する。

彼は私を逃がすために時間稼ぎをするつもりなんだろう。

でも、肝心の私は恐怖で足がすくんでしまって、動けない。叫ぶことすらできない。

あぁあああ、私のバカ、バカ、バカ！

私の足、動いてよ！

そうこうするうちに身もすくむような魔獣の叫び声と、斧と剣がぶつかる音が聞こえてくる。

コラートさんは斧をなんとかいなし、敵に一撃を入れる。

しかし、傷は浅く、致命傷には至らない。彼らは残虐な笑みを浮かべると、すぐさまコラートさんを取り囲む。それから先は一方的だった。

「ぐはっ!?」

魔獣の一匹がコラートさんに体当たりを食らわせ、地面にごろごろと転がす。

斧を頭上に掲げ、コラートさんを両断しようとする姿はまさに悪魔だった。

コラートさんが斬られたら、次は私の番だろう。

ごめんなさい、コラートさん、私が崖から落ちたばっかりに。

これで人生最後だと目をつぶった瞬間だった。


ずどっ、ずどっ、ずどっ。

おかしな音が立て続けに三回続く。

「ここにおったんか、捜したぞ？　ふぅっ、命は大事にせねばいかんぞ、コラートよ」

「剣聖様……」

目の前には剣聖のサンライズさんが立っていた。

その足元にはミノタウロスの頭が転がり、憤怒の表情を浮かべている。

それから、ばたんっと崩れ落ちる、ミノタウロスの体。

た、た、助かったの……!?

第12話　魔女様、ダンジョン発見です！　奥に化け物がいると聞いてちょっと嫌な予感がする

「魔女様、喋っちゃ駄目ですよ。舌をかみますからね！　それじゃレッツゴー！」

お姫様抱っこされた上に、そんなことを言われる私である。

やだ、ハンナって、割と頼りがいがあってかっこいい……などと思うわけもなく、私は軽く走馬灯を見ながら落下するのだった。

「あははは！　たぁのしぃいいい！」

崖のわずかな窪みを使って崖を降りるハンナ。

しかも、けたたましく笑いながらである。人間としてどうかと思う。絶対に間違ってる。

「……っ、着いたぁ」

生きた心地もしないまま、私たちは崖の下に到着。

膝がガクガクと震え、頭はまだくらくらしている。

それでも生きて降りられたのだから良しとしよう。

辺りは森になっていて視界が悪く、アリシアさんたちの姿は見当たらない。

「魔女様、向こうになにかいます！」

「アリシアさんたち？」

「いいえ、違います。もっと多いです」

心臓を落ち着かせたのも束の間、ハンナが私に警戒を促す。彼女はもう剣を抜いて神妙な表情をしていた。

モンスターだろうか？

うごがぁっ！

しばらくすると、魔獣の叫び声みたいなのが聞こえてきた。聞いたことのない声で、明らかに尋常ではない雰囲気。私たちはその声の方向に近づいてみることにした。

「シュガーショック、この牛どうしたの!?」

開けたところに出たら、シュガーショックが立ち尽くしていた。

足元にはたくさん牛の頭が転がっている。

な、なんてことを！

うちの村には牛がいないとはいえ、どうしても牛肉が食べたかったんだろうか。何の罪もない家畜をやっつけちゃうなんて……。シュガーショックの飼い主として牧場の人に謝りたい。

あれ？　こんなところに牧場なんてあるかしら？

「魔女様、ただの牛ではありませんよ。これは牛男《ぎゅうお》です」

「ぎ、牛男!?」

「えぇ、牛と男が合体したモンスターです。こう、がちゃんとくっついてます！　たまに崖から這い出してくるんで駆除してるんですけど」

「なるほど……」

よく見てみると、シュガーショックの周りにはバラバラになった魔獣の体が転がっていた。

ハンナの言う通り、これはモンスターらしい。

誰かの家畜を襲ったのかもしれないと思ったけど取り越し苦労だったようだ。よかった。

シュガーショックは鼻を鳴らしながら、こちらに駆け寄ってくる。体は魔獣の血で汚れていたけれども、怪我はないようだ。村に帰ったら温泉で洗ってあげなきゃいけないね。

「シュガーショック、アリシアさんたちは無事?」

尋ねるとシュガーショックは向こう側の丘を鼻で指し示して教えてくれる。

どうやらそちらに行ってしまったらしい。歩けているってことは無事ってことなのかな。


「ま、魔女様!　あれを見てください!　洞窟があります」

そんな時である。ハンナが岩場にぽっかりとあいた大きな穴を指さして、声をあげる。

それはただの洞窟ではなかった。その入り口はまるで神殿のようで、明らかに人工のものと思われる彫刻が施されていた。

目を引くのは六つの円が重なっているレリーフ。

なにかのマークだろうけど、見たことのない紋章だ。少なくともリース王国の貴族のものではない。

大昔の遺跡かなにかだろうか?

洞窟を眺めながら唸っていると、後ろから声をかけられる。

「魔女様、ハンナ!」

「あ、おじいちゃんだ！　皆さんもいらっしゃいますよ！」

振り返ってみると、村長さんたちが手を振っているではないか。

アリシアさんもコラートさんも無事らしい。

良かったぁあ。本当に良かった！

「申し訳ございません！　ご迷惑をおかけしました！」

私が謝ろうとするよりも早く、アリシアさんが平謝りに謝ってくる。

どうやら泣いていたらしく、目の周りが赤い。あんな崖から落ちたのにメガネは無事だったらしい。人命救助を果たしたシュガーショックを私はもう一度、なでなでしてあげるのだった。


「……これはまずいことになったのぉ」

二人を回収して、いざ帰ろうと思い立った時のこと、村長さんは神妙な顔でそう呟く。

そう言えば、この崖をよじ登らなきゃいけないんだっけ!?

そりゃ、たしかに無理だ。

……私が崖を適当に爆破して、階段を作っちゃうってのはどうかな？

「いや、そのことではございません。魔女様、あれを御覧ください」

村長さんが指差したのは、先ほどの大きな神殿のような入り口だった。洞窟のように穴が開いており、その向こうは真っ暗。あれがどうかしたんだろうか？

「あれは何十年か前、この辺りを調査したときに発見した、古代の遺跡ですじゃ。とんでもない化け物がおったんで封印しておったんじゃがのぉ」

そう言えば、村長さんは禁断の大地を開拓するために移住してきたんだものね。周辺を調査していてもおかしくはない。

それにしても、とんでもない化け物が眠っているなんて、ご冗談を。村長さんが恐れるモンスターなんているわけないじゃん。村長さん自身が化け物なのに。

「いや、手強いやつですぞ。仲間の魔法使いとともに、二重三重に封印をしておいたんじゃが、地震で崩れてしまったのかもしれません。魔物を封印するための聖域草もなくなっておりましたし」

「聖域草?」

「ええ、魔物を封じ込める薬草ですじゃ。こちらの土地ではたまに生えておったんですがのぉ。あれをちょちょいと組み合わせると封印の魔法陣がわりになるでの。まぁ、植物ですから枯れてしまったのかもしれません」

なるほど植物を使ってモンスターを閉じ込めるなんていう技術もあるのか。

ふぅむと唸ってしまう私である。

村長さんが発表の際に言っていた、「近づくと危険」な場所はまさしくここだったようだ。

「それって、あうあうあう……」

「これは……、まずいですね」

アリシアさんとコラートさんは神妙な表情を崩さない。

そりゃそうだよね、偶然とはいえ、おかしな遺跡を見つけちゃったんだから。

「あの遺跡から瘴気が溢れてモンスターを発生させるんですじゃ。おそらくはこの牛男たちも、あの遺跡から出てきたのじゃろう。わしはちょっくら見てきますぞ」

村長さんはそう言うと、遺跡の方に様子を見に行ってしまう。

崖から飛び降りたっていうのに、疲れた素振りは一切ない。本当に元気である。

「……あ、あのぉ、コラートさん、牛男って、ミノタウロスのことですよね？」

「そのようですね。剣聖様はたやすく斬りましたが、あれは間違いなくミノタウロスです」

「それじゃ、あれってもしかして……ダンジョンじゃないですか？」

「瘴気がひどくて魔物が集まる場所。古代の遺跡。……ギルドのダンジョンの定義からすれば、そうなるでしょうね」

アリシアさんたちは遺跡を眺めながらなにかを話し合っている。

そして私の方に向き直ってこう言うのだ。

「ユオ様、大変ですよ。あれってダンジョンです！」

「ダンジョン？　ダンジョンって、あのダンジョンですか!?」

「そうです、あれはダンジョンです！　この土地にダンジョンがあったんです！」

アリシアさんの顔がひきつっている。

もちろん私の顔もひきつっている。

ダンジョンといえば、モンスターがうようよ現れる場所だ。つまり、危険な場所なのである。

「すごいことです、これ……」

「ですよね……」

すごいことだとは思う。

でもちょっと引っかかるんだよね。

あの村長さんが「化け物」が奥に眠っているなんて言うのが。そんな場所を暴いちゃっていいんだろうか？

村の安全を考えると再び封印した方がいいのかもしれない。いっそのこと爆破する？　蒸発させるのもありなんじゃない？

「魔女様、とりあえず応急処置をした方が良いようですじゃ。外気が入ると内側に眠っておったモンスターが目を覚まして出てくるかもしれません。わしがどうにか時間を稼ぎましょう」

村長さんはそう言うと大きな岩を転がして、洞窟の入り口を塞ぎ始める。

「おじいちゃん、私も手伝います！」

ハンナももちろん、村長さんを加勢する。

岩で遺跡の入り口を封鎖してモンスターが出てこないようにしようっていう話らしい。

確かにモンスターを野放しにするのはまずいよね。シュガーショックが牛の味に目覚めたりしたら嫌だし、牛男にはもう出てきてほしくない。

「剣聖様、私たちにできることがあれば手伝わせてください！」

居ても立ってもいられなくなったのか、アリシアさんたちも駆け寄っていく。

村長さんは「村に戻って魔物除けと村の男どもを連れてきてくれんか」と応える。

なるほど、魔物除けがあれば、多少は時間稼ぎになるかもしれない。

私はアリシアさんと、怪我をしているコラートさんをシュガーショックに乗せる。

「それじゃ、行ってきま――――ひきゃあああああ!?」

そして、アリシアさんとコラートさんの二人は悲鳴を上げるまもなく消えてしまう。

シュガーショックが本気出すと、ちょっと怖いよね。ごめん。


「村長！　わしらの出番だと聞いたぞ」

シュガーショックは十分もしないうちに村のハンターさんたちを連れて戻ってきた。すごく早い。

「ダンジョンが開いたようじゃ」

「な、なんだって!?」

説明を聞いた彼らは、みんながみんな、表情をこわばらせる。今さら知ったことだけど、村のハンターさんというのは、村長さんの騎士団時代からの部下らしい。彼らは開拓時にこのダンジョンを発見したそうで、事の重大さがわかっているのだ。

私は彼らの作業を見守りながら、このダンジョンをどうすべきか考えるのだった。

それにしても、ダンジョンの奥にいる化け物ってどんなのだろう？

♨　災厄の六柱、ラヴァガランガちゃん、目覚める　♨

長い間、私は眠りについていた。

暗く、冷たい地の底で。

最後に地上を歩いてから、もう何百年かすぎ去ってしまったのだろうか。

私は私を封印した人間への恨みを忘れてはいない。

やつらは私をこの地底へと誘導し、さらには封印を施した。

真正面からは私に敵うはずもない人間はなんと小賢しいやつらだ。

しかし、ついに封印が完全に決壊した。

最初に感じた異変は熱だった。

どこからともなく現れた、その巨大な熱は大地を温め、さらには私の体を温めた。それはとても心地よく、私の魂を鼓舞するかのようだった。

さらに大地の揺れによって、私を封印していた巨岩が割れる。

続いて小賢しい人間による浄化の魔法陣も消えた。

数百年ぶりの呼吸。

熱が湧き起こり、体中に染み渡っていく。

行き場のない私の怒りが、今まさに世界に放射されようとしている。

蹂躙してやる。

この世界の全てを。

私を見捨てた魔族どもも、なにもかも。

手始めは人間、お前たちだ。

災厄の六柱たる、このラヴァガランガが本当の恐怖と絶望を味わわせてやる。

第13話　魔女様、「ダンジョンなんて爆破しちゃえばいいじゃない？　うちの村には温泉があるんだし」とこともなげに言う。「それはやめて」と仲間たちは必死に止める

「ご主人さま、ご無事でなによりです！　話は伺っております！　大変なことになりましたね」

村に帰還すると、みんなが集まってくる。

みんなワクワクした表情で、興奮を隠しきれないという感じだ。

私はいまいちダンジョン発見のすごさにピンときていない部分もあるけど、みんなが喜んでいるならよしとしよう。

「これから忙しくなるで！　にゃはは、大儲け間違いないでぇえ！」

「うっしゃああ、ダンジョンなんて、もう、うちら勝ち確定やでぇえ！　何千通りもの商いができるし、完全勝利や！」

メテオとクエイクは目をらんらんと輝かせ、腕を組んで踊りだす。

相変わらず仲良しである。とてもかわいい。

「古代の遺跡だって!?　未知の技術とか素材とか、眠ってるやつだろ！　あっしは今、猛烈に燃えてるぜっ！　野郎ども、仕事の時間だ！」

ドレスも大喜びだ。この子もメテオと似てるところがあるよね。

「皆さん、私たちの話を聞いてください！」

とはいえ、神妙な顔をしている人たちもいる。

それは冒険者ギルドのアリシアさんとコラートさんだった。

二人は眉間にシワを寄せて泣き崩れそうな顔をしていた。かなり意外な反応だ。

彼ら冒険者ギルドにとってダンジョン発見は喜ぶべきことなんじゃないだろうか。

なにかあったのかな？

「いいですか、落ち着いて聞いてください。ダンジョンが見つかると、あることが起こると言われているんです」

アリシアさんの剣幕に押されて、私たちは静まり返る。

明らかによからぬ雰囲気の中、彼女は言葉を続ける。

「魔物のスタンピードです」

「スタンピード？」

「はい。これまで閉じ込められていた魔物が一気に表に出てくることなんですけど……」

「剣聖様が調査して以降、何十年も閉じ込められていたのなら、その規模は非常に大きくなると予想されます。おそらく、あの谷を埋めつくすほどの大群が一気に出てくるでしょう」

アリシアさんたちはスタンピードという現象について詳しく教えてくれる。

ダンジョンから魔物が大量発生し、群れで襲ってくることを言うらしい。

禁断の大地のダンジョンなので、より強力なモンスターが溢れ出る可能性もあるとのこと。

ふぅむ、さっきの牛男程度なら村長さんやクレイモアが片付けられそうな気もするけど……。

「それが……スタンピードで真っ先に狙われるのは、近くの人間の住んでいる場所なんです」

「え？」

「つまり、この村です」

「ユオ様、たくさんの村や街がダンジョンの発見直後に滅ぼされたことが記録に残っています。ダンジョンは崖で囲まれていますが、魔物はきっと登ってきますよ！　このままでは」

「む、村が滅ぶ？」

アリシアさんたちの説明は全くもっておめでたくないものだった。

魔物が大群をなして行進してくる様子を想像して、背筋が寒くなる。

うちの村には腕利きのハンターがいるとは言え、人口のほとんどは農民だ。

温泉のおかげでマッチョになったし、ドレスの作った防壁もある。だけど、自衛能力が格段に高いというわけではない。

彼女たちの言うとおり、村の中にまで攻め込まれたら、一巻の終わりかもしれない。

みんながそんな想像をしてしまったのか、場は一気に静まり返る。

「ご、ごめんなさぁあああい！　私が、私たちが悪いんです！」

「本当に申し訳ございません！」

私たちが愕然としていると、冒険者ギルドの二人がどういうわけか土下座をする。

しかも、頭を床にしっかりとこすりつけるタイプのやつを。

「えぇえええ、ちょっとどうしたんですか!?」

突然のことに困惑する私たち。

訳がわからないので落ち着かせて話を聞くことにした。

「実はあそこに聖域草が生えていて、結界だと知らなくて抜いちゃったんですぅ」

「領主様、私が悪いんです！　アリシアさんをそそのかしたのは私です」

アリシアさんとコラートさんは二人で事の次第を教えてくれる。

ダンジョンの近くに聖域草が生えていたので抜いてしまったこと。

アリシアさんは妹さんの、コラートさんは娘さんの病気を治癒するためだったこと。聞くところによると、ザスーラでは流行病が蔓延しているらしく、どうしても手に入れたかったとのことだ。

ふぅむ、知らなかったのならしょうがない気もするけど。

「領主様、剣聖様、申し訳ございません。私はこの村を……」

コラートさんは更に言葉を続けるのだが、その内容は看過できないものだった。

彼はとある商人からその薬草を受け取るのと引き換えに、冒険者ギルドの設置を阻止しようとしていたというではないか。

実際には行動に移さなかったが、村に損害を与えようと画策したのは事実らしい。未遂なら話さなくてもって思うけど、だいぶ、潔い性格なんだなぁ。メテオだったら、絶対に黙ってると思うけど。

「全て私が悪いんです。アリシアさんには何の罪もありません。私を魔獣の餌にしてください」

コラートさんは土下座のまま、頭を床にこすりつける。

あんまりにも痛そうなので、とりあえずやめてもらう。

「コラートさんも、アリシアさんも、もういいわ。十分に謝意は伝わったから」

我ながらお人好しだと思うけれど、私は二人を許すことにした。

やむにやまれぬ事情があったこともわかったし、そもそも未遂である。第一、ダンジョンの封印が解けたのは薬草をひっこ抜いたからだけじゃないと思う。

「ふむ。今朝の地震でしょうな。わしらが封印したのも何十年か前のことじゃ。遅かれ早かれ、いずれあれの封印は解けたじゃろう」

村長さんも私の言葉に頷いて同意してくれる。

そう、彼らの行動はきっかけの一つだったかもしれないけど、それが全てじゃない。

「それでも私が村を陥れようとしたのは事実です！　私に罰を与えてください！　私のせいでこの村はスタンピードに巻き込まれようとしてるんです……。あの素晴らしい温泉を私は……」

コラートさんはなおも引き下がらない。

瞳には涙を浮かべ、震える声で謝罪してくる。

この人もなかなかに頑固な人だ。娘さんのためとはいえ、村の発展を妨げようとしたことに強い罪悪感を覚えているんだろう。

はぁっとため息が出る。

私の内側にあるのは怒りの気持ちだった。

コラートさんの娘を思いやる気持ちを利用したゲスな商人への強い強い怒り。

人の弱みに付け込むやつっているんだよね。そういうやつってだいっ嫌い！

「ひ、ひぃいい、ユオ様、あの、その髪が……」

私のイラつきが顔に出てしまっていたのか、アリシアさんが今まで見たこともないような表情をしている。なにかに怯えるような表情というか。

あっちゃあ、いっけない、私、頭に血がのぼっちゃったらしい。領主たるもの、こういう非常事態のときこそ冷静でいなくちゃいけないのに。反省。

「よっし、じゃあ、一旦、状況を整理するわよ。大丈夫、止まない雨は降らないわ」

「せやで！　うち譲りのええこと言った！　よぉし、作戦会議や！」

そういうわけで、みんなの心を落ち着かせて状況を把握することにした。
・あと数時間もすればスタンピードが始まり、魔物が溢れること
・真っ先に狙われるのはこの村であること
・村まで攻め込まれたら、さすがに守りきれないこと
・村長さんの言っている危険な化け物がいるかもしれないこと
「なっかなかのピンチやな」

「でもまぁ、ご主人さまならなんとかしちゃうんでしょうね」

メテオやララはこんな状況なのに不敵な笑みを浮かべている。

なんとかしちゃうなんて期待されても困るんだけどなぁ。相手は未知のダンジョンだし……。

「そうだ！」

ここで私の脳裏に素晴らしいアイデアが浮かぶ。

「いっそのこと、ダンジョンごと爆破しちゃえばいいんじゃない？　私がえいやって熱を通せば、万事オッケーじゃん！　そうしようよ！」

そう、ダンジョンが問題を引き起こすのなら、ダンジョンごとなくしちゃえばいいのだ。

そもそも、うちの村には温泉があるし、魔石もとれるし、ダンジョンなんていらなくない？

ダンジョンなんて害悪なのだ！

温泉だけあれば、それでいい！

「却下や、却下」

「な、なんでよぉっ!?」

しかし、メテオは即座に首を振る。

「ふぅやれやれ」などと言いながら、彼女は続ける。

「あのな、ダンジョンいうのはお宝の山なんやで？　これを根こそぎ爆破するなんて話聞いたことないで？　温泉があればそれだけでええってわけには、そらいけませんよ。通りません」

「くっ、メテオのくせに生意気な……」

あのメテオにこんこんと諭される私なのである。うぐぐ、正論に耳が痛い。

まぁ、言ってみたかっただけだし、別に本気だったわけじゃないんだけど！

厄介者は爆破した方が楽かなぁって思っただけだし！

「そうですね。ダンジョンは世界への神様のプレゼントだと言われています。適切に管理できれば、ものすごい富を生み出すのは事実ですよ。ご主人様の爆破欲もわかりますが」

ララは私を諭すわけでもなく、冷静に分析してくれる。

しかし、今の言い方では私がダンジョンを爆破したいだけみたいに思われてる気がするのだが。

何なのよ、爆破欲って。私にそんな欲求あるわけないじゃん。

「そうだぜ、どうにか有効活用する方向で行こうぜ！　ダンジョンで素材を回収しなきゃ！」

「せっかくのダンジョンなのだ、遊ばない手はないのだ！　とにかく潜ってみて、飽きたら爆破すればいいのだよ！」

ドレスやクレイモアも私の意見に反対とのこと。

ドレスは素材が欲しいだけだし、クレイモアはただ戦いたいだけに思える。

つまり、爆破しちゃえ派は私一人なのである。リリをちらりと見やると「ひぃっ、ば、爆破は怖いですぅ」と怯えた声を出す。別に誰彼構わず、爆破するってわけじゃないのになぁ。

「うーん、ちょっと待って。考えてみるから」

私は腕組みをして考える。

この村の近くにダンジョンができるって具体的にどんな感じなんだろう？

うちの村の名物である温泉と組み合わせたアイデアを考えられないかな。

「例えば、こういうこと？　冒険者がダンジョンに入ると疲れるでしょ？　疲れた体を温泉に入って回復させるでしょ？　そしたら、再びダンジョンに潜って、温泉に入る……」

「そういうことです！　どう考えても富の無限ループですよ、ご主人さま！」

「なんせうちの温泉は疲労がめっちゃとれるからなぁ」

「こちとら素材もとれるし、一石二鳥だぜ！」

「リゾートももっともっと拡張できるで！」

「魔物どもと遊んだ後は温泉に入って、美味しい料理を食べるのだ！」

私が温泉とダンジョンを組み合わせた仕組みを想像し始めると、みんなは笑顔で畳み掛けてくる。

ダンジョンで儲けるっていうより、ダンジョンに集まる人たちで儲けるってことか。

そうなれば、冒険者向けの武器屋・防具屋、酒場にレストラン、はてにパティスリーや花屋さんまでできるかもしれない！

温泉リゾートだってもっともっと発展するよね！

お土産を扱う温泉街ができちゃったりなんかして！

「あ、あのぉ、盛り上がっているところ悪いんですが、魔物のスタンピードですよ？　わかってます？　村を捨てて避難したほうがいいのでは？」

再び盛り上がり始めた私たちに、アリシアさんが消え入りそうな声で質問してくる。

「ふふふ、甘いでぇ、アリシア。うちらはそんなにやわとちゃうで？　思い込んだら一直線やで」

メテオの言うとおり、私たちにはもうビジョンが見えている。

ダンジョンと温泉を往復する冒険者の姿が。

そんな冒険者をおもてなしする村のみんなの姿が。

湯けむりたなびく温泉街の姿が！

うはは、ダンジョンがあれば村の温泉をますます発展させられるじゃん！

私は飛び跳ねたい欲求を抑えて、ふぅっと息を吐く。

それから、一同の目をじっと見つめると、みんなは黙って頷いた。怯えた表情をしているのは、アリシアさんと、コラートさんとリリぐらいである。

「大丈夫。私に考えがあるわ。ハンナ、村長さんのお散歩コースの地図を持ってきて」

スタンピードを止めるには、あれしかない。

私は自分の血が熱く煮えているのがわかった。

♨　アリシアさんの回顧録　♨

「ダンジョンを爆破しちゃえばいいじゃない！」

領主のユオ様がそう言った時、私は面食らってしまった。

この子、ちょっとおかしくなっちゃったんじゃないかって。

気持ちはわかる。だって、せっかく築き上げた村が崩壊する瀬戸際なんだもの。

私たちが彼女に避難するように説得するも、温泉街がどうだとか言って突っぱねられる。

現実が見えていない女領主と仲間の皆さんに愕然とする私とコラートさん。

私たちはこれから始まる地獄絵図に恐々とするのだった。

でも、いざ彼女の作戦が始まってみると……。

第14話　魔女様、生まれてはじめて「いけにえ」を使います。栄えある、いけにえの第一号はやっぱりこの人！

ぐごぁあああああああ！

ふしゅるるるる！

溢れ出すモンスター！

猛々しいモンスターたちの雄叫び。

すべてを踏み潰す邪悪な足音。

「ひきゃああああああ!?」

「なんでうちがぁあああああ!?」

それに負けず劣らず谷に響き渡る、二人の悲鳴。

彼女たちはぐるぐる巻きにされて、長い棒の先端からぶらさがっている。

「にゃははは！　鬼さん、こちらなのだ！」

「ほらほら、ついてきなさぁい！　こっちのほうが美味しいですよ！」

そんな棒を抱えながら、モンスターを不敵に挑発するクレイモアとハンナ。

「ユ、ユオ様、本当に大丈夫なんですか!?」

顔をひきつらせるアリシアさん。

「大丈夫、きっと上手くいくわ！　絆の力があれば！」

私は確信を持ってそう答えるのだった。

この「みんなの絆でモンスター誘導大作戦」なら、スタンピードだって一網打尽にできるはず。


――――さかのぼること、数時間。


「ダンジョンを破壊するな」と怒られた私はあるアイデアを思いついた。

その作戦のかなめとなるのが、村長さんのお散歩コースの地図である。実際にはお散歩なんて甘いものではなくて、崖から跳んだりモンスターと格闘したりと、殺人コースに近い。

村長さんの話ではちょっと細工すれば大岩が降ってきたり、槍が飛んできたりもできるらしい。

完全に殺しにきている、悪意たっぷりのお散歩コースなのだ。

「こちらをどうされるのですか？」

「ふふふ、この殺人コースを逆手に取るのよ！」

私のアイデアはこうだった。

ダンジョンから出てきたモンスターたちを、この散歩道に誘導するのだ。

こちらが敵を挑発して逃げることで、コース上の殺人モグラやイノシシが勝手に戦ってくれるってわけ。つまり、モンスター同士を戦わせるっていうのが目的だ。

「なるほど、モンスターには仲間意識なんてありませんからね」

「ユオ様にしては、素晴らしいアイデアやん」

「いけそうですね……」

みんなが神妙な顔をして同意してくれる。

メテオの「ユオ様にしては」っていうのが気にかかるけど。

「あ、あのぉ。その誘導する係は誰がやるんですか？」

心配そうに声をあげるリリ。

危険すぎる作戦なので、怯えてしまうのも無理はない。

もちろん、戦闘力ゼロの彼女にやってもらうことはない。そもそも、リリはヒーラーなのだ。彼女の力は裏方に徹することで真価を発揮する。戦場に送るなんてどうかしてると思う。

「リリは怪我人の治療をしてもらえばオッケーだよ」

「よ、よかったぁああ」

リリは安心しきった顔をする。

「ここはハンナとクレイモア、頑張って」

ここで白羽の矢を立てたのはハンナとクレイモアだ。

彼女たちは散歩コースを何度もくぐり抜けているし、誘導するにもスムーズだろう。万が一、戦闘になっても大丈夫だ。

「えぇぇぇえ、ダンジョンから出てきた活きの良いやつと戦いたいです！」

「あたしもなのだ！　なんならダンジョンに潜っちゃうのはどうなのだ？」

二人は不満そうな声を出す。

それでも、この二人以外に適任はいない。彼女たちは何度もこの散歩コースを駆け抜けていて、道を熟知している。迷わずにモンスターを誘導できるのだ。

「どうしても戦闘が必要になったら戦っていいから。ハンナ、今日は村のために頑張ろうよ。クレイモアだって、食堂をオープンするんでしょ？」

「わかりました！　村のためなら、なんだってやります！　いけにえにだってなりますよ！」

「ぐううう、わかったのだ。でもでも、これが終わったらダンジョンに潜るのだ」

私が言い聞かせると、二人はなんとか納得してくれる。いい子たちである。

よっし、これでこの作戦は上手くいくわ。

心のなかで、そうガッツポーズしたとき、疑問の声があがる。

「あ、あのぉ、お二人じゃ上手くいかないと思うんですけど」

訝《いぶか》しげな顔をしているのはクエイクだった。

彼女は眉毛を八の字にしたまま言葉を続ける。

「ハンナさんもクレイモアさんも、なんていうか、モンスターの天敵やないですか。そんな二人がいくら挑発しても、モンスターは感づいてついてこないいんとちゃいます？」

「あ……、そっか、そうだよね」

盲点というやつだった。ナイスな指摘だよ、クエイク。

私の村の外にはたくさんのモンスターが溢れている。

しかし、この二人と森を歩いたりしても、それほどモンスターに遭遇しないのだ。

モンスターの本能はすごくて、わざわざ強い相手には向かってこないものなのだ。

モンスターは弱い人を狙う。これは言わずと知れた鉄則なのである。

しかし、この二人じゃないとお散歩コースを安全に誘導できないだろうし。

ぐむむ、どうしたものだろうか。

どこかにモンスターを挑発というか、誘引できる人材はいないかな？

すぐに泣き叫んでモンスターが無我夢中で追いかけてくるような人材が。

腕組みをして考えていると、この村で最もか弱い存在に気づく。

そう、なにを隠そう、この私である。

意を決して「私は魔力ゼロだし、囮《おとり》に最適なのでは？」と聞いてみるも、みんな溜息をついて首を横に振る。メテオに至ってはジェスチャー付きの半笑いである。

領主の私だけ安全圏にいるわけにはいかないと思って提案したのに、なんで却下されるんだろう。

腕組みをして、考えること数秒間。

「あ」

私の視界にピンク髪の少女の姿が映る。彼女の瞳は潤み、不安なのかその肩は小刻みに震えていた。

彼女の名前はリリアナ・サジタリアス。言わずと知れた、サジタリアス辺境伯のご令嬢だ。今ではこの村のために魂を捧げるとまで言ってくれている、強い心の持ち主でもある。

彼女はとにかく戦闘には向いていない。この前森に入ったときも真っ先に狙われていたし、基本的に最初に悲鳴をあげる。

彼女の自信なさげな表情や華奢な体つきがそうさせるのか、とにもかくにも襲われやすいのだ。

「な、な、なんですか!?　なんで皆さん私の方を向いているんですか!?」

本能でなにかを察知したリリは変なトーンの声を出す。戦闘のセンスは皆無だけど、野生の勘はそれなりにあるのだろう。追い詰められた野うさぎが「ぴきぃい!?」って鳴くのに似てるというか。

不憫すぎて、これから起こることに同情を禁じえない私。

しかし、私は心を鬼にして前言撤回するのだった。

「リリ、悪いけど、モンスターの挑発係、頑張って」

「ひ、ひえぇえ、なんで私なんですか!?」

「……リリならきっと上手くいくわ！　だって、リリだもん！」

「答えになってませぇえええん！」

もうこの時点で泣きそうになっているリリである。

とはいえ、彼女の護衛にはクレイモアとハンナがいるのだ。二人の化け物に守られている状態ならなんとかなるだろう。

「大丈夫なのだ、リリ様はあたしが守るのだ！　だってほら、リリ様の護衛はあたしなのだから、あたしと一緒にいてくれないと護衛にならないのだ！」

「ふふ、大丈夫ですよ。攻撃を受けたとしても先っぽだけです！　じきに慣れますよ！」

クレイモアとハンナは謎の論理でリリを説得する。

「一緒じゃなくていいです！　だいたい、先っぽってなんですかぁあああ!?」

当然、そんな論理は通るはずもなく、リリは泣き叫ぶように抗議する。

いや、先っぽっていうか、攻撃を一ミリたりとも受けさせたくはないんだけどなぁ。

ふぅむ、囮が一人だと攻撃が集中しすぎて危険かもしれないよね。

他に適任は……？

私はその場にいる面々をぐるっと見回す。

ララはおしとやかに見えて戦闘経験が豊富だ。氷魔法の使い手だし、悪者には一切躊躇しない怖さがある。

正直、目が笑っていないこともしょっちゅうである。

ドレスはもともとA級の冒険者。筋肉質だし、負けん気が強いし、囮には不向き。

クエイクはいつも悲鳴を上げてるし、だけど、この子はうちの村とサジタリアスの間の道なき道をいつも往復しているんだよね。道中ではモンスターも出るだろうし、ある程度、腕に自信があるかもしれない。

アリシアさんもいい人材だと思うんだけど、冒険者ギルドの人だしなぁ。さすがに部外者を囮には使えないよね。本人が立候補するなら喜んで採用するけど。

あとは……、あの子しかいないか。

「よっし、メテオもついでに行っちゃおうか。いけにえ……じゃなくて、挑発係は二人ぐらい欲しいところだし」

「な、な、なんでうちやねん!?　クエイクもおるやろ?」

「ほら、昔、スライムに追われてきたし、クエイクより絶対腕っぷし弱いし。大丈夫、メテオはどっちかというと保険だし、リリが主菜でメテオは副菜っていうか……」

「なんなんその二番手感、めっちゃ腹立つんやけど!　全然、おもろないで?　みんなも、こんな冗談、笑われへんって言うたってよ!　……へ?　なんやねん、みんな、その目は……」

突然の指名に、メテオは冗談だと思ったらしい。わぁわぁわめいて話を聞こうとしない。

しかし、周りの空気は違った。

一同は目を伏せたり、そらしたりしている。

クエイクは「お姉ちゃん、たまには空気読まなあかんで？」とポツリとこぼす。

「ほ、ほんまなん？」

場の空気に感づいたメテオは小刻みに震え始める。

猫耳が寝ちゃっていて、それはそれでかわいい。

そう、私の返事は決まっているのだ。

「ほんとよ」

「うっそぉおおおお!?」

と、こんな経緯でもってリリとメテオの二人を挑発係に据えることにしたのだ。

うふふ、ダンジョンを爆破されたくないのなら一肌脱いでもらわなくちゃ。

もちろん、万が一のことがないように、丈夫なロープで固定するし、うちの村のハンターさんたちにも護衛をお願いするけどね。

「ユオ様は鬼ですぅううう！」

「こんなん、ありえへんで！　公平にくじ引きで決めようや！　こら、クエイク笑うな」

現時点で泣きわめく二人の顔を見て、これなら大丈夫だと確信を深める私なのであった。

ごめんね、でも、これが絆の力だから！

「さっきから聞いていればなんなんですか!?　いけにえなら私がなります！」

ハンナは抗議してくるけど、これはいけにえじゃないからね。

あくまでも無事に作戦を遂行させるための、えーと、……人材活用なんだから。

♨　アリシアさんの回顧録　♨

いけにえにされなくて良かったぁああ。

【魔女様の手に入れたもの】
挑発係：敵を挑発するスキルを持つ人材。リリやメテオといった非戦闘員は素でモンスターをおびき寄せることができる。特にリリのそれは一級品である。

第15話　魔女様、ダンジョンの入り口を封鎖しようとします。だけど、変なやつが近づいてきてますよ？

「行っちゃいましたね……」

モンスターのスタンピードはすさまじいものだった。なにも対策を講じなければ、千を超えるモンスターたちが一気に放出され、怒濤の勢いで崖を駆け上がり、村に突撃していたはずだった。

しかし、作戦は成功。

モンスターたちはリリとメテオの悲鳴に誘われて、一目散に追いかけていくのだった。

さすがはリリにメテオ！

これからも挑発係をお願いしたいなぁ。いざというときには。

「それじゃ、私たちの仕事を始めるわよ！」

モンスターがいなくなった頃合いを見て、私たちも動き出す。

まずやるべきはダンジョンの封印だ。

アリシアさんいわく、スタンピード直後のダンジョンはほとんどもぬけの殻状態になるとのこと。

そのタイミングを見計らって、これ以上モンスターが出てこないように封鎖することができるらしい。

「よぉし、いくぞい！」

「おうとも！」

村長さんを始めとして、村の猛者たちが岩で封鎖をする作業に入ることになった。

ドレスの部下であるドワーフの面々も手伝ってくれるので、以前よりも頑丈な壁になりそうだ。

しかし、これはあくまでも仮初のものだという。

奥にいる強いモンスターはゆっくりと出てくる可能性があるそうなのだ。

それではどうするかというと、封印の魔法を二重三重にかけるらしい。アリシアさんいわく、そのためには冒険者ギルドから特殊な魔法を使える人を呼び出さなければならないとのこと。

封印が完了するまでの間、管理者たる我々は門番をすることになっていて、場合によっては、モンスターとの戦闘も請け負うとのこと。

うーむ、ダンジョンの管理って大変なんだなぁ。面倒くさいなぁ。爆発させたいなぁ。

「ふんっ」

ダンジョンの周囲にはモンスターも相当数いるようだ。

村長さんは現れるモンスターをやっつけながら作業を進める。

「すごいですよ！　まさしく未登録の遺跡型のダンジョンです！」

ダンジョンの入り口に辿り着いたアリシアさんは歓声をあげる。

彼女はダンジョンの研究をしていたらしく、どうしてもというわけでここまでついてきたのだ。

ちなみに彼女の護衛としてコラートさんも来ている。

「これはおそらく大賢者のレミトト時代のものですよ。それに、この文様、どこかで見たことがある気がします」

「六つの円が重なっている文様ですね。うーむ、大昔のもので間違いないようですが」

「六つの円って……、あのぉ、大昔の六つの災厄って聞いたことがありますか？」

「大陸のあちこちが破壊されたあれですか？」

「えぇ、人間側にも、魔族側にも大きな被害が出たとかいう……」

二人はあれこれ話し合いながら、熱心にメモを取っているようだ。

ダンジョンが見つかったら、冒険者ギルドに詳細を報告しなければならないらしい。

彼らの話は専門的で私にわかるはずもないけど、こういう遺跡って面白い。古代のロマンだよね。

ふぅむ、せっかくかっこいい外観なんだし、モンスターを全部やっつけちゃって、子供からお年寄りまで楽しめる観光地にするほうがいいんじゃないだろうか？

中をのぞいてみると、ほのかに明るい。まるで壁に魔石ランプがくっついているようだ。

「ユオ様、壁の光はダンジョン魔石です」

「ダンジョン魔石？」

「ダンジョン自体の魔力によって作られた魔石です。なんせ、ダンジョンは生きていますから」

「生きているの？　命があるってこと？」

「ええ。ダンジョンはモンスターみたいなものだと言われることもあります。どういうわけか、壁が壊れても修復されますし、モンスターや宝物を勝手に生み出すんですよ」

「ふーむ、不思議だねぇ」

アリシアさんの話は実に興味深い。

ダンジョンが生きているなんて生まれてはじめて聞いたよ。

しかし、それだとモンスターを一掃するだけじゃ駄目ってことかぁ。観光地化は難しいのかもしれない、ちょっと残念。ダンジョンの中に温泉でも作ったらいいかなぁって思っていたのに。


おぉおおおお……。

そんなことを考えていると、風が流れているのか、遺跡の奥の方から不穏な音がしてくる。

カビ臭いにおいが髪の毛にまとわりついてきて、ぞわぞわっと背筋に冷たい汗が流れる。

いくらほのかに明るいからって、こういうのに潜りたいっていう人の気が知れないね。クレイモアに誘われても、私は絶対にパスしよう。

「魔女様、そろそろ、終わりそうですじゃ」

しばらく経つと、村長さんたちは頑丈なバリケードを作り上げてしまった。さっきよりも多めに魔物除けも置いたし、当分は大丈夫だっていう話だ。

「村長さんも、村のみんなも、ご苦労様！」

一応の仕事完了にふぅっと息を吐く。

あとはハンナたちが上手くやってくれればいいんだけど。

よくよく考えたら、あの脳みそ筋肉の二人は魔物をきちんと誘導できているんだろうか？

少しだけ不安を感じながら、村の方角の空を見上げる私なのであった。

♨　ラヴァガランガちゃん、魔物を吸収しながら地上へと向かいます　♨

ごちゃごちゃとうるさい音がする。

人間どもが上でなにかを始めたのだ。またも私を封じ込めようとしているらしい。

愚か者め、私の封印はもう解けたのだ。もはや私を止められるものか。

大きく息を吐き、大きく息を吸う。呼吸するたびに私の中に熱が溜まっていく。

かつて人間の都市を破壊したときのように、私の体は熱に溢れている。

この洞穴を進みながら、私は体をさらに熱く燃やしていく。

ここは瘴気が濃く、魔物の質も高い。人間であれば束になっても敵わない魔物もいるだろう。

しかし、そんなものは私にとって食料にすぎない。私が軽く撫でるだけで、魔物どもは燃えていく。

その亡骸の魔力を吸い込むたびに、私の体はもとに戻っていく。

逃げ惑う魔物たちに導かれるように進むと、出口の光がかすかに見える。

数百年ぶりの光。

さぁ、蹂躙の時間だ。ありとあらゆる魂を燃やし尽くしてやる。

人間どもの顔が苦痛と恐怖で歪むのが今から楽しみだ。

第16話　リリとメテオ、囮役を見事に果たす。おまけにハンスは泣き出します

私の名前はリリアナ・サジタリアス。

ひょんなことから、この村でお世話になっています。普段は村の治療院で冒険者の治療をしたり、学校で子どもたちに教えたり、楽しく働いています。

私は村でのお仕事が大好きで、その喜びを教えてくれた、領主のユオ様が大好きです。

いつも明るくて、太陽みたいで、一緒にいるだけでポカポカします。

仲間の皆さんも大好きです。頼りがいのある仲間ですし、彼女たちと一緒ならどんなことでも乗り越えていけるって信じています。

そんな、ある日のことでした。

私とメテオさんに与えられたお仕事は、モンスターのおびき寄せ係だったのです。


「っきゃあああああ!?」

「う、うっそやろぉおおおお!?」

私とメテオさんはぐるぐる巻きにされて頑丈な棒に吊るされると、そのまま担がれてモンスターの囮になるのでした。

私たちの後ろから数え切れないほどのモンスターが追いかけてきます。

うぎょがぁぁあああ!?


わめき散らしながら迫りくるモンスターは凶悪そのもの。

たぶん、私なんかじゃ一撃で死んでしまうでしょう。

だけど、そのモンスターたちは別の種類のモンスターに襲われて倒れていきます。

ハンナさんとクレイモアの誘導は想像以上に巧みで、モンスターの群れはどんどん数を減らしていくのです。

だけど、こっちはもう悲鳴を上げるだけで精一杯。正直、気絶しそうです。

「にゃはは、そろそろ戦いたくなったのだ!」

「クレイモア、駄目ですよ!　最後までいかないうちに戦っちゃだめです!」

中盤辺りに来た頃合いでしょうか、クレイモアはモンスターに向き直ってしまいます。

彼女は剣聖、生粋の戦士です。目の前に敵がいるのに逃げるっていうのは性に合わないのでしょうか。

でも、ユオ様の作戦はぎりぎりまで引きつけて、数を減らすこと。中途半端なところで戦ってしまうと警戒されるかもしれないのです。

「大丈夫なのだ!　黒髪魔女は手を出すなと言っただけなのだ。足ならいいのだよっ!?」

「そんな問題じゃありません!　ひきゃあああ!?」

クレイモアは自分からモンスターの群れに飛び込んで、四方八方の敵を蹴散らします。彼女の体は全身が武器です。たとえ剣を振るわなくても、凄まじい力を持っています。

飛び散るモンスターの四肢。その断末魔の叫びはすごいことになっています。

「足技とは考えましたね！　それなら私は肘です！」

ハンナさんはこれまた華麗な肘技でモンスターたちをふっとばします。

彼女の肘技も尋常ではなく、モンスターに穴が開きます。

なんなんでしょうか、この人たちは。全身凶器なんでしょうか。

ぐがぁあああ!?

うごがぁ!?

モンスターたちに動揺が広がっていきます。もしかして、自分たちこそ化け物を相手にしていると気づいたのでしょうか。

これはまずいです。ひょっとしたら、私たちを追いかけてこなくなるかもしれません。

どうにか囮として頑張らないと……。

でも、肝心の私はもう喉がかれてしまって声を上げることができないのです。

「こうなったらもうヤケや！　かかってこんかい、われぇぇえ！　こっちこいやぁああ！」

ここで声を張り上げてくれたのがメテオさんでした。

彼女は大きな声で挑発役を買って出たのです。土壇場に強い人って尊敬してしまいます。

「こっちのリリちゃんは貴族さまやでぇ!?　お肉とかめっちゃ柔らかいんやでぇ!?　うちなんかより数段いけまっせぇええ!?　ほーらほら、魔物ならガブッといったらんかぁああい！」

と思ったら、彼女はモンスターの矛先を私に向けるのでした。

ぐごがぁあ！

ぐぎぎっぎぎ！

挑発が成功したようで、モンスターの注意はこちらに向きます。

私を見つめて、ニタニタと邪悪な笑みを浮かべるモンスターたち。

ひぃいいい、私、死んじゃいます！

「クレイモア！　ゴールに到着したらご褒美があるそうです！」

「ご褒美、なにそれおいしそうなのだ！」

「魔女様のご褒美ってビンタですよね！　それなら、やるっきゃないですね！」

クレイモアとハンナさんはご褒美の言葉にピンと来たみたいです。

二人はくるっと方向転換し、ときどき挑発しながら目標地点まで走るのでした。

「つ、ついたぁあ」

「死ぬかと思ったぁあ」

ゴール地点ではクレイモアたちは崖を背に陣取ります。

こちらはハンナさんとクレイモア。あちらは数百匹のモンスターの群れ。

モンスターのほとんどは手負いですが、その凶悪さはさらに増しているように思えます。

特に手に斧を持った牛の頭のモンスターはとにかく怖いです。頭が鮮やかな青い色をしているのも不気味です。

今、気づいたんですけど、ここって行き止まりですよね？

まさか、この状態で戦闘開始じゃないですよね？

よもやの事態に直面して、顔から血の気が引くのを感じます。

「ご安心ください、お二人には安全な場所に行ってもらいますので！」

私の不安に気づいてくれたのか、ハンナさんは笑顔でそうおっしゃいます。

抜け道を用意してあったんですね。よかったぁ。これで私のお仕事は終わりのはずです。

「リリ様、さぁ、楽しい時間の始まりなのだ！」

クレイモアはそう言うと、私たちを棒から下ろします。

でも、ロープで縛られているのはそのままです。

このままじゃ歩けませんよ。どういうことでしょうか。

「ドレスさぁあああん、準備はいいですかぁ？」

ハンナさんは崖の上の方に向かって叫びます。それはそれはものすごく大きい声で。

準備？　何の準備だろう？

疑問に思っていると、「いいぞぉ！　ばっちこーい」と元気な声が返ってきました。

なにがいいんでしょう？

「よぉし、やっちゃいましょう！」

「ふむふむ、岩よりも軽いのだ。リリ様はもっと食べなきゃ駄目なのだぞ？」

二人は私の両隣に来て、なにかをすると言います。

「ハンナさん？　クレイモア？」

嫌な予感がします。

ちょっと、お待ちください。

「あきゃあああああ!?」

気づいたときには、私は二人に足を持たれて、ぶるんぶるんっと振り回されていました。周りの景色がぐるぐると回ります。ひぃぃぃいいいい。

「「よぉいしょぉおおおっ！」」

次の瞬間、私はほぼ垂直に飛びました。

二人は私の体をあろうことか崖の上に向かって放り投げたのです。

いくらクレイモアたちが馬鹿力だからってこんなことできるわけな……いや、もうダメです、考えるのはやめます。

「ひきゃあああああ!?」

ほぼ垂直の急上昇。尋常ではない速度で頬に風が当たります。このまま天国に昇っていくんじゃないかって思いました。生きた心地がしないとはこのことを言うのでしょう。

ある程度飛ぶと、途中でふわっと軽くなる感覚。

それから、今度は落下し始めます。ひぃいいいいい!?

「よぉし、オーライ！　こいつは素直なライトフライだ！　あっしに任せとけ！」

なんとか目を開けると、そこにはドレスさんを始めとする村の皆さんがいたのです。

「ひ、ひえぇえええええ」

彼女は悲鳴をあげる私をがしっとキャッチしてくれるのでした。ものすごい運動神経です。

「わ、わ、私、生きてる!?」

NICO NICO

こうして、私は無事に村のみんなのもとに到着したのでした。

生きているのが信じられません。縄をほどいてもらっても、わなわなと震えが止まりません。

「う、うちは嫌やで、こんなん、ありえへんやぁあああああ」

そして、メテオさんもひゅおおおおんと放物線を描いてこちらに飛んできました。

今度は力を入れすぎたみたいで、私よりも高く飛んでいるようです。

あぁ、怖いだろうなぁって思います。

「よぉし、ご褒美キャッチャーフライはがっちりいただくぜ！　ちょっとひねくれてるけど！」

「誰が、凡フライやねんっ！」

「よっし、これでツーアウト！」

またもやドレスさんがナイスキャッチしてくれます。

彼女は私よりも身長が低いのに、ものすごくキビキビしてます。筋肉質で羨ましい。

「ひ、ひぃ、正義は必ず勝つんやでぇ！　見たか、クエイク、これが姉のすごさやで」

メテオさんは無事に戻れたとなると、さっそく妹さんに自慢しています。足は震えてますけど、やっぱり精神的にタフなんだなぁと感心します。

クエイクさんは涙ながらにメテオさんに抱きついていました。

「さすがはクレイモアとハンナだぜ！　よぉし、あっしらも援護するぞ！　崖を登ってくるやつらを狙い撃ちだ！」

ドレスさんたちはそう言うと、持ち場に行って大きな石を投げ始めます。

なるほど、援護射撃というものでしょうか。

それにしても、崖の下に残されたクレイモアとハンナさんは大丈夫なのでしょうか。

いくらなんでもあの数のモンスターを相手にするなんて危険すぎると思うのですが。

おそるおそる下を覗き込むと、そこには――

♨　ハンナとクレイモアの激戦を見ていたハンスへのインタビュー　♨

「あんたかい？　俺の話を聞きたいっていうのは？」

ここは辺境の村の酒場だ。私はしがない物書きで、五年前に起きたという例の村の逸話について調べている。

そこにはハンスと名乗るスキンヘッドの大男がいた。体中に傷があり、歴戦の勇士という面構えだった。

この男に禁断の大地のスタンピードについて聞くことにしたのだ。

「言っとくがな、俺も自分の腕には自信があった。……だがよ、相手はモンスターのスタンピードだぜ？　まぁ、真っ向から相手をしたんじゃ」

ハンスは一旦区切ると、アルコール度数の高い酒をぐいっと飲み干し、言葉を続ける。

「……死んじまうわな」

彼はかみしめるようにそう言うと、酒臭い息をふぅっと吐き出した。

私は思わず顔をしかめてしまう。

「目の前には手負いのモンスターだ。知ってると思うが、モンスターっていうのは手負いになってからが手強い。死にものぐるいで向かってくるからな。こいつもそうだ……」

ハンスはそう言うと、私に腕の傷痕を見せてくれる。

深々としたその傷痕は手負いの陸ドラゴンにやられたものだそうだ。すでに治ってはいるが、夜になると傷口がうずくらしい。

ハンスが言うにはスタンピードの際、数百匹の手負いのモンスターが襲い掛かってきたとのこと。

普通の人間なら絶望してしまう状況だ。

しかし、それに相対していたのはハンナとクレイモアという二人の女剣士だった。

「それをあの二人はどうしたと思う？　真っ向から斬り込みにいきやがった。数百匹のモンスター相手に、だぜ？」

ごくりと私の喉が鳴る。

世界広しと言えど、数百匹のモンスターの群れに飛び込むなんて話は聞いたことがない。普通はものの数秒で餌になってしまうだろう。

「そう思うだろ？　しかし、起きたのは……」

ハンスはそう言うと、タバコの煙をふぅっと吐き出す。

そして、どこか遠くを見るような目でこう言うのだった。

「……虐殺だよ。ものの十分で片付いちまった」

ぎゃ、虐殺……!?

驚きのあまり、喉の奥がカラカラに渇いていくのがわかる。

モンスターの群れを二人の少女が壊滅させたというのだろうか。驚きで指先が震え始める。

「まぁな。でも、それが俺の見たことだ。やつら、モンスターどもを斬っては捨て、斬っては捨て、ふっ、悪いがこれ以上はもう話したくないぜ」

ハンスはそう言うと、タバコの火を消すのだった。

そして、バーのカウンターで酒をあおり始める。

こころなしか、さきほどよりもその背中が小さく見える気がした。

なるほど、モンスターを壊滅させた少女たちの姿があまりにも恐ろしかったのだろう。彼はあまりに凄惨な場面を目撃し、それがトラウマになったに違いない。

私の頬にも汗がたらりとたれてくる。

「……いいか、これ以上は聞くんじゃねぇぞ？　俺は誰にも言わないと決めてるんだ。その後に、もっとすげぇ化け物がいたってことについてはな」

ハンスは独り言を言い、ついで、その大きな体はわなわなと震え始める。

顔色は悪く、明らかに先ほどとは口調も違う。

「言わせるんじゃねぇ！　剣聖以上の化け物については……口が裂けても言えるかよ」

なにかにとり憑かれたかのように独り言を続けるハンス。

化け物とはなにごとだろうか？

モンスターのスタンピードを壊滅させた少女たち以上の化け物がいるというのだろうか？

「よせっ、その話題にふれるんじゃねぇ！　あの、あの、おぞましい化け物、本物の災厄についてては……。俺は、俺は、ぐすっ、うわぁああ、おっかぁああ、おいら、怖かったんだよぉぉぉおお」

ハンスはそう言うと、泣き崩れるのだった。まるで子供のように。

人間は相当な恐怖を感じると、子供に退行することがあるという。私が目にしているハンスの様子はまさしくそれだった。

この屈強な戦士のハンスが、今ではB級冒険者にまで成り上がったハンスが、いったいなにを恐れているのだろうか?

そもそも、彼の言う化け物とはいったいなんなのだろうか?

わけもわからぬまま、私はその日のインタビューを中断するのだった。

※ザスーラ書房刊『世界の化け物人間大集合』より

第17話　魔女様、悪趣味極まるあいつが出てきました！　それでも、心優しい魔女様は眠りを妨げたことに罪悪感を覚えます

「魔女様、あれを見てください。ハンナたちがやってくれたようですぞ」

それはダンジョンを塞ぐバリケードが完成したタイミングだった。

村長さんは村の方角の空を指差す。そこには白い煙が立ち上っていて、作戦成功を示していた。

すなわち、モンスターのスタンピードを計画通りに誘導できたのだ。

ハンナとクレイモアの頑張りに、よかったぁと胸をなでおろす。

そう言えば、モンスターを引きつけ終わった後、リリとメテオはどうなったんだろう？

ハンナたちは「お二人には安全・快適に崖の上に戻ってもらいます」って言うだけだったけど。

「ユ、ユオ様、こちらに来てくださぁああい！」

そんなことを思っていた折、アリシアさんの声がする。

彼女は遺跡の周辺を見回っていたのだが、悲鳴に近い高い声である。緊急事態みたいだ。

コラートさんが護衛にいるはずだけど、万に一つのことがあったのかもしれない。

村長さんがほとんど駆除したとはいえ、モンスターが潜伏している可能性もある。

私と村長さんは慌てて、アリシアさんのもとに駆け寄るのだった。

「こちらを見てください！」

アリシアさんがいたのは崖にできた亀裂のそばだった。ちょうど人間が通れるぐらいの大きさのトンネルができていて、その向こうでなにかを発見したらしい。

「あうあうあう……」

アリシアさんのところに到着すると、彼女は棒立ちでぽかぁんとしていた。

コラートさんは困った顔をして眉間を押さえていた。

「うわぁ、すごい花畑ですね」

足元には黄金色の花がたくさん咲いていて、見渡す限り一面のお花畑である。

これを見せたくて呼んだんだろうか？

そりゃあ、私だってお花畑は好きだ。しかし、この忙しい時にわざわざ見せるものだろうか。

「違いますよ！　ユオ様、これ全部、あの聖域草ですよ！」

「へ？　これ全部？」

「全部です！　これだけあれば、ザスーラにいる病人はみんな回復できますよ！」

これには驚いた。

アリシアさんたちが言っていた、幻の植物とやらが大繁殖していたのだ。

私は村で現物を見ていなかったので、この時、初めて聖域草を見たのだった。

「ふぅむ、種が飛んできたんじゃろうかのぉ。珍しいことじゃ」

村長さんも驚いた顔をしている。

なかなか育たない植物らしいけど、この崖の空間にはもっさもっさと生えている。

黄金色の花はそよそよと風に揺れて、蝶たちがふよふよと舞っていた。

甘い花の香りが鼻をくすぐる。

ちょっと香りが強すぎて、少しだけ頭がくらくらする。


どっがぁあああああああんっ！


そんな時のこと、耳をつんざくような爆発音が背後からしてくる。

私は軽く悲鳴を上げてしまうのだった。

「魔女様、遺跡でなにかあったようですぞ！」

轟音はさきほど封鎖した遺跡の方向からだった。

ちょっとぉお、せっかく寒いだっていうのにトラブル発生!?

私たちは慌てて、遺跡の方へと向かう。

「な、なによ、あれ!?」

私の目に入ってきたのは黒くて大きな腕だった。

遺跡の入り口から、人間の胴体ほどもある腕が出てきて、あろうことかバリケードを破壊していたのだ。

その腕は真っ黒だけれど、ところどころが赤く光っている。

明らかに化け物だ。人間じゃないことは確かだと思う。

しゅおぉーっと白い蒸気を吹き出しているところを見るに、体の温度が高いのだろうか？

モンスターが遺跡の入り口辺りに散らばってぴくぴくしている。あの黒い化け物に押し出されたのだろう。

「ひぃいいいいいい!?　活きの良すぎる化け物だぜ!」

バリケードを見張っていた村人やドワーフの面々は慌ててこちらに逃げてくる。

ケガはないようだけど、これにはびっくりだろう。

「……ふぅむ、あやつが起きてきてしまったか、難儀じゃのぉ」

村長さんは険しい表情で眺めながら、ポツリとつぶやく。

あれが村長さんの言っていた、ダンジョンに眠っている化け物なんだろうか。

「で、出てくるぞぉっ」

そうこうするうちに、ダンジョンの入り口から真っ黒な巨体の化け物が這い出してくる。

それは高さ五メートルほどの岩の巨人だった。体のところどころが赤く光り、頭らしきところには三つの赤い目が見える。口らしきものも見えるけど、どれもこれも赤く燃えているような色で趣味が悪い。

大きさから言っても、明らかに並の怪物ではないことが窺える。

あ、あれってなに?

もしかして、ダンジョンの主とかそういうの?

「私を起こしたのは貴様らかぁあああ?」

「しゃ、喋った!?」

これには驚いた。モンスターは喋らないものだと私は思い込んでいたからだ。

いっつも、ぐがぁあとか、ごげぇええとかばっかりだったし。

怪物は一様に知能が低いものだと思っていたよ、ごめんなさい。

その真っ黒なモンスターは蒸気を上げながら、私たちに向き直る。それだけで、ずしぃんっと地響きが伝わる。とんでもなく体が重いのだろう。

「もう少し寝ていてくれればよかったんじゃがのう！」

村長さんはそう言うが早いか、剣を抜いて斬り込んでいく。

まるで稲妻のような身のこなしで、怪物の首を急襲！

がぎぎぃんっと金属の擦れる音が辺りに響く。

並大抵の魔物なら、それだけで命を刈り取られるはずの攻撃。しかし、この岩の怪物には傷一つついていない。

「くかかかか！　威勢がいいな！　人間どもよ、この怒りと恨み、晴らさせてもらうぞ」

化け物は両腕を振り回して、村長さんをはねのける。

村長さんはひらりと地面に着地して、ちぃっと舌打ちをする。

「恨みですって!?」

相手はどうやら私たちに対して怒りを感じているらしい。

もしかしたら、ダンジョンの入り口で工事をしていたのが気に食わなかったのだろうか。寝床の近くで騒がれるっていうのは不快なことだものね。

今朝は私も地震に叩き起こされたけど、頭がぼぉっとしてイライラしていた。だから、気持ちはわかる。

しかし、相手が喋れるのなら、話し合いで解決できるかもしれない。

村長さんもモンスターも喧嘩腰ではなくて、誤解を解く努力をすべきなんじゃないかな。

「貴様らに私の怒りがわかるか！　地の底に閉じ込められ眠り続けていた私の怒りが！」

化け物は眠りがどうとか、怒りがどうとか言っている。

やっぱり私の思ったとおりだ。眠りを妨げたことが相当、癪に障ったらしい。

「せっかく聖域草の群生地が見つかったのにぃ、あわわわわ……」

アリシアさんは岩陰に隠れて、がたがたと震える。

そりゃそうだよね。ダンジョンから突然、岩の塊の化け物が出てきたんだから。

しかも、相当、寝起きが悪いらしく、めちゃくちゃ怒ってるし。早口だし。

「ひぃいい、あれは寝起きとかいう問題じゃないですよぉおお!?」

アリシアさんはそう言うけれど、あれは寝起きの問題だと思う。私にはわかる。

化け物とはいえ、眠りを妨げることほど怒りを買うことはないのだ。

普段から不眠症気味で、そろそろ眠れそうだなぁってときに起こされたのかもしれない。あれは相当キツい。

「魔女様、わしに任せて逃げてくだされ！」

「剣聖様、私も加勢いたします！　怪物め、私の屍を越えていけ！」

村長さんとコラートさんは剣を構えて、臨戦態勢に突入する。

えぇえ、ちょっと待ってよ。あの喋れる化け物と話し合ってみたいっていうのに。

「魔女様、わしに万が一のことがあれば、ハンナに強く生きるようにお伝えください」

しかも、村長さんがそこまで言う相手なの!?

あの木の化け物と戦ったときでさえも、村長さんは諦める様子はなかったのに。この岩の化け物はあれ以上ってこと!?


「ぐはは！　よく言った！　私を止めてみよ！」

岩の化け物は真っ赤な口をにかっと開けて笑うと、大ぶりのパンチを村長さんに放つ！

化け物の体、特に腕はますます大きくなり、拳だけで小屋ぐらいの大きさになっていた。

あんなものに当たったら、普通は死んじゃうよ!?

「甘いわ！　斬鉄斬！」

しかし、村長さんは伊達じゃない！

間一髪で攻撃を避けると、相手の腕に強力な一撃を喰らわせる。

ずぅんっと重い音とともに、岩の化け物の片腕が地面に落ちる。

すっごぉい！

それにしても、勘違いから思わぬ戦闘になってしまったのは不幸なことだ。

私としては、あいつの眠りを妨げたことを詫びたいけれど、こちらの言葉はもう届きそうにない。

やはり人間と怪物は相容れないのだろうか。それって悲しいことだよね。

「ほほう、この時代にも活きの良いやつがいるようだな。しかし、お前ら人間とは体の出来が違うのだ！　かかかか！」

怪物はそう言うと、肩からいくつかの小さな腕を発生させる。

うにょうにょと動く黒い触手のようなもの。

うげげ、キモチワルっ。私、こういう気持ち悪いの苦手なのよね。

……うーむ、こんなやつと対話して問題解決っていうのは難しいかな？

私の心の中に諦めという感情がむくむくと湧き起こる。

しかも、なにがしたいのか、怪物はその腕で周辺にうずくまっていたモンスターを襲うではないか。

ぐぎぃいいい!?

うぎぎ!?

モンスターたちの悲鳴が辺りに響き、その凄惨な光景から目をそらしたくなる。

しかし、次の瞬間、信じられないものを目撃する。

モンスターが燃えたのだ。しゅおぉーっと赤い炎を出しながら灰になっていくモンスターたち。

「ぐはははは！　いいぞ、いいぞ！」

岩の化け物は嬉しそうに笑い声を上げ、さらに他のモンスターを灰に変えていく。

その声はまるで子供のように無邪気なものだった。

あいつ、モンスターを燃やすのが好きなの？

……趣味悪くない？

第18話　魔女様、溶岩の化け物を目の前に「溶岩は燃えます！」と溶岩の定義を変える

「くかかかか！　魔石がある限り、私は無敵だ！　お前らなどすべて灰に変えてやる！」

岩の化け物は大きな声で笑う。

モンスターを燃やすなんて悪趣味極まりないやつで、お友達にはなれそうにない。

「ひょ、ひょっとして今のって魔石を食べたんじゃないですか!?　まさか、あれが世に聞く災厄の六柱の一つ……」

一部始終を眺めていたアリシアさんは口を押さえて、わなわなと震え始める。

「し、知ってるんですか、アリシアさん？」

私の問いかけに無言でうなずく、アリシアさん。彼女はどうやらあの化け物を知っているらしい。

彼女は一呼吸置くと、真剣な顔で話し始める。

「あれはきっと災厄の六柱の一つ、魔石食いのラヴァガランガです」

「ヴァカ？　魔石食いのバカってこと？」

「ラヴァガランガです。火の精霊だったのに、魔石を食べることでどんどん大きくなって、都市一つを飲み込んだっていう災厄の怪物……。終わりだ、私たち、もう終わりだ……」

彼女はそう言うと、ほとんど虚脱状態になって、口をぱくぱくさせる。

ふぅむ、なんだかわからないけれど、あれは凶悪な化け物なのだろうか。

私には、モンスターを燃やして喜んでいるだけのバカにしか見えないけど。

それにしても、あれが火の精霊なの？　岩の精霊じゃなくて？

「ぐはははは、続きといこうではないか！　弱者どもよ、せいぜい抗ってみるがいい！」

私たちは驚きで目を丸くする。

岩石の怪物は切り落とされたはずの腕を再生してみせたのだ。

「くっ、やはりか……」

村長さんは渋い顔をして、剣を構える。

「そろそろ力を出してやるか……。ひさびさの遊びだ。これごときで死ぬなよ？」

再生した怪物の腕が真っ赤に光り始める。

何だろうか、けっこうな熱を感じる、あいつの腕から。

「見てください！　ラヴァガランガは吸収した魔石を発熱させて、溶岩の体を形成するんですぅぅうううう！　私たち、もう終わりですぅうううう」

虚脱状態だったアリシアさんが再び目を覚まし、絶叫する。この人も虚脱したり、覚醒したり、忙しい人である。

そして、次の瞬間！


どっがぁあああんっ！

さっきよりも遥かに速くて重い一撃！

轟音とともに地面に穴が開く。

アリシアさんの言ったとおり、溶岩の拳で殴ったためか、地面からは水蒸気が発生していた。

村長さんも、コラートさんも大丈夫!?

「ぐ、ぐふっ……」

「くっ……」

二人は直撃は避けたものの、衝撃で飛ばされて立ち上がることができない様子だ。服も焦げているし、火傷している可能性もある。これ以上の戦闘は難しいだろう。

「ぐははは！　脆弱な人間どもめ、死ねぇっ！」

岩の化け物はそう言うと、二人にとどめの一撃を入れようとする。大ぶりのパンチなのに、めちゃくちゃ拳が大きいから避けようがない。

「させないよっ！」

私は熱視線をやつの腕に飛ばす。

ががっと岩の削れる音がしたあと、やつの腕は地面に落ちる。

ふぅ、よかった。あの岩の化け物に私の熱は通じるらしい。

「……まだ他に戦えるやつが残っていたのか！　いいぞ、相手をしてやろう！」

やつはそう言うと、再びモンスターの死骸を燃やし、魔石を食べ始める。

私が切断した腕は何事もなかったかのように再生。なるほど、体全体をやっつけないとダメージはないってことなのかな。

「私は不死身のラヴァガランガ！　絶望しろ、人間ども！　私を目覚めさせた者はすべて皆殺しにすると決めていたのだ！」

岩の化け物はとんでもないことを言い始める。

いくら寝起きが悪いからって、暴れていいってわけじゃないでしょ。二歳児じゃあるまいし。

それに殺すとか、いくらたとえでもそういうことを言うもんじゃない。

大体、こっちは起こしてごめんって謝ってるんだし……ん？　謝ってはいなかったか。

ともかく、寝起きが悪いからって誰かに暴力を振るっちゃ駄目でしょ！

「アリシアさん、あいつ、溶岩の体って言ったわよね？」

「は、はい……」

「だったら、燃えるってことよね？」

「はい？」

アリシアさんは不思議そうな顔をするけれど、私の腹は決まった。あの寝起きの悪い溶岩の化け物を懲らしめてあげるっきゃない。

それに溶岩って岩が熱で溶けているってことでしょ？

それってほとんど燃えてるのと同じじゃない？

「……そ、そうなんでしょうか？　岩が溶けているから溶岩で……あれ？」

私の問いかけに、アリシアさんはもうわけがわからないって顔をしている。

ふむ、それじゃ実演してみせたほうが早いかな。

「ぐははは！　逃げ惑え！」

岩の化け物はこちらに気づいたのか、ずしぃん、ずしぃんと足音をさせて近づいてくる。

おかげで村長さんたちへの注意がそれた。

私が目配せすると、ドワーフのおじさんたちが慌てて回収に走る。えらい。

「ひぃいいい、こっちに来ます！　あわわわ、もう、私、終わりだ。せっかくの聖域草がぁああああ」

アリシアさんは岩陰にうずくまり、もはや戦闘意欲もへったくれもない。

この人もやっぱり挑発係にうってつけの人材だなぁ。

「お前の後ろにあるのは聖域草だな？　その禍々しい草をお前らごと焼き尽くしてやる！」

岩の化け物は私たちに向かって、腕を構える。

どういう原理でできているのか知らないけれど、腕の先に真っ赤な炎が見える。

どうやら、あいつは聖域草が嫌いで燃やしたいらしい。

「ひきゃあああ!?」

ごごぉおおおっと、化け物の腕から放射される紅蓮の炎！

アリシアさんはこれが最期と金切り声をあげる。

「そうはいくかっていうの！」

私は迫りくる炎の前に熱の壁を出現させる。

この間の熱平面の応用だけど、出現させるのはもはや一瞬。

ぐぼぼっぼぼぼぼぼ……


へんてこな音をたてて、炎は熱の壁の前で止まる。

どういう原理なのかわからないけれど、私たちは一切、熱を感じない。

アリシアさんは「あわわわ」と声をあげているけど、体は無事のはず。

「あんた、いい加減にしなさいよ！」

私はイライラしていた。

相手が一方的に自分の意見を通してくることに。

嫌いだからって、焼き払うとか消滅させるとか、そういう物騒なことを言うことに。

なににだって使いようがあると思うし、勝手に焼いていいわけがない。

「くはは、貴様が俺の腕を落とした魔法使いだな!?　お前の魔力が尽きるまで燃やしてやる！」

岩の化け物はそう言って赤い口を歪ませて笑う。

その手のひらには真っ赤な炎が揺れる。

そして、私は今更気づくのだ。

……この怪物が炎を操っていることに。

……ってことは、つまり、この怪物、「炎を使える」ってことだ！

そうだよ、こいつの能力はかなり使えるよ。

レンガを焼くのにうってつけだし、お菓子を焼くのにも役に立ちそう。少なくとも私の負担が減る。つまり、私の温泉に入る時間が増える！

いや、別に私利私欲のためじゃないよ。私の村はいつだって人材不足なのだ。この際、喋れるのならモンスターだって構わない。

ただし、なんでも暴力に訴えて解決しようとする、その根性は気に食わない。

いくら便利な能力があっても、暴れん坊は駄目だ。

村にスカウトする前に、礼儀とマナーを教えてあげなきゃ。

「あんた、溶岩でできてるんだってね？」

「ぐはは！　そうだ、この体は灼熱の溶岩でできている！　それもただの溶岩ではないぞ、魔石を練って作られた特製の体だ！」

「それじゃ、熱を感じないわけ？　これも？」

上手く対話に持ち込んだ私はやつの体を試してみることにした。

すなわち、やつの腕に熱平面を飛ばしたのだ。

火炎放射されるのも飽きてきたし。

「当たり前だ、脆弱な人間の魔法など、だだだっだだだっだ、あぁあああ熱い!?」

やつの腕に熱平面が直撃すると、しゅおぉーっと煙を上げ、四角い跡が残る。

見てみれば、当たったところは白く変色してしまっている感じ。

けっこう熱を入れてみたけれど、消滅していないのは驚きだ。

アリシアさんに振り向いて、「やっぱり溶岩だって燃えるでしょ」と言うも、虚脱状態に陥っている。あらら。

「わ、私は災厄の六柱のラヴァガランガ！　こんなところで！」

そう言うと、やつは背中から大量の細い腕を出す。

それは四方八方に伸びると、周辺にいたモンスターを捕まえ始める。なんて器用なやつなんだろう。

「貴様が何者であろうと、私は退かぬ！　数百年もの間、閉じ込められていたこの恨みをぉおおおおお！」

モンスターの魔石をとりこんだ岩の化け物はますます大きくなり、今では遺跡と同じぐらいの大きさになった。

見上げるほど巨大な怪物。

だけど、私にはなんとなく、その本体が見えている。

この怪物、実は小さいんじゃないだろうか？

よっし、この戦闘をさっさと終えて、怪物を説得しなきゃね！


【魔女様の発揮した能力】

燃焼（溶岩）：すでに十分高温になっている溶岩を燃やすという魔女様ならではの力技。魔女様が燃えると言ったら燃えるので反論できない。即死技。

第19話　魔女様、溶岩の化け物に手を突っ込んで本体を取り出そうと目論む。化け物にドン引きされるも、新ワザを開発してしまう

「この時代にも、お前のようなやつがいるとはなぁあああ!?　この姿を見たものは生きては帰さぬぅうううう！」

巨大な怪物が私を見下ろす。その体は赤々と燃え、大量の蒸気を噴き出している。その頭部の目も赤々と燃え、昔、本で読んだ火山のように見える。正真正銘の化け物である。

「ひ、ひぃいいい」

アリシアさんは虚脱状態から回復するものの恐怖で立つことすらできない状況だ。

とはいえ、私はまったく怖くなかった。

クレイモアに斬られたときも、アナトカゲに攻撃されたときも、私を守ってくれるものがあるから。

「熱鎧《ヒートドレス》！」

私を包む高温の空気、それが熱鎧。厚さ一センチにも満たないその熱の帯は、触れるものすべてを燃やしてくれるのだ。

久しぶりの戦闘で私も興奮しているのか、耳がじわじわと熱い。

目の奥がメラメラと燃える感覚までしてくる。

ふふふ、なんだかちょっと楽しくなってきた！

「な、な、なんだその髪は!?　その燃える髪はまさか！　ええい、消え去れぇえええええ！　獄炎衝撃《ヘルフレイムボム》」

やつは叫びながら、こちらにパンチを繰り出してくる。ぎゅおおおっと迫る大きな岩の塊。

それは真っ赤に燃えた溶岩の拳で、まともにぶつかればお星さまになるしかないだろう。

でも、私は自分を信じるだけ。私を包む熱がこの体を守ってくれることを。

熱が体中を覆うと、子供の頃の記憶が蘇る。

誰かの温かい手が頬に触るような感覚。

……あぁ、そうか、私はずっとこの熱と一緒に生きてきたんだ。

ずずずずずず。

魔物の拳が私に直撃すると、一瞬、目の前が暗くなる。変な音もする。だけど、体には何の変化もない。

「あら？」

気づいたときには岩の化け物の拳に、私のシルエットの形に穴が空いていた。

ご丁寧にスカートの裾までしっかり再現されていて、なんだか面白い。そっか、クッキーを型抜きする要領だよね、これ。

なんだか面白くて、私は場違いにも「ふふっ」と笑ってしまう。

「な、な、なぜ笑っている!?　なにがおかしいのだ!?　ひ、ひ、ひひ、ひひ、なんだこれは？　なぜ、私の拳に貴様の形の穴が!?」

岩の化け物は驚き、自分の拳を何度も見返す。

やつは「くそぉっ」などと言いながら、さらに腕を振る。

頑張っているところ申し訳ないけど、自分の腕が削れていくだけなのである。

「ごたくはいいから、かかってきなさい。この石ころ」

敵の手の内もわかったことだし、私は化け物を今の場所から引き離すことにする。

アリシアさんや聖域草の近くで暴れてもらいたくないからね。

「い、石ころだと、かかってこいだと!?　人間ごときがこの私を愚弄するなぁあああ！」

岩の化け物は挑発に乗る。

体を真っ赤にして激高すると、やつは口から真っ赤な炎を放射する。

後ろに誰もいないことを確認した私は、もはや熱の壁を出現させることもない。


ごごっごごごごごおおおおおおおお！


その音はものすごい。

赤とオレンジの光は眩しくて、目をつぶってしまいたくなる。

だけど、いくら炎に触れても、そよ風がほほをくすぐるだけだ。気持ちいいぐらいに。

「くかか、ここまでやれば消し炭さえ残っていないだろう……」

岩の化け物の声が聞こえる。

辺りは一面焼け野原になってしまっていて、煙がもうもうと立ち込めている。

怪物にはこちらの様子が見えていないのだろうか。

ぶわっと風が吹き、煙が晴れる。

「ひ、ひ、ひぃいいいいい!? なんなのだ、貴様は、その髪は、ま、ま、まさか……」

私の目の前で岩の化け物が尻もちをついていた。

こころなしか先程よりも小さくなっていて、なんだか間抜けである。

「うぐぉおおおお! 獄炎滅《ギガヘルフレイム》!」

やつは地面にお尻をついた姿勢のまま、口の奥に青い炎を出現させる。

おそらくはこれまでで一番高い温度の一撃。

だけど、私はひるまない。

もはや目を閉じることすらなく、青い炎の中に歩き出す。

あぁ、なんて気持ちいい風なんだろう。

「な、な、な、何者だ、貴様!?」

化け物は目を白黒させて、そんなことを言う。なんと今さら自己紹介をしてほしいのだろうか。

「私はこの地域の領主のユオよ。あんたも正体を見せなさい! えいっ!」

私は簡単に自己紹介をすませると、岩の化け物の体に拳を突っ込む。指先の温度を少しだけ上げて。

ひゅぼぼぼぼっと、変な感触とともに私の腕は相手の体の中にめり込んでいく。

「あれ? ここらへんだって思ったんだけどなぁ」

私が探しているのは岩の化け物の本体だった。デタラメでも拳を突っ込み続ければ、本体を取り出せるのではないかと思ったのだ。

「ひ、ひぃいいい、貴様、なにを、なにをす、するするすううううう!?」

「ほら、あんたの本体を出してやろうかって思って。溶岩って重そうだし？　自己紹介はちゃんと本来の姿でやるものでしょ？」

「や、や、やめろぉおおお!?」

「ふふふ、遠慮しなくていいわよ？」

やっぱり、相手と話し合うときには、素のままの姿で向かい合わなきゃね。

この岩の化け物の核になっている精霊は恥ずかしがり屋なのだろう。

「えいっ、やぁっ、とおっ！」

岩の中に腕をずぼずぼっと突っ込む。

私に触れるなり、消滅する岩の体。

昔読んだ格闘技の物語の主人公のように、いろんな形の拳を突っ込む。

私の手のひらは赤く燃えている。

うん、いい感じ。こういうの好きなのかもしれない。

「うぐぉおおお!?」

悲鳴をあげる化け物。そして、気づいたときには、その体はぼろぼろに崩れてしまうのだった。

ほら、溶岩ってやっぱり熱に弱いじゃん。思っていた通りだ。

アリシアさんを振り返って同意を求めるも、「ソ、ソウデスネ、ソウデスネ」と機械的な返事を繰り返すのみ。本当にわかっているのかしら。

「な、な、な」

そして、何発かの試行錯誤の末、心臓の辺りから現れたのが化け物の本体だった。

「き、き、貴様」

私の目の前で声を震わせるのは手のひら二枚分ぐらいのサイズの炎だった。

目が三つあるけど、これが火の精霊なんだろうか。

口が大きくて、カエルみたいな顔はなかなかかわいい。

よぉし、やっと本体が出てきた。こいつにはしっかりお説教しなきゃいけない。

寝起きで機嫌が悪くても人を傷つけちゃいけないってことを。

人間の言葉がわかるのなら、通じ合えるかもしれないからね。

「ば、化け物ぉおおおおおお!?」

「あっ、こら！　待ちなさい！」

しかし、なんと失礼なやつだろうか。

火の精霊は私を化け物呼ばわりして逃げ出そうとするではないか。

元気のない蝶のように、ふらふらしながら向こうへ飛んでいこうとする火の精霊。

怪物とはいえ、せっかくの人材なのだ、ここで逃げられたら元も子もない。

村長さんたちは怪我をしているし、あれを追いかけるのは難しいかもしれない。

私にも高くジャンプする力があればいいのに。

ん？

ジャンプする力？

そう言えば、私は自分の触れている部分を加熱できるんだった。

……ってことは？

「とりゃっ！」

足の裏に思い切り意識を回す。

そこから熱が伝わって足元が爆発し、その力で高く飛び上がる姿をイメージする。

ぼがぁん！

爆発音がした次の瞬間に、私は宙に浮いていた。

だいたい、五メートルだろうか。かなりの高さで一瞬、ビビる。

だけど、大丈夫。これぐらいなら、しゅたっと着地できるはず。

「やった！　成功！」

そう、私は高くジャンプする方法を編み出したのだ！

よぉし、追いかけるよ！

着地した私は両方の足の裏に意識を込める。

どがぁあああんと、足の裏が爆発すると、私の体は一気に急加速！

ひゅうんっと風が頬を切る。

ちょっと怖いけど、私は無我夢中で火の精霊を追いかける。

「捕まえたっ！」

「ひぃいいいいい!?」

私は手の中に、火の精霊を捕まえるのだった。

よぉし、これで一事が万事、解決だよね！

火の精霊、ゲットだよ！


【魔女様の発揮した能力】

超高熱貫手《ぬきて》：手を高熱にした状態で対象に突き刺す技。触れたそばから焼けたり、蒸発したりするので、文字通り、穴が開く。正拳突きなどのバリエーションも可能。即死技。

熱跳躍（初級）：足元に熱を集中させ、一気に爆発させることによって驚異的な飛躍を可能にする技。まだまだ使いこなせていないが、鍛錬することで飛距離は伸びる。着地時にも熱を込めることで安全に着地できる。

第20話　魔女様、火の精霊を村に勧誘するも、いたぶっていると勘違いされる

「ひ、ひぃぃい、貴様、どうして私に触れるのだぁあああああ!?」

手のひらでがしっと火の精霊を捕まえた私なのである。

やつは驚いているけど、知ったこっちゃない。熱くないのだから。

よぉし、これから勧誘タイムだ！

「……ご主人様、終わりましたか？」

そう思っていたら、後ろから聞き慣れた声がする。

「え!?　ララ!?　みんなも!?」

ララを始めとして、ハンナやクレイモア、ドレスの姿が見えるではないか。理由はわからないけどハンスさんもいる。みんなはシュガーショックに乗って、ここまで来たようだ。

「大きな音がしたので飛んできました。ご主人様の暴れっぷりが最高でした」

「魔女っ子が大暴れで羨ましいのだ！　あたしもダンジョンに潜るのだ！」

「本当に感動しましたぁ！　私も貫手で岩を破壊できるようにがんばります！」

「魔女様、溶岩の化け物の素材はさっそくもらっていくぜ！　野郎ども、仕事だぞ！」

「ひ、ひ、ひ、ひぃいいいいい、ば、化け物ぉ」

みんなはそんな感じで思い思いの声をあげる。

それにしても、ハンスさんはどうして連れてこられたんだろうか。顔面蒼白で子犬のように震えている様子は少しだけ不憫である。

あ、そっか。溶岩の化け物を怖がってるんだね。大きかったもんなぁ。

「ええとね、このちっこいのの寝起きがひどくて……」

ハンスさんは一人で震えさせておくとして、私は経緯を話すことにした。

ダンジョンの入り口を封鎖する音で、この火の精霊を目覚めさせてしまったこと。

寝起きがとんでもなく悪いやつで大暴れしたから、とりあえず小さくしたことなどなど。

手の中のこいつが火の精霊であることも。

「ね、寝起きなどの問題ではない！　私は誇り高き災厄の六柱、火の精霊ラヴァガランガだ！　さぁ、一思いに殺せ！」

火の玉みたいな精霊はそんなことを言う。

私はこいつを説得したいだけなんだけどなぁ。殺せだなんて自暴自棄にならないでほしい。

「あんたさぁ、そもそもどうして人間を目の敵にしてるわけ？」

「ぐむむ、それには深い理由《わけ》が……」

私の問いかけに、火の精霊は遠い目をして「あれは私が生まれて間もなくのこと……」と話し始める。

あ、話が長くなりそうな予感がする。

言っとくけど、私に時間はない。

さっさと村に帰って温泉に入るという重大な用件があるのだ。

自分で聞いておいてなんだが、そもそも寝起きの悪い理由を聞いてもしょうがない気がしてきた。どうせロクでもない理由な気もするし。

「いや、やっぱりいいわ。昔のことなんかほじくり返してもしょうがないし。大事なのは今よ！」

「えええぇぇ⁉　い、今⁉」

「そう。今だけが一番大事なのよ。いい？　あんたの目の前には二つの選択肢があるわ」

私はそう言うと、精霊の前に指を二本差し出す。

「一つ目は暗くジメジメしてモンスターがたっぷりのカビ臭いダンジョンの奥に閉じ込められて、しくしく泣きながらだらだら暮らす」

「……もう一つは？」

「二つ目は明るくてさっぱりしていて快適で三度の食事とおやつもついて、昼寝までできて親切な村人のいる私の村で笑顔いっぱいに暮らす。しかも、温泉もある癒しの世界！　この世の楽園！さぁ、どっち？」

「……そ、そこから選べと？」

そう、私はこいつを勧誘するのが目的なのだ。

過去のわだかまりを聞きだすよりも、今の精霊の気持ちを大切にしたい。

つまり、うちの村に来るのか、来ないのかということだ。

「ご主人様、あまりにも選択肢が誘導的な気がしますが……」

「魔女様、目が怖いですぅ」

1
2

「えげつねぇぜ。魔女様……」

ララとハンナとドレスは微妙な顔をしているが、事実は事実。ダンジョンと私の村には天と地ほどの開きがあるし、私の大好きな村の素晴らしさを強調しておいて損はない。

「私を!?　私をお前たちの村にだと!?　私はお前たちを殺そうとしたのだぞ?」

火の精霊は驚いたような声を出す。

確かにこいつは暴れたけれど、別に大した被害は出ていない。

ちょっと周辺が焼け焦げて穴だらけにはなっているけど。

「あー、はいはい、そういうのいいから。心を入れ替えて来るかどうかよ」

「わ、私は……」

火の精霊はふるふると揺れながら、言いよどむ。

なるほど。こいつ、本当は村に来たいんだけど、暴れた手前、恥ずかしいのだ。

「言いたいことはわかったわ。迷っているってことは本心では村に来たいってわけね?」

「え?　えーと、そういうわけでは、あの」

「照れなくてもいいわ。昔から言うじゃない?　迷ったらリスクの高い方を選べって。飛び込んでみたいんでしょ?　温泉の世界に?」

「いや、あの、私はだな、死の精霊として恐れられ……。へ?　おんせん?　それなに?」

「強がらなくても大丈夫。うちの村に馴染めなかったらダンジョンでの陰湿生活に戻るのもありよ。それならいいよね?」

「え、ええ、ちょっと待ってくれ。心の準備ができてないというか。そもそも、おんせんとは?」

火の精霊はあーだこーだ言うものの、その心は「村に行きたい」一択のようだ。

さっきまで「くかかか」なんて恥ずかしい笑い方をしてたくせに、実はシャイだったらしい。

それなら、背中を押してあげるのが私の役目ってものよね。

「それと、あんたの口調も気になるのよね。そもそも、あんたが自分のことを『私』って言うのもピンと来ないし。……おいら、もしくは、おれっち、ね。語尾はやんす……かな」

「お、おいら？　おれっち？　やんす？」

「そう。人間社会に溶け込むためには何事も形からよ。こまっしゃくれた精霊に用はないわ」

「な、何事も形から？　人間の世界とはそんなものなのか？」

「当たり前じゃない！　最初から完璧は求めてないから、できる範囲で頑張ってね」

「えええええ！？？」

火の精霊はぷるぷると震え始める。

きっと人間の村で生活するのに不安を感じているのだろう。

そもそもラヴァなんとかっていう名前も長すぎるよね。呼びやすい名前も考えないと。


さて、うちの村に来ると決まったとは言え、大事なのは次の用件だ。

私は一呼吸置いて続ける。

「でもねぇ、うちの村って発展途上だから、みんな働かなきゃいけないんだよねぇ〜」

「働く？　この私が？　いや、おれっちが？」

「そぉなのよねぇ。例外なく働くのよねぇ。私以外は週休二日制で働いてるのよ」

「わ、私を本当に迎え入れてくれるのだな？　仕事を与えてくれるのだな!?　ほ、本当に？　冗談ではなく？」

「最初からそう言ってるじゃん」

精霊はそう言うと、三つの目から涙を流し始める。

その涙はどういうわけか体に触れても蒸発しないらしい。不思議な現象に見とれてしまう。

「……いや、その、なんというか私を消す前にいたぶっているのだと思っていた」

「はぁ？　私がそんなひどい人間に見える？」

「ぐ、ぐむむ。申し訳ありません。私に仕事をくれるなんて……」

火の精霊は『仕事』という言葉に過敏に反応したらしい。

大昔、なにかあったのかもしれないが、過去のことは気にしないのが私なのである。

「それじゃ、ドレス、この子の面倒は工房で見てあげて」

「へ？　あっしが？　こいつをですか？」

突然、話を振られたドレスは目を白黒させる。

しかし、私は見抜いていた。ドレスの工房なら火の精霊は十二分に力を発揮してくれることを。

「ふふふ、この子、魔石を食べると熱を発生させるのよ。意味わかるわよね？」

「熱を発生させる？　ってことは、かまどが作れる？　溶鉱炉も？　よっしゃあああ！」

私の言いたいことが腑に落ちたドレスは両手を天に突き上げる。

彼女は二つ返事で火の精霊を自分の工房に迎え入れるのだった。

「えぇー、あたしの食堂にもほしいのだ。クッキーとスコーンの火力調整に使うのだ！」

しかし、思わぬ伏兵がクレイモアだった。

確かに火の精霊は食堂のオーブンにも活用できる人材だよね。

「ふふふ、魔女様はあっしにこいつをくださったんだ。そろそろ本格的な溶鉱炉を作ろうと思ってたんだぜ」

「いいや、オーブン一択なのだ。あたしが行列間違いなしの激ウマスコーンを作るのだよ」

火の精霊を前に、いがみ合う二人。

お互いに譲れないなにかを抱えてるようだ。

「二人とも仲良くしなさい。とりあえずドレスのところにいて、たまにクレイモアのところで働けるようにすればいいでしょ」

取り合いになりそうだったけど、なんとか丸く収める。人材を巡って喧嘩するのも馬鹿みたいだし、職場をたまに変えたほうが火の精霊にとってもいいかもしれない。

「それじゃ、村に帰るわよ！　撤収！」

一件落着して、ふぅっと息を吐く私。

ふふふ、これで全て丸く収まったよね。

聖域草の群生地とか大発見は色々あったけど、やることは決まっている。

それは温泉に入ること！

誰かさんのおかげで焦げ臭くなった体を即行でさっぱりさせたい。

そして、あそこで震えているアリシアさんにも温泉に入ってもらうのだ。

今度は絶対に逃さない。

温泉のすごさを体験してもらわなきゃね！

【魔女様の手に入れた人材】
火の精霊：とある災厄な人物が作り出した精霊。魔石を摂取することで力が拡大する。大昔に暴走し都市を一つ焼いたが、今では魔女様の部下として工房で働くことになった。名前については未定。ララは「邪悪な三つ目火の玉野郎（略称：ジャミ）」と提案するが満場一致で却下される。

第21話　魔女様、冒険者ギルドのアリシアを温泉に沈めるも、女神が降臨し、先輩とあがめる

「ふわぁあああ、さいっこぉお」

温泉の熱が骨の髄まで染み渡る。

自分の屋敷の裏に温泉がある幸運をかみしめる私なのである。

「魔女様ぁ、大変だったんですよぉおおお!」

リリが泣きながらお湯に入ってきて、今日の顛末を教えてくれる。

彼女いわく、あの崖を垂直に飛んだとのこと。なるほど、ぞくぞくするね。

「私、怖くて怖くて」

リリはトラウマになったのか、わぁわぁ泣き出す。崖を垂直上昇した衝撃は半端なものではなく、内臓が口から飛び出しそうだったとのこと。

……私だったら気を失っていただろうなぁ。

「リリ、本当に頑張ったね。リリは偉い! リリ、大好き!」

それでも無事に生還しているのは偉いとしか言いようがない。

私はリリをハグしてあげて、頭をなでて、褒めちぎるのだった。

「ひへへ~、お褒め頂きありがとうございます」

リリは何とか機嫌を直してくれる。いい子である。

これもやっぱり温泉のご利益ってものなのかもしれないなぁ。

「にゃははは！　あたしはこの深さでも泳げるのだ！」

「クレイモア、温泉で泳いじゃいけませんよ！　私なんか浮くことができます！」

一方、犯人のクレイモアとハンナは子供のようにはしゃいでいる。

泣いているリリのそばで満面の笑みであり、罪悪感は一切ないらしい。


「ほらほら、アリシア、女同士やし、怖いことないって」

「ちょっとぉ、あんたがそう言って大丈夫だったことないじゃない！」

そうこうするうちに、二人の声が聞こえてくる。

一人はメテオ。

私の村の優秀な商人で、ララと一緒に財政全般を担当している猫人の女の子。身長は低いけれど、メリハリのある身体がまぶしい。

もう一人は冒険者ギルドのアリシアさんである。

彼女は先日から村に滞在していたのだけれど、なんだかんだで温泉に入るのが今日になったのだ。

恥ずかしさもあるのか、彼女はタオルを全身にぐるぐるっと巻いて現れる。

そう、いよいよ、彼女の初温泉なのである！

「メテオ、あんまり怖がらせるんじゃないの。アリシアさんも楽に入ってみてね。今日はちょっとぬるめだから入りやすいよ」

「は、はい。ありがとうございます。それでは……」

アリシアさんは恐る恐るといった様子で温泉に入ってくる。

本当はタオルを外してお湯に入った方が気持ちいいけれど、まずは体験してもらわなくっちゃ。

温泉のよさがわかったら、自分からタオルを外すようになるよね。

それにしても、彼女のタオルはガッチガチに巻かれていて、体のラインはほとんどわからない。

手脚はすらっとして長く、とっても素敵である。まさしく、大人のお姉さん。

「〜〜っ!?」

お湯に肩までちゃぽんと浸かったアリシアさんの反応は思った以上にあっけなかった。

ただ、目を閉じて、少し震えるだけ。

「はうぅうう」とか、「最高やぁああ」とか、「猛烈に感動している」とか、そういう派手な反応じゃなかった。

でも、彼女の目はちょっと潤んでいるし、気持ちいいと思っているのは確かだと思う。

おそらく体全身を駆け巡る感覚を必死に我慢しているんじゃないかな。

「ふふふ、ええやろ？　温泉って最高やろ？　ほらほら、タオルを外してもっと自分を解放したらええやん」

メテオは悪ふざけ気味にアリシアさんに絡む。

うーむ、確かにタオルを強く巻きすぎているのは気になるよね。息が苦しそう。

まだまだ身構えているのかもしれない。

お風呂っていうのはみんなが自分の立場を忘れて楽しむ場所なんだけどなぁ。

とはいえ、裸になることに抵抗がある人がいるのも事実。無理強いはよくない。

「ちょっと、触んないの！　このバカ！」

ウザがらみしてくるメテオにいつになくつっけんどんな態度のアリシアさん。

いくらメテオが相手とは言え、かなりピリピリした様子。

ここで私はある仮説にぶち当たる。

彼女がタオルをぎちぎちに巻いている理由、それは体形にコンプレックスがあるからではないだろうか、ということだ。

メテオがちょっとふざけただけで怒るのはその証のようにも思える。ズバリ、言い当てるならば、アリシアさんのコンプレックス、それは胸がそんなに……ってことなのだろう。

わかる、わかるよ、お姉さま！

クレイモアとか、ララとか、ばばーんみたいなのが湯船に浸かってると恐縮するよね。

ドレスも、メテオもクエイクも、ハンナだって、いいものをお持ちだし！

「うひひ、ええやん、ええやん！　ふふふ、相変わらずのもち肌やのぉ」

「ちょっと、こら引っ張ったらダメって！」

人の気も知らないで、メテオは悪ふざけを加速させる。人間にはいろんなコンプレックスがある。

人前で裸をさらしたくないって気持ちだって、あって然るべきである。

「こら、メテオ！　嫌がってるんだから自重しなさい！　あらっ……」

メテオの悪ふざけをやめさせるために立ち上がった時だった。

急に立ち上がったのが悪かったのか、私は足を滑らせてしまう。

バランスを崩した私の体はアリシアさんの方に向かい、反射的に手をついたのは、アリシアさんのタオル。

「ひえ」

そして、気づいたときには彼女のタオルをすぽーんとお湯に落としてしまっていたのだ。

あわわ。

「ひきゃあああああああああ!?」

悲鳴をあげるアリシアさん。

ぶくぶくとお湯に沈むタオル。

あわわわわわ、申し訳ないっ！　ごめんなさいっ！

謝ろうと私はアリシアさんに向き直る。きっとそこには、すとんとしたものがあるだろうし。

しかし、予想というのは裏切られるためにあるということを私は知るのだった。

「な、なんですって!?」

女神。

私の目の前に現れたのは女神の裸体だったのだ。

クレイモアが破壊の女神、ララが豊穣の女神だとしたら、これは慈愛の女神。

拝まずにはいられないような、清楚なのに見事なプロポーションがそこにはあった。

ウエストや手足は細いのに……いい感じに大きい。

クレイモアやララみたいに重そうじゃないけど、十分に立派。

とはいえ、メテオとかクエイクとかドレスみたいに、やんちゃな感じでもない。

灼熱の魔女様の楽しい温泉領地経営
～追放された公爵令嬢、災厄級のあたためスキルで世界最強の温泉帝国を築きます～
海野アロイ
イラスト 切符
3
初回版限定
封入
購入者特典
特別書き下ろし。
灼熱大陸Vol.03:
魔女様、底辺冒険者から一日でSSSランクに成り上がる！
※『灼熱の魔女様の楽しい温泉領地経営 ③～追放された公爵令嬢、災厄級のあたためスキルで世界最強の温泉帝国を築きます～』をお読みになったあとにご覧ください。
EARTH STAR
LUNA

「ぼ、冒険者をやってみたいですって？」

村に冒険者ギルドができて一週間。私はその門をたたく。

実を言うと、この私、冒険者になって宝物を探すことには憧れがあったのだ。そこで一日だけ冒険者の仕事を体験してみることにしたのである。

「いいですけど……。ええと、登録ジョブは何にされますか？」

受付業務はアリシアさんの担当だ。

彼女が言うに、冒険者ギルドに自分の得意な能力を登録するとのこと。いわば職能のようなものを登録ジョブと言うらしい。私の得意なことと言えば、ふぅむ、温泉を見つけることかな！

「温泉ハンターにします！」

「そ、そんなのないんですけどぉ……」

私は自分の中に浮かんできた素敵なジョブを伝える。

アリシアさんは眉毛を八の字にして困り顔をするが、特例ということで認めてもらった。

駆け出し冒険者の私のランクはFだとのこと。か弱い私にぴったり。

よぉし、それじゃ宝探しに出かけよう！

いい感じの宝物を見つけたら、私もランクアップしたりして！

「あ、あのぉ、私もついていっていいですか？　その、念のため……」

出発しようとする矢先、アリシアさんは真剣な面持ちで尋ねてきた。

護衛にはシュガーショックもいるし、身の危険はないと思う。だけど、私は新米冒険者なのだし、いろいろ分からないことも多いかもしれない。私は快く彼女の申し出を受けるのだった。

「この感覚、もしかして、温泉かしら!?　アリシアさん、離れてて！」

「ひぃいいい!?」

村を離れ、果敢に宝探しをする私である。お宝とはもちろん、温泉のことだ。異論は認めない。

ダンジョンの近くに差し掛かった時のこと、足元にじわじわと熱源を感じる。

温泉ハンターとしての本能が「ここを掘れ」と言っているような気がする。

こうなったら矢も楯もたまらず、私はちゅどかぁああんっと荒野に穴をあけるのだった。多少の穴は大丈夫だよね。誰かが住んでるわけじゃないし。

「す、すごい穴ですね。うぅう、底の方が見えない……」

私の開けた直径数メートルの穴を見て、アリシアさんはぽかんとした表情をしていた。

残念なことに、何発穴を開けても穴からお湯が噴き出すということはなかった。

あれぇ、おっかしいなぁ。何だか熱がうごめく感覚があったっていうのに。

「あ、あのぉ、ユオ様、そろそろ薬草でも集めませんか？　活きのいい薬草がありますよ」

「そうですね！　じゃあ、別の場所に行ってみましょう！」

そんなわけで温泉探しはいったん中止。私は薬草採取の仕事へと移るのだった。

これは道端に生えている薬草をぽいぽい採取するお仕事である。薬草の種類はアリシアさんが教えてくれるので安心だ。

思ったよりも重労働で、中腰の姿勢はけっこうキツイ。集めたものは品種ごとに仕分けして、ギルドに持っていくとのこと。なるほど冒険者の仕事って大変なんだなぁ。

「な、何ですって!?　ダンジョンから!?」

「はい！　ダンジョン近くに謎の穴が開いて、大量のモンスターが這い出てきたそうです！」

私が薬草を集めていると、アリシアさんのところに人が来て何かを騒いでいる。

私の場所から離れているので何を言っているかわからないが、急用らしいのは確か。

「ユオ様、大変ですっ！　ここから急いで避難しましょう！　えーと、誰かさんのおかげで、とんでもないことが起きて、その、とにかく危険なんですぅううう！」

アリシアさんは血相を変えて、ここから逃げましょうと騒ぎ立てる。

何やら緊急事態らしいけど、何が起きたのか教えてくれないと困惑するのみである。

避難しろと言われても、まだ薬草の仕分けも終わってないし……。

「そ、そんなのいいんですっ！　私がやりますからっ！　このままじゃ、危険が危ない！」

アリシアさんの混乱は頂点に達し、意味不明な言葉をわめきたてる。

私は渋々彼女に従って、大きな袋に薬草をごちゃごちゃに入れることにした。

そんな時だった。

事件が起きたのは。

薬草を握っていた私の手に、毒々しい色のトゲのついた幼虫みたいなのがのっていたのだ。

おそらくは薬草の中に紛れていたのだろうけど、その邪悪なフォルムに背筋が凍る。

「にゃぎゃあああああ!?　ま、ま、マジで無理ぃいいい！」

私はやつを振り払おうとぶんぶん腕を振る。

しかし、なかなか落ちてくれない。むしろ、必死の形相（?）でしがみ付く始末である。

「塵も残さず消えろぉおおお！」

品のない言葉が私の口から飛び出し、次いでいつぞやの熱円が生み出される。

触れるものはどんなものでも焼き尽くす、超高温の熱の円。

だけど、幼虫は危険を察したのか、ころりと私の手から剝がれ落ちるのだった。

あまりの恐怖に言葉も出ないまま、呆然とする私。それからシュガーショックを抱きしめて、恐怖心を中和する。怖かったぁああ。

「ユ、ユオ様、だ、出しっぱなしですよ!?」

そして気づくのだ、熱円を出しっぱなしにしていたことに。

見れば前方の崖にぽっかりと大穴が開いている。その先にあるのはダンジョンだ。

ひぇええ、ダンジョンを燃やしたら、ララとメテオに怒られる！

私は慌てて出力を解除するのだった。

「ア、アリシアさんっ、謎の真っ赤な円が突然現れて、モンスターが全てそれに触れて消えましたぁあああ！　ダンジョンも焦げてます！」

それからしばらく薬草の荷造りをしていると、先ほどの男の人がやってくる。

モンスターが消えたと騒いでいるが、村長さんたちがやっつけてくれたのだろうか。

「ユオ様、ユオ様のランクはＳＳＳでいいです！　だから、もう冒険者の真似ごとはしないでください！　絶対にやめてください！」

アリシアさんは私の方にがばりと向き直ると、私の手をぎゅっと握り、泣きべそまじりに叫ぶのだった。

数日後、冒険者ギルドにランク表が貼られる。私のランクはＳＳＳと表記され、村人たちの「魔女様最強！」の声が高らかに響くのだった。なんで!?

♨　♨　♨

「とまぁ、こんな調子でユオ様のランクが決まったんやで？」

「へぇええ、現実は小説より奇なりやなぁ。よし、次の灼熱大陸の記事はそれでいこ！」

メテオはクエイクにアリシアから聞いた一部始終を伝える。これが後の歴史書に記される魔女様ＳＳＳランク強奪事件の真相なのであった。

なんていうか、大人……なのだ。

はっきり言って、これぐらいがいい。

私とほぼ同じことを思っていたのか、リリは「こういうのがいい……」と口に出してしまう。

正直すぎるよ、リリ。気持ちはわかるけど。

「あ、あのぉ？　どうされました？」

人は美しいものを目にすると、信仰にも似た行動をしてしまうという。

私とリリはアリシアさんの前で手を合わせ、無意識に拝んでしまっていたのだった。

拝まずにはいられないほどの裸体なんて、クレイモアにすら感じなかったのに。美しさってすごい。

「なななな!?　学生時代はそうでもなかったのに、なんで成長してんねん!?　うちの知らん間になにかあったんか!?　うちのもんやのに！」

「知らないわよ！　っていうか、あんたのものでもなんでもないでしょ！」

「そもそも着痩せしすぎやん。もぉ、あからさまに出し惜しみして、ずっるいわぁ！」

「うっさい、ばか！　あんたはデリカシーがなさすぎなのよ」

アリシアさんは恥ずかしさも忘れて、湯船に浸かったままメテオと言い争いを始める。

大人な雰囲気のアリシアさんもまだまだ子供っぽいところがあるみたいだ。

しかし、である。

数秒後、メテオがとんでもない情報を私たちにもたらしたことに気づくのだった。

「……リリ、今の聞いた？」

「……はい、この耳でしっかり聞きましたとも」

リリに確認すると、彼女は神妙な表情でうなずくのだった。

私たちの表情を一変させたこと、それは『学生時代のアリシアさんの胸はそうでもなかった』っていうことだ。メテオの証言が確かならば、学生時代は小さかったのだろう。しかし、今は違う。明らかに違う。大きい。十分に。

ってことは、アリシアさんは成長したってことである！

成長して、女神になったってことだ。

この時だった。

私の頭上に光が舞い降りた気がしたのは。

これまで悩み、苦しみ、努力してきたことへの道筋ができた気がしたのだ。

まぁ、少しだけ、ほんのちょっとの悩みだけどね。すごく気にしてるってわけじゃないからね。

「アリシアさんっ！」

私は真剣なまなざしで、アリシアさんに向き直る。

「は、はいいい!?」

「これからは先輩って呼ばせてください！」

「せ、先輩!?　私が!?」

「アリシア先輩にはいつも憧れてました！　これから、ご指導ご鞭撻《べんたつ》のほどよろしくお願いいたします！」

「私からもお願いします！　アリシア先輩！」

私とリリはアリシアさんを先輩と呼ぶことに決めたのだった。
彼女の成し遂げたことはとても大きい。
温泉の力を使わずとも、自分の力で成長させたのだ。
どこをってわけじゃないけど。
どこをってわけじゃないけど、人間って育つんだね！
スゴいね、人体！

第9章

魔女様のやばい薬草流通！ザスーラに蔓延する流行病を阻止します！

第1話　魔女様、聖域草を流通させるためにあの手この手を考えます！

「はぁぁぁああ？　せ、聖域草がぎょうさん見つかったやて!?」

ダンジョンのスタンピードを食い止めた次の日のこと。

今後の方針を決める会議で大きな声を上げたのはメテオだ。

そう言えば、彼女に聖域草の群生地が見つかったことについて話すのを忘れていた。

私とアリシアさんは事の顛末をみんなに伝えるのだった。

「ダンジョンがあるってだけでも、めちゃくちゃなことなんやで？　それなのに聖域草かいな……。こりゃあもう、儲けまくるしかないやん！　ユオ様の領地、伸びしろしかないで！」

さすがはメテオ。

混乱するかと思いきや商機と見込んで皮算用を始める。

「全くです！　こんなに沢山の資源があるなら、冒険者ギルドの設置は間違いなく進むと思います」

アリシアさんは冒険者ギルドの設置に前向きな評価を下してくれそうだ。

良かったぁ、これで一つ肩の荷が下りたよ。

「ギルド設置は問題なく進めますが、同時に聖域草の件も進めていただければと思います。ご存じの通り、今、ザスーラ連合国では深刻なことが起きておりまして」

「例の流行病やな？」

「ええ、私の妹やコラートさんの娘さんも含めて、沢山の人が苦しんでいます」

私は自分たちが発見したものの重さを痛感して、ごくりと唾を飲む。

今、ザスーラでは流行病が蔓延していて、この瞬間にも命を落とす人がいるそうだ。

貧しく身分の低い人々は応急処置の薬剤すら手に入らず、症状を軽減させることもできないらしい。

今回の聖域草の扱いには沢山の人の命が関わっていると言っても過言ではなかった。

「ユオ様がよろしければ、冒険者ギルドにこの聖域草を任せていただけないでしょうか？　私たちなら、ユオ様にしっかり利益が出るように、万全の体制で流通させることができます」

アリシアさんは真剣な顔をして、私に訴えてくる。

その顔はこれまでのドジっ子風の表情とは大違いだった。彼女の本気の顔なんだろう。

「確かに、冒険者ギルドは国を超えた組織ですし、素材の流通にかけては信頼できるかもしれませんね」

ララはアリシアさんの言葉に同意する。

だけど、私はララの言葉に少しだけ違和感を覚えるのだった。

そう、『かもしれない』という表現である。普通に考えれば、『冒険者ギルドは信頼できる』に決まっているわけで。

「……冒険者ギルドに任せたいのは山々なんだけど、ちょっと抵抗があるかな。今回のコラートさんの一件もあるし」

「そ、それは……」

私の胸をちくりちくりとさせていたもの、それは今回のコラートさんの買収疑惑だった。

彼は娘さんの病気を聖域草で治すことと引き換えに、この村の冒険者ギルド設置を阻止してほしいと持ちかけられていたのだ。

買収を持ちかけてきたのは、アクト商会というザスーラの有力な商会であり、話を聞く限り、その商会は聖域草を別のルートで確保していると考えていいだろう。

「つまり、バカ正直に冒険者ギルドに持ち込んでも、アクト商会のアホが邪魔してくる可能性が高いっちゅう話やな」

「ううう、アクト商会かぁ。そりゃしんどいわ、あいつらしつこいんやで？」

クエイクはアクト商会の名前を聞いただけで、げんなりとした表情だ。

彼女いわく、その商会はザスーラを代表する商会の一つで、国内外の有力者と密接につながっているらしい。私兵団を有し、武力を笠に着て取り引きを独占するなど、きな臭い噂が絶えないのだとか。もちろん、冒険者ギルドにも太いパイプを持っているとのこと。

「冒険者ギルドの信頼の低下を招いたのは私の責任！　ここで腹を切ります！」

空気の重さに耐えられなくなったのか、コラートさんがとんでもないことを言い出す。

「クレイモア、取り押さえて」

「らっしゃいなのだ」

これは腹を切るとかそういう問題じゃないし、不問に付したことを蒸し返すつもりもない。

そもそも、娘さんが元気になるまで死んじゃいけないでしょ。

「そこで、アリシア先輩」

「……領主様、アリシアでいいです。いえ、アリシアと呼び捨ててください」

「ぐむむ。それじゃアリシアさんも、みんなも聞いてほしいの。私としては今回の聖域草はできるだけ安価に、それこそ貧しい人でも買える価格で卸したいと思ってるんだけど、どうかな？」

私は咳ばらいをして、自分の考えをみんなに伝えることにした。

この聖域草を扱うに当たって、一番大事なポリシーについてだ。

「ふむ、甘ちゃんやと思うけど、ユオ様のそういうところ好きやで」

「それは素晴らしいことですよ、領主様！」

メテオもアリシアさんも私の意見に賛同してくれる。

「その場合、邪魔してくると思うんだよね、そのアクト商会っていうのが」

「まぁ、せやろうなぁ。だって、高く売れるものを安く売りさばくやつがおったら頭に来るもん。温厚なうちでも怒鳴りこんで、裏工作を仕掛けるやろうな」

私が思うに、安く売るのはそれほど簡単なことではないということだ。

アクト商会が十中八九妨害してくると思う。

「つまり、取り引きを邪魔しない後ろ盾がいるっちゅうわけやな？　政治的にも、流通的にも、バックアップしてくれる組織が」

私の真意を読み取ったのか、メテオが補足してくれる。

こういう時の彼女は頭の回転が速くて、本当に頼もしい。

「そんなのに心当たりのある人、いる？」

私の言葉に一同は腕組みをして、黙ってしまう。

そりゃそうだ。こんな小さな辺境の村を応援してくれる権力者に心当たりなんてない。

「あ、あのぉ、私のお父様はいかがでしょうか？　いちおう、辺境伯ですし、商人にある程度、顔が利くと思いますが」

リリがおずおずと手を挙げる。

思い返せば、彼女はあのサジタリアス辺境伯の娘なのだ。

辺境伯と言えば、有力貴族の筆頭として知られている人物のはず。前回の一件で、やたらと感謝してくれたし、あの人なら力になってくれるかもしれない。

アリシアさんは「えっ、リリさんってサジタリアス辺境伯の娘さん!?　ひょっとして消えた令嬢の人!?　じゃ、この人、剣聖のクレイモア!?」と今さら驚いていたけど、ここはスルーする。

「辺境伯は有力者ですが、あちらには我々に協力するメリットがないかもしれませんね」

「せやなぁ。辺境伯ほどの貴族様がどうして辺境の村の味方をするのかよくわからへんもんなぁ。それに、サジタリアス近郊ではそれほど流行病はひどくないみたいやし」

辺境伯の助力をお願いするのはいいアイデアだと思ったけれど、そうでもないらしい。

メテオとララの言う通り、サジタリアス辺境伯には私たちの味方をする理由がどこにもないのだ。

現時点で辺境伯と交わしている約束はあくまでも、交易の開始でしかないわけで、ザスーラ全土における流通のバックアップまでしてくれるかはわからない。

「それに、もし大義名分があったとしても、アクト商会と真っ正面からぶつかるのをお願いできる立場ではないよね？　場合によっては向こうが力で押してくるかもしれないし」

「そうですね。私たちはあくまでも辺境の貧しい村です。自分の分をわきまえた上で行動しなければなりません」

「だよねぇ。政治って、面倒くさいなぁ」

私はふぅっとため息を吐いてしまう。

ここにきて八方塞がりの状況に出くわすことになってしまった。

私たちはザスーラの流行病を解決できる薬草を持っている。

しかし、後ろ盾がないばかりに流通させることができないのだ。

歯がゆい状況が口惜しい。自分に力があればもっとうまくやれるのになぁ。

「……しゃあない。うちのおかんに頼んでみるわ」

「お、お姉ちゃん!?」

ここで手を挙げたのが、メテオだった。

彼女は自分の母親に口を利いてもらうという。

隣のクエイクは心底驚いたという顔で、メテオを見ている。

「お母さんって、ビビッド商会……ってこと？　あんた、それって大丈夫なの？」

アリシアさんも真顔でメテオに尋ねる。

彼女はどうやらメテオのお母さんを知っているらしい。

「ユオ様には詳しく言うてへんかったけど、うちら姉妹はザスーラの南の商都で商売をやってるビビッド商会の一族なんや。まぁ、うちは家出したクチやから完全に無関係なんやけどな」

メテオは彼女のお母さんの商会について話し始める。

簡単に言えば、彼女のお母さんもまた有力な商会を運営しており、その後ろ盾が得られれば、アクト商会に対抗できるのではないかということだ。

「でもぉ、お姉ちゃん、おかんのことめっちゃ嫌ってるやん。あっちも……」

クエイクが心配しているのはメテオとお母さんとの仲が良くないことらしい。

確かに、その状況で後ろ盾を頼めるのかはかなり疑問だ。

「大丈夫や。これは商売。私情は抜きやで。目的達成のためなら、靴ぐらい舐めたるわ。ふふっ、うちの商売人魂を見せたるで」

メテオはふふっと笑い、言葉を続ける。

「ユオ様、うちに任せてくれへん？　ぜぇったいに悪いようにはせぇへんから」

彼女の目はとてもまっすぐだった。その瞳には自分の私情を超えて、この村のために、ザスーラの人々のために行動したいっていう気持ちが溢れているように見える。

ここまで覚悟を決めたのなら、お母さんとのわだかまりを超えて協力できるかもしれない。

「わかった。それじゃ、お願いね。取り引きの条件は全部、あなたに任せるわ」

私の返事は決まっていた。

メテオを信じるってこと。彼女ならきっとうまくやってくれるに違いない。

「それじゃ、うちも一緒に行きます！　お姉ちゃんだけやと心配ですもん」

クエイクは涙目になってメテオに同行するという。

メテオだけだと暴走しがちだから、正直、頼もしい。

そして、次の日。

メテオとクエイク、それにアリシアさんとコラートさんはザスーラへと向かうことになった。

メテオとクエイクの二人はビビッド商会の本部があるザスーラ南部の商都に向かい、アリシアさんたちもその途中の首都までは同行するということだ。

わぉおおおん！

護衛のシュガーショックはいつものように遠吠えをする。頼もしいことこの上なし！

「それじゃ、絶対に無事に帰ってきてね。まだまだ、仕事がたくさん残ってるんだから」

「わかっとるわ！　大船に乗ったつもりでいてくれてええで」

メテオの手をぎゅっと握る。

今さら思い返せば、彼女は村に来て以来、ずっとこの村にいてくれた。私にとってメテオの存在は当たり前になっていた。だから、離れ離れになるのは、すごく複雑な気分だ。

しばらく会えなくなるのは寂しいけれど、上手く事が運ぶと私は信じている。

「ほな、行ってくるわ！　良い結果を楽しみにな！」

メテオは吹っ切れたような顔をして私たちに手を振る。

今まで以上に彼女の笑顔がまぶしい。

「頑張ってね！　待ってるよ！」

私たちは彼女たちが見えなくなるまで、思いっきり手を振るのだった。

その数日後――

どんどんどんどんっ！

私が温泉に入っていると、屋敷のドアを叩く人がいる。

そして、こんな声が聞こえてきたのだ。

「ま、魔女様！　お姉ちゃんが捕まってしまいましたぁあああ」

「な、なんですって!?」

それは私たちの次の戦いの始まりの合図だった。

第2話　メテオ、捕縛されるも、なんとかクエイクだけは逃がすことに成功します

「アリシア、今回の一件が終わったら、うちの村に来るのはどうや？　悪いようにはせぇへんで？」

「……うーん、どうだろうなぁ」

ザスーラの首都を目指す道中で、メテオとアリシアはそんな会話をしていた。

「うちの村に冒険者ギルドができるやろ？　そしたら、ギルドマスターがいるやん？　受付嬢もいるやん？　アリシアなら、うちの村で大活躍できるで！」

「買いかぶりすぎだし。うーん、どうだろ。確かに料理も温泉も最高だったけどさぁ」

「せやろ！　ふふふ、うちの村は最高なんやって！」

「本当にあんた、あの村が好きよね。なんか、意外だわ。もっと大きな街で商会をやるって思ってたから」

ニコニコ顔のメテオを眺めながら、アリシアは学生時代のことを思い出す。

メテオは常に言っていたのだ。

母親よりも大きな商会を作るために、より大きな都市で勝負する、と。

それなのに、彼女が基盤を置いているのは辺境中の辺境、禁断の大地の小さな村なのだ。

「めっちゃ好きやからなぁ。村のことも、ユオ様のことも、温泉も、全部、大好きやで」

「はぁ～。聞いてるこっちが恥ずかしくなるんだけど」

メテオの嬉しそうな様子にアリシアはため息をつく。

自分勝手で移り気で、自己中心的なメテオがここまで心酔しているのが信じられない。

「アリシア、これ、ホンマに心の片隅に入れといて。うちらの村、絶対にめちゃくちゃ発展するから。その時に戻ってきたいって言っても、もう遅いんやで？」

「あはは、わかったわよ。なんだかんだ、お世話になったし、少しだけ考えておくわ」

「よろしゅうたのんまっせ。おっ、そろそろやな」

馬車から顔を出すと、大きな建物が見え始める。

ザスーラの首都が見えてきたのだ。

ここにはザスーラ連合国の政府機関があり、冒険者ギルドの本部もある。アリシアとコラートの家族もここに住んでいた。

メテオたちはここでアリシアたちと別れることになっていた。

アリシアたちはこれから家族のもとに急がねばならない。

「ほな、この薬草は十分ほどぬるーいお湯で煮て、煎じ薬を作るんやで。くれぐれも沸騰させたらあかんで、めっちゃエグみが出て、死ぬほどまずくなるから」

別れ際、メテオはアリシアに聖域草の煎じ方について解説する。成分の抽出方法は特殊なものではないが、それでもアイテムに詳しくない一般人にはわかりにくい。

「じゃ、妹さんにお大事にって言っといて」

「コラートさんも、娘さん良くなるとええですね」

「メテオ、クエイクちゃん、ありがとう！　ギルド設置の進捗については手紙を書くわ」

「メテオ様、クエイク様、本当にお世話になりました！　ひぐっ、ううぅ」

「はいはい、湿っぽくなるから泣かんでえぇちゅうねんっ！」

アリシアとコラートは村で受けた恩を思い出すと、涙が出そうになる。というか、コラートに至ってはこの時点で泣いていた。

「ほな、行こか。……いよいよやな」

二人と別れたメテオとクエイクはいざ、南にある商都へと向かうのだった。

そこは彼女たちの生まれ故郷であり、母親であるフレアが率いる商会がある。

「うち、今から怖いわぁ」

クエイクはこれから起こるであろう、母親との対決を想像してわなわなと震えるのだった。

♨　♨　♨

「あ、あのぉ、お姉ちゃんたち、果物いりませんか？」

夕方近く、メテオたちがとある街に到着したときのことだ。

道端から貧しい身なりをした少女が現れて、果物籠を差し出してきた。どうやら道行く人々に果物を売って日銭を稼いでいるようだった。

ここはアクト商会の治める街で商業自体は潤っていた。しかし、貧富の差は激しく、貧しい人々も多数いるようだ。

メテオはその少女を見て、昔のことを思い出す。

まだまだ母親の商売が駆け出しだった頃、メテオの家も同様に貧しかった時代を。

「ええで。籠ごと買うたるわ」

メテオがそう伝えると、少女は顔をぱぁっと明るくする。

その様子を見たクエイクは「しゃあないなぁ、お姉ちゃんは」などと言っているが、不満というわけでもない。姉のきっぷのいいところを昔から尊敬していたのだ。

「お姉ちゃん、ありがとう！　これでお母さんの薬が買えるよ！」

女の子は興奮した様子でそんなことを言う。

話を聞くに、少女の母親は数ヶ月前から体調を崩し、家から出られないとのこと。

咳がひどく、やせ細ってしまったとのことだ。今では貯金も底をついたので、少女は市場の手伝いをしているのだという。

「姉ちゃん、それって……」

「せやろな。なぁ、ちょっと待って」

余計なおせっかいと言えば、おせっかいかもしれない。

しかし、メテオはこの少女を放っておくことができなかった。

彼女は懐から小さな紙の包みを取り出すと、こう伝える。

「この中に薬の葉っぱが入っとるから、ぬっるーいお湯で煮て、お母さんに飲ませたり。沸騰させたらあかんで？　そのお茶を飲むと病気なんか一発で治るからな」

メテオが差し出したのは、聖域草の茎や葉を乾燥させたものだった。

そもそもアリシアの家族のために用意したものだが、予備としていくつか持っていたのだ。

少女は「ありがとう！」と声を出すと、路地裏へと消えていく。

名前も知らない少女への大盤振る舞いに「お姉ちゃんはお人好しすぎるで！」などと、クエイクは非難してみせる。それでも、姉の行動に心が温かくなるのを感じるのだった。

しかし、事態が急転したのは、その翌朝のことだった。

「手配中の猫人の商人がいたぞ！」

「よくもぬけぬけと、この盗人が！」

街中ということもあり小さくしていたシュガーショックを連れて、街の門を出ようとしたところ、衛兵がメテオたちに槍を向けてくるではないか。

「はぁああ？　こんな美少女つかまえてなにが盗人やねん？　怒るで？」

メテオは大きな声を上げて抗議するが、あっという間に衛兵たちに取り囲まれてしまった。

訳がわからぬ状況に戸惑う二人。

「お前、これをどこで手に入れた？　これは禁制品の植物だぞ？」

衛兵の隊長らしき人物が懐から紙の包みを取り出す。

メテオはそれを見て、小さく舌打ちをする。

それは昨日、彼女が道端の少女に手渡した聖域草だった。

しかし、それが禁制品であるとは聞いたことがない。

「この都市の法では、アクト商会の許可なしに聖域草を扱うことは禁止されている！　この女どもをひっとらえよ」

「はぁああ!?」

衛兵はメテオを捕まえようと、槍を構える。

訳がわからない状況だが、ただ一つ確かなのは、こんなところで二人とも捕まるわけにはいかないということだ。

メテオはシュガーショックを元の姿に戻して、暴れさせることも考える。

逃げるのには有効な策だが、それはできない。

ここでお尋ね者になってしまったら母親と交渉することさえできないだろう。

どうすればいい?

メテオは必死に策を巡らせる。

幸いにも、この間抜けな衛兵たちはメテオだけを疑っているようだ。

「……クエイク、村に戻ってユオ様にこのことを伝えてや！　おかんとの交渉は任せたで！」

「はぁ？　なに言ってんねん!?　ちょっと！」

メテオはそう言うと、続けて大きな声を出す。

「シュガーショック、もとの大きさに戻るんや、今すぐ！」

メテオが声をあげた刹那、彼女たちの連れていた綿毛のような白い犬は、白銀の巨大な狼に変身する。

「ひぃいいい、シルバーウルフだ！」

「くそっ、なんでこんなところに!?　街の中だぞ!?」

衛兵たちは突然のモンスターの登場に目を白黒させる。

そのすきを突いて、メテオは叫ぶのだった。

「シュガーショック、戦ったらあかんで。今から、クエイクを連れて村に帰り！」

シュガーショックはメテオの言葉を理解したかのように頷く。

「ちょっとぉおおおお!?」

シュガーショックはクエイクを咥えてひらりと塀を飛び越えていく。

あまりの早業に衛兵たちは何の対応もできないまま、空を見上げる。

澄み渡る青空のもとにはクエイクの声が響くのだった。

第3話　アクト商会、聖域草で大儲けしようと思っていたら、不届きなやつが現れたので正義の捕縛を試みます！

「ははは！　笑いが止まらないよ！」

アクト商会の代表、ブルーノ・アクトは喜びの声を上げていた。

隣国のラインハルト公爵家から入手した聖域草が、恐ろしいほどの高値で売れていくからだ。

「くふふふ、これでビビッド商会を出し抜いて、ザスーラで一番の商会になれる！」

ブルーノは入ってくる報告書を読みながら、今後の皮算用を始める。

聖域草の商いによって、アクト商会がより大きな権力を手に入れることを彼は確信していた。

「そして、僕はザスーラの指導者になるのだ！」

ブルーノが目指すのはザスーラの第一の権力者である、連合国首相だった。

そのために必要なのは、圧倒的な実績と人望。それを叶えるのが、この聖域草の商いだったのだ。

野望を達成するために、ブルーノは聖域草の管理を徹底することにした。特に自分の治める街では法律を制定して、聖域草を禁制品とするほどの念の入れようである。

万が一にも横流しや横領が起きてはならなかったし、もしも、聖域草が他の地域で見つかっても握りつぶさなければならなかった。

もっとも、聖域草は最果ての禁断の大地に生えているとされる植物で、簡単に手に入るはずもない。すなわち、ザスーラで聖域草を扱えるのは、自分たちしかいないのだ。

数日後、ブルーノは自分の治める街の一つに滞在していた折、不穏な報告を受ける。

街の衛兵が怪しい猫人を見かけたというのだ。

その猫人は道端の子供に紙の包みを手渡したという。

子供があまりにも喜んでいたので、衛兵は疑わしいと判断したとのこと。彼がその子供から紙の包みを奪ったところ、そこには黄金色の草が入っていた。

衛兵は目を見張る。それが禁制品として取り締まっている植物によく似ていたからだ。

「こ、こ、こ、これは!?　ひっとらえろ！　この包みを持っていた者を捜し出せ！」

聖域草の入った包み紙を見て、ブルーノは仰天する。

そして、即座にその猫人を捕縛するように命令するのだった。

猫人と言えば、南のビビッド商会だ。あの手この手で商圏を拡大している、下品な商会。

もしも、聖域草がビビッド商会に渡ったら、自分の計画がふいになってしまう。それどころか、ザスーラを救う功績すら奪われてしまうかもしれない。

「くそっ、あの化け猫どもが！　何度叩き潰しても生き返りやがって……」

ブルーノの拳は怒りのあまり、わなわなと震えるのだった。

悪い予感は早めに摘んでおかなければならない。ブルーノは捕縛の知らせを今か今かと待つのだった。

「な、なんだと!?　一人を取り逃がしただと!?　愚か者め！」

次の日の朝のことだ。

ブルーノの声が豪華絢爛な執務室に響き渡る。

衛兵は二人いた猫人のうち、一人を取り逃がしてしまったと言う。しかも、捕まえた人物はずっと黙秘を続けていて、どこでこの薬草を入手したのか話そうとしないとのこと。

嫌な予感がする。

ブルーノの背中に冷や汗が流れていく。

「くそっ！　こうなったら、僕が聞き出してやる！」

ブルーノは鼻息荒く盗人を捕縛してある牢屋へと向かうのだった。

そこには猫人の商人、メテオ・ビビッドが膝を抱えてうずくまっていた。

鉄格子に入れられている彼女は冷たい目をしていた。取り押さえられた際に衛兵たちに殴られたのか、顔にアザができている。

「おい猫人、貴様、名前は何という？　あれをどこで手に入れた？」

「………………」

猫人の女はなにも答えなかった。

「ふん、ずっと黙っている気か……」

その態度は気に食わなかったが、ブルーノは目の前の猫人の顔をよく観察する。

これがただの猫人なのか、それともビビッド商会の構成員なのかで対応は大きく変わる。

相手がビビッドの商会員である場合には下手なことはできない。ビビッド商会の結束は固く、手を出せば、火傷ではすまないのだ。

しかし、ただの猫人であればただの罪人である。即座に処刑すればよい。

「……」

目の前の猫人は黙ったままブルーノの目を見据えてくる。

だが、その目の奥に強い意志があるように感じられた。

「き、貴様、無礼だぞ!?　僕は今すぐにお前を殺すこともできるんだぞ!?　なにか言ってみろ!　これをどこで手に入れた?」

ブルーノはヒステリックに声をあげて、メテオをなじる。

しかし、それでも彼女は口を開くことはなかった。

ただただ、ブルーノの瞳をじっと眺めているだけだった。

「ぐ……」

ブルーノは胸の奥に重いものを感じる。

メテオの瞳の光がブルーノにとある記憶を思い出させたからだ。

それはビビッド商会の会長である、フレア・ビビッドと対決し、徹底的にやられた記憶である。

もしかしたら、この猫人はフレアに近い人物、それも親族の一人かもしれない。

フレアは自分の仲間を傷つけられたら、倍返しで仕返しをしてくる恐ろしい女だった。

相手の素性がわからない以上、不用意に殺してしまうのはまずいとブルーノは結論づける。

逆に言えば、この猫人は『使える』可能性が高い。

彼はビビッド商会と対立している案件の取引条件として、この娘を使おうと判断したのだ。

「ふんっ、まぁ、いいだろう」

ブルーノは拷問や処刑を諦め、メテオを人質として扱うことに決めるのだった。

その決断は後々まで尾を引くことになるが、彼がそれを知るはずもなかった。

♨　♨　♨

「クエイク、上手く村に戻れたんかなぁ」

ブルーノが去った後の牢屋は再び静かになる。

彼女は牢屋の窓から青い空を眺め、ふぅっと息を吐く。

鉄格子で区切られた空はいつになく、遠いものに感じられた。

「うちとしたことが下手こいたなぁ、ほんま」

彼女は自分の迂闊さを呪う。人目につかないように行動したつもりが、最後の最後でボロを出してしまったのだ。

それでも、自分のしたことを後悔するつもりはなかった。

自分の命をつないでいれば、きっとユオが助けてくれるという確信があったからだ。

それに、もしも自分が処刑されても、妹のクエイクに一応の仕事は教えてある。彼女がいれば村は発展できるとも思える。

「もうちょっとだけユオ様と一緒にいたかってんけどなぁ。仕事だってまだ残ってるやろうし……」

どこまでも続く青い空を眺めながら、メテオはそうつぶやくのだった。

第4話　魔女様、聖域草と温泉を組み合わせてヤバい実験を行います。『私も実験に参加する！』と言われても、もう遅い！　魔女様の分は安全なものにすり替えさせていただきます

「やっぱりすごいね、これ！」

メテオが出発した当日のこと、私たちはダンジョンの近くの聖域草の群生地に来ていた。

私たちは聖域草がどれぐらいの規模で生えているのかを調査することにしたのだ。

ここに来たのは二度目だけど、黄金色の花が咲き誇っている様は壮観だ。花の香りが強すぎて、鼻の奥がムズムズする。

「ユオ様、みんなもこっちに来てくれぇい！」

今日は素材の扱いに詳しいドレスに来てもらっている。

彼女はなにかを発見したらしく、大きな声を上げる。

「これって？」

ドレスが発見したものは泉だった。

崖から水がしみ出していて、キラキラと輝く泉ができている。

しかも、である。驚いたことに、その泉は湯気をあげていた。

あれれ、この光景はどこかで見たことがある気がする……。

「……温泉じゃん、これ」

そう、デジャブでもなんでもなく、目の前にあったのは温泉だった。

お湯がここに湧き出しているのだ。しかも、ちょうどいい湯加減で！

「おぉ、村にあるのと同じ種類の温泉ですのぉ」

村長さんはそう言うと、お湯をすくって味見をする。

どうやらそれで温泉の種類を判別したようだ。

「村の年寄りの間では温泉のお湯を飲むのが流行ってましてのぉ。おかげで怪我も一晩で治りますぞ。朝イチはやっぱりこれですな」

そう言うと村長さんは、さらにごくごくとお湯を飲む。

ふむふむ、飲む温泉水かぁ。それはそれでビジネスチャンスかもしれない。

怪我が即行で治るのは村長さんだけだと思うけど。

それにしても、私が温めた温泉がここまで延びてきているってことなのかしら？

「ユオ様、この温泉が聖域草の大繁殖に関係しているかもしれないぜ。こっちを見てくださいや」

ドレスは温泉水が溢れ出して、小川を作っているところを熱心に見て回っている。

彼女が言うには、この草原は温泉水がまんべんなく行き渡る地形になっているとのこと。

温泉の水をかぶったら枯れちゃいそうなのに、温泉好きの植物なんだろうか。何だか私と気が合いそうだ。

「ご主人様、これはすごいことではありませんか？　温泉の力で聖域草を増やせるかもしれませんん」

ララは口元に手を当てて、神妙な表情である。

彼女の言うとおり、これはなかなかの大発見だと言っていいだろう。

もしも私たちの温泉が聖域草の生育を促進させるのなら、聖域草の栽培が可能になるってことだ。

これは継続的に大きな利益をもたらすだろう。

栽培できることがわかれば、平民の人たちが買える値段で卸すのも夢じゃない。

私たちはこの幸運にハイタッチをして喜ぶのだった。

しかし、トラブルというのは突然、やってくる。

「ふぐぐ……!?」

村長さんは突然苦しみだすと、胸の辺りを押さえてうずくまる。

「おじいちゃん!?」

ハンナはあわてて駆け寄って背中をさする。

しかし、村長さんの顔は真っ赤で呼吸さえ苦しそうだ。

温泉の水を不用意に飲んだからなのか、理由はよくわからない。救護したいけれど、ここには回復魔法の使えるリリはいない。

どうしよう、シュガーショックもいないし、早く村まで連れて行かないと!!?

「うぐぉおおおお！」

それはまるで獣の雄叫びだった。

出どころは村長さん、その人だ。

あまりの苦しさのためか、村長さんはのたうち回り、どういうわけか空高くジャンプする。

さらには太陽を背負って、丁の字のシルエットを作る。

さすがは剣聖、苦しみ方さえダイナミック!?

村長さんはずぅんっとかっこよく着地すると、事もなげにこんなことを言うのだった。

「ふむ、痛みが引いたぞい?」

「はぁあああ!?」

私が驚いたのは痛みが引いたことじゃない。

村長さんの服がびりびりに破れているのだ。

特に上半身の服はほぼ完全になくなっている。

破れた理由は単純明快。筋肉がものすごいことになっているのだ。

なんていうか、膨らみすぎてない?

服が筋肉の圧力で破れるなんてどうなってんの?

「こりゃあ、ワガママに膨らんだみたいじゃのぉ。聖域草を温泉の水に入れて食べたのが効いたのかのぉ。お茶うけ代わりだったんじゃが」

村長さんはのんびりした口調で首をかしげる。

いやいやいや、そんなことある!?

ワガママっていう次元じゃないぐらいのボディに仕上がってるんだけど!?

「ふふふ、おじいちゃんってそそっかしいから！　肩にちっちゃい砦が乗ってるみたいですよ！」

ハンナはいつもの調子でにこやかな表情に戻る。

さっきまでもう死ぬとさえ思えたのに、なんなのこれ!?

「……ユオ様、これってすごい発見かもしれないぜ？」

「……だね。温泉と聖域草を組み合わせると肉体が破裂する？」

「いえ、そうだけど、そうじゃなくてですね……」

ドレスは私にごにょごにょと耳打ちし、私はやっと状況を理解する。

この聖域草は温泉の水と組み合わせることで、効果を更に引き出せるかもしれないということだ。

「育てるにも、効果を引き出すのも温泉が有効ってことですね。ご主人さま、これで世界征服できますよ!?　今からでも独立宣言しましょう！」

ララは興奮した面持ちでまくし立てる。だが、そのベクトルは斜め上だ。いったいどこから世界征服なんて考えに至るのだろうか。

だけど、その言葉の前半は正しい。

温泉のお湯と組み合わせることで、少量の聖域草でも効果を発揮するかもしれないのだ。それができれば限りある聖域草を有効に使えるということだよね！

「ユオ様！　あっしは燃えてきたぜ！　野郎どもと一緒に研究に励みますわ！」

ドレスは瞳をメラメラと燃やして、やる気を見せる。

彼女は温泉と聖域草の組み合わせに活路を見出したようだ。

♨　♨　♨

「ふぐぉおおおお!?」

「ひぇぇぇぇぇ!?」

「おおぉおっなのだ!!?」

それから私たちは聖域草の効果を引き出す方法を探った。最初の数日間の試行錯誤はもう大変なものだった。

村長さんを始めとした男衆の筋肉は何回もワガママになる。

ララやクレイモアはさらに色っぽいボディになる。胸もお尻もすごいことになる。

ハンナは金色の髪の毛が逆立ち、例の「魔」の服を着て元気いっぱいに走り回る。

ドレスを始めとしたドワーフの皆さんは「三日寝ないでも案外大丈夫、むしろ寝られない」などと、不穏なことを言い出す。

スキンヘッドのハンスさんは髪の毛が生えてきて、モヒカン刈りみたいになった。とても喜んだ。

とにかく、である。

聖域草と温泉の組み合わせは、人体にプラスの影響を与えるということがわかったのだ。

そして、多くの場合、体が頑丈になったり、ムチムチになったりしていた。

こうなれば、私だって黙ってはいられない。

みんなが頑張っているのに自分だけ安全な場所にいて、なにが領主だろうか!

痛みや苦しみを共有してこそ、リーダーだよね!

「ユオ様、お供します！　私もこの村に心臓を捧げた身ですよ！」

私の真意を理解したのか、リリが真剣な表情で駆け寄ってくる。

そう、彼女も命がけでこの実験に参加するというのだ。

その顔は勇敢な戦士のようであり、まさしく同志！

ふふふ、これで私たちのボディも多少、ワガママになってくれるよね!?

いや別に私利私欲のために参加するってわけじゃないからね？

全てはザスーラで苦しんでいる人々のため！

そして、世界のためだよっ！

「ご主人さまはダメです！　万が一のことがあったら世界が危険です」

「そうですよ！　魔女様が錯乱して大陸の文明を壊滅させたらどうするんですか！」

「リリ様の髪の毛が逆立ったり、巨大化したりしたら、お父上に怒られるのだよ！」

私たちが殊勝な気持ちで実験への参加を申し出たのに、ララたちは必死な顔で止めに入る。

ちょっとでいいからと懇願するも、駄目だの一点張り。首を縦に振らない。

こうなったら、あとでこっそり飲むぞと密かに決意する私なのだった。


「ひぃひぃ、やったぜ、これで寝られる……」

数日後、ドレスたちの涙ぐましい試行錯誤と村人たちの尊い犠牲（？）の末、聖域草と温泉を組み合わせた丸薬を量産できるようになった。

余談だけど、これにはあの火の精霊、命名『燃え吉』、も大きく貢献してくれた。偉い。

「よぉし、これでメテオが戻ってきたら、ザスーラにばんばん売りに行くよっ！」

温泉に浸かりながら、私は英気を養うのだった。

そんな時のことだ。

クエイクが必死の形相で駆け込んできた。

彼女は言う。

「ま、魔女様！　お姉ちゃんが捕まってしまいましたぁあああ」

「はぁ？　えぇ？　うっそぉ」

突然の知らせに驚愕する私なのであった。

【魔女様の手に入れたもの】
聖域草の群生地：幻の薬草である聖域草が魔女様の温泉によって繁殖してしまったもの。温泉の成分・温度・魔女様の熱など、もろもろの条件がピタリと合致し、もっさもっさと生えている。
聖域草と温泉成分の丸薬：村人たちの犠牲を通じてできあがった、聖域草と温泉の成分を絶妙に配合させた薬剤。摂取すると筋肉が異様に膨張し、髪の毛が逆立ち、性格もより戦闘的になるなど、関係各位が大変なことになる。誰も死なない。余談ではあるが、この丸薬は生産数も多く将来的にはバフ剤『白い悪魔』として闇で流通していく。

第5話　魔女様、メテオが例の粉で捕まったんじゃないと知って安堵する

「ま、魔女様！　お姉ちゃんが捕まってしまいましたぁあああ」

聖域草の丸薬をいざ売り込もうと思っていたら、驚きの知らせである。

なんとメテオがザスーラで捕まってしまったというではないか。

クエイクはシュガーショックにしがみついて村まで帰ってきたという。

あぁ、恐れていたことがついに起きてしまった！

「あんのバカ、裏でこそこそ例の白い粉でも売りさばいたんでしょ？」

そう、メテオが捕まる理由なんて一つしかない。

それはクエイクが開発した、温泉を再現する白い粉だ。あれをこっそり売りさばいていたのだろう。

発表会のときも、メテオはやたらとあれに執着していた。

ずる賢いメテオのことだ。『うひひ、一回目は無料やで？　友達にも声かけといて』などと言いながら売りつけたのだろう。きっとそうだ、そうに違いない。

「いや、あの、アクト商会の街で聖域草を持っていただけで捕まったんです……」

「あ、そうなの？　ごめん……」

違ったらしい。メテオに対する先入観そのままに盛大に邪推してしまった。

気まずい空気が私たちの間に流れる。

そっかぁ、白い粉じゃなかったのか。よかったぁ。

聖域草で捕まったんなら、しょうがない……？

いや、そんなわけないじゃん！

「聖域草を持ってただけで捕まった!?」

数秒後、私は我に返って声をあげる。

「そうなんです。実は……」

クエイクは事の顚末を詳しく教えてくれる。アクト商会は聖域草を禁制品として扱っていて、メテオはそれを盗んだと勘違いされたとのこと。平たく言えば、濡れ衣というやつである。

「これはまずいですね。せっかく、聖域草の活用法がわかりましたのに……。それにメテオ様にはたくさんのお仕事が残ってるんですよ？　これじゃ肩こりがさらにひどくなります」

突然の事件発生にみんなの顔が曇る。

特に一緒に仕事をすることの多いララはいつになく不機嫌だ。

「あ、あのぉ、ユオ様、ララさん、やたらとセクシーなのはどうしてですか？　お胸がぱっつぱつですよ？　肩こりの原因は別のところにあるんじゃ……」

「あぁ、それはね……。まぁ、いつか教えるから後にしようね？　今は忙しいし」

「えぇええ、生殺しですやん、それ!?」

クエイクはララの体形の変化について聞いてくる。だけど、今はそれについて掘り下げてはいられない。

そう、大事なのはメテオを無事に取り戻すことだ。

別に私が実験に参加できなかったことを怒ってるわけじゃないよ？

ちょっとぐらい味見させてくれてもいいんじゃないかと思っているだけで。

「そ、そうでした！　このままじゃ、お姉ちゃん、盗人として処刑されちゃうかもですよ！　まぁ、うちの姉はあぁ見えて交渉上手なので、あーだこーだ立ち回るとは思いますけど」

クエイクが言うには有罪が確定した場合には、最悪、処刑される可能性さえあるとのことだ。

今朝、捕まったばかりだから裁判はまだだろう。

だれど、一刻を争う事態なのは間違いない。

「そんなの簡単なのだ！　ユオ様が敵の牢屋をいつもみたいに爆破すればいいのだ！」

「それはいいアイデア……。いや、それはアウトでしょ！」

クレイモアはあっけらかんとそんなことを言うため、私も危うく賛同しそうになる。

だが、他国の有力者の牢屋を爆破なんてした日にはうちの領地は完全に終わってしまう。

おそらくはザスーラ全体を敵に回すし、信用はゼロどころか地中深くに潜ってしまう。

最悪、連合軍みたいなのに討伐される可能性だってある。

そもそも、いつも爆破しているみたいな言い方をされるのは非常に心外だ。私はそんなに爆破してないよ。燃やすことは……あるけど。

「……考えたんですけど、うちのおかんに頼んでみるしかないと思います」

「お母さんに!?　メテオが会いに行くって言ってた人に!?」

「ええ。うちのおかんは一応、国の有力者なんで、どうにかアクト商会と交渉に持っていけないかと。魔女様ならいけます！　お願いします、お姉ちゃんを助けてください……」

クエイクはそう言って、がくっと倒れこんでしまう。

どうやら張り詰めていた心の糸がこのタイミングで切れてしまったようだ。

思えば、彼女は姉を思う一心で過酷な道を越えてきたのだ。

その頬は涙で濡れていて、私の胸をぎゅっと締め付ける。

「わかったわ。アクト商会だろうと、ビビッド商会だろうと、相手にとって不足なしよ！」

私は決意を固める。

まずはビビッド商会に赴いて協力を取り付け、それからメテオを奪還することを。

メテオは私の温泉リゾートに欠かせない存在だ。彼女の商売のセンスは本物だし、こんなことで失うわけにはいかない。

そして、なにより、私の大切な友人なのだ。

こんなことで終わりになるなんて、絶対に許さない！

第6話　魔女様、流行病の特効薬があると交渉するも投資詐欺だと笑われる

「ほえぇぇあぁぁあ、やっと着いたぁ……」

「ひぃひぃひぃ、死ぬかと思いました」

メテオを救うため、私はザスーラの南にある商都オーサに来ている。

シュガーショックに「気絶しない範囲のスピード」で向かってもらったのだ。

聖域草の準備もあるので、私と同行するメンバーはクエイクのみ。

この二人でビビッド商会の会長さんを説得しなきゃいけないというわけである。

「うわぁ、めちゃくちゃ賑わってるね」

さすがは商都と呼ばれるだけあって、街は活気に溢れていた。あちこちに市場があって、様々なものを扱っているようだ。

ところどころ遠い異国のスパイスの香りもする。

いいなぁ、うちの村にも買って帰りたい。みんな喜ぶだろうな。

「ユオ様、あれがうちの母の商会です。うわぁっ、恥ずかしいわぁ」

クエイクが指し示した先には、城かと見間違えるほどの大きな建物があった。

街の中心部にでんと構えているその建物は、いかにも街の有力者といった雰囲気だ。

しかし、目を引くのはその装飾だ。なんと黄色と黒のしましま、まるで虎柄の城なのだ。

ひぇええ、クエイクたちのお母さんって派手好きなんだろうか。

「クエイク様!?　クエイクお嬢様がお戻りやで!?」

「クエイク様、お久しゅう！」

そういうわけで建物の中に入ると、スタッフの皆さんが大騒ぎをして出迎えてくれる。

敵対的な雰囲気は一切なく、むしろ、大歓迎されている感じ。

スタッフ全員が猫人なのかと思ったらそうでもないらしく、様々な人種が入り交じっているようだ。

クエイクはお嬢様扱いされるのに慣れているらしく、スタッフの皆さんにお母さんへの取次ぎをお願いする。

「奥様はこちらです」

執事らしき人が重厚な扉を開くと、そこは真っ暗な部屋だった。

私の村にある冒険者の訓練場みたいな、がらんどうな空間に思える。

執務室に通されると思っていたのに、かなり意外だ。果たしてそんなところにいるんだろうか？

「クエイク、ひっさしぶりやな」

唐突にスポットライトが当てられ、その中央に彼女は現れた。

「お、おかん!?　なにこの演出!?」

クエイクはあきれたような、驚いたような声を出す。

そう、スポットライトの中にいるのが、クエイクとメテオのお母さんのフレアさんだった。

なんというか、いかにも実力者的な鮮烈な登場である。

刹那、部屋が明るくなり、ここが大広間であることがわかったのだが。

「もぉおおお、帰ってくるなら前もって言ってぇな。こっちかてなにかと準備があるんやさかいに。血色はええみたいやなぁ、うわぁ、案外、育ってるやん！　ねぇ、背ぇ伸びたやろ？」

「ひえぇぇ、触んなやぁ、鬱陶しい！」

フレアさんは数メートルの距離をいきなり縮めると、クエイクに抱きつき、猛然とトークをかまし始める。

かなりおしゃべりな人らしい。なんていうか、距離感がメテオにそっくり。

「そんないけずなこと言わんと、あぁ、クエイクはかわいいわぁ。ほんまに食べちゃいたいぐらいや、ひへへへへ、頂きまぁす！」

「うわ、かみついてくんなやぁあああ！」

フレアさんは私のことなど目もくれず、クエイクにべたべただ。

ちなみに私は彼女たちの様子を見ながら、ある複雑な感情を抱えていた。

それは、「猫人ってズルい」という嫉妬の心だ。

このフレアさん、かわいいのだ。かわいらしいではない。素でかわいいのである。

白猫の猫人であるためか、その髪の毛は真っ白でふわふわっとしている。つぶらな瞳もメテオたちに負けず劣らずキュートだ。体形はメテオよりもしゅっとしていて、引き締まっている感じ。キビキビした言動も相まって、異様に若々しく見える。

ヒョウ柄の服を着ているのもチャームポイントだ。ちょっと派手すぎる気もするけど。

「あぁもう、うっさいねん！　……ええと、とにかく、この方はうちの領主様のユオ様や」

「あ、申し遅れました！　ユオ・ヤパンと申します」

クエイクはフレアさんの猛攻をなんとかかわすと、私のことを紹介してくれる。

「あらぁ、あんたがクエイクの？　うちの娘がお世話になってます！」

フレアさんはそう言うと、私の手を持ってぶんぶんっと振る。

間近で見ると、ものすごく、まつ毛ばちばちである。瞳も吸い込まれるほどに大きい。

「こんなところまで来ていただいてほんまにおおきに！　えーと、飴ちゃんあるけどいります？」

さらには問答無用で飴を私の手の中にねじ込んでくる。

もっと怖い人なのかと思っていたのに、予想に反して、ものすごく好感触。

このまま交渉もトントン拍子に進むんじゃないの？


「それでな、今日、うちらが来たんは……」

「……知っとるわ。メテオのアホことやろ？」

しかし、クエイクが用件を切り出した瞬間、空気が凍る。

彼女の声がさきほどよりもワントーン以上落ちたのを私は聞き逃さなかった。

なんとフレアさんはメテオに起きた事態について知っていたのだ。

「な、なんで知ってんの!?」

これには驚きの声を上げざるを得ない。

私とクエイクはびっくりして顔を見合わせる。

「それがなぁ、今朝、アクト商会から手紙が来てん。ビビッド商会の関係者を捕縛したので確認してほしい言うてな。ご丁寧に魔法絵画までつけてくれてんで」

フレアさんは指先でぴらっと書類を取り出す。

そこには牢屋にうずくまる人物が映し出されていた。

ちなみに魔法絵画は、魔法の力で術者の見たものを絵におこす技術だ。お金がすごくかかると聞いたことがある。

「……お姉ちゃんやん、よかったぁああ、生きとったぁあああ！」

「メテオだね！　本当によかったよ！」

そこに映し出されていたのは私たちのメテオだった。

彼女は処刑されず、生きていたのだ！

私とクエイクは抱き合って喜ぶ。最悪の事態は避けられたので一安心だ。緊張の糸が切れたのか、涙腺がじわじわとしてくるのを感じる。

「そんでな。アクト商会のあほんだら、メテオの身柄を返してほしかったら、港湾開発から手を引け言うてきてん」

喜ぶ私たちを尻目に、フレアさんの声のトーンは低いままだった。

彼女は言葉を続ける。

「うちが魂を込めてやってきたプロジェクトやで？　なんで家を出たアホ娘のために譲らなあかんねん。どきつまわしたるぞ、ぼけが。……と、まぁ、こういうわけで、お断りや」

「えぇぇぇぇえ!?」

「なんでやねん!?」

フレアさんの結論は単純なものだった。

自分の商会と無関係のメテオを救い出すつもりはない、とのこと。

「お母ちゃん、自分がなに言うてるかわかってんの？　実の娘やで？　なんでそんなこと言うん？」

これにはクエイクも黙ってはいない。

彼女は私も驚くぐらいの剣幕で、フレアさんに抗議する。

「なんでって？　だってあのアホはもはやうちの娘やないからな。辺境で一番の商人になる言うて、出ていったんやから。どんな面下げてうちに助けて言うてくんねん」

しかし、フレアさんはクエイクの抗議をぴしゃりとシャットアウト。取り付く島もない。

やばいよ、このままじゃ。メテオが処刑されちゃうじゃん。

「お母ちゃんの鬼！　アホ！　ヒョウ柄！」

「ふん、なんぼでも言えばええわ。ほな、うちは忙しいから、もう行くで。辺境の領主様もゆっくりしてってや」

フレアさんは泣きながらすがってくるクエイクを振り払う。

そして、この部屋から出ていこうとするのだった。

今になって気づいたことだけど、この部屋の壁際にはフレアさんのボディガードらしき人たちが数人控えていた。

「待ってください！　協力していただければ、私たちにはご提示できるものがあります」

私はフレアさんに届くように、大きな声を出す。

私の示す条件にメテオの命がかかっているのを実感して、言葉を続けるのが怖くなる。

だけど……！

「ふん、言うてみぃ？」

フレアさんは振り返らない。

しかし、足だけは止めてくれる。

「言うとくけど、港湾開発はめっちゃ金になるんやで？　数億程度じゃ話にならんわ」

彼女は肩をすくめて、話にならないといったジェスチャーをする。

その素振りはメテオを思い出させるのに十分だった。

「ザスーラの流行病の特効薬を私たちは用意できます！」

声が震えそうになりながら、私は必死に訴える。

私の条件は聖域草から作ったあの薬だ。

それにどれほどの価値があるか、はっきりはわからない。

でも、今の私にはこれしか差し出せるものがない。

「それも、ザスーラ全土に行き渡る量を用意できます！　もしも、メテオの解放にご協力いただけるのなら、そちらを流通させる権利をお譲りします」

私はフレアさんの背中をじっと見つめる。

少しだけ早口になっちゃったけど、伝わっただろうか？

クエイクは「ユオ様!?　流通させる権利って!?」と驚く。

だけど、ここで一気に畳みかけるしかない。

「特効薬やて!?　あの咳がめっちゃ出る流行病を治せる言うんかい!?」

彼女は私たちのほうにがばりと向き直る。

その目はさっきよりも見開かれていて、ちょっと怖い。

「はい！　私たちの村で作りました」

しかし、私はひるむことはない。

村人たちが頑張って作ってくれた薬なのだ。

「村で、作ったぁ!?　……ふむ、そぉか、あんた、これはあれやな？　完璧にわかったで」

フレアさんはそう言うと、腕を組んでしきりに頷き始める。

やった、私の熱意が通じたのね！

「……これは新手の投資詐欺やな。都会に住む年寄りをカモにする罪深いやつや」

「は？　投資詐欺？」

そして、彼女は私がどこかで聞いた、あのセリフを言うのだった。

……この人たち、親子でなんもかんも似すぎでしょ!?

第7話　魔女様、流行病の特効薬の圧倒的パワーを見せつけて感謝される。しかし、その結果は逆に心配になるものだった

「投資詐欺じゃありません！」

あなたは人生で投資詐欺師扱いされたことがあるだろうか？　しかも、二度も。

突然詐欺師扱いされることほど、人の神経を逆なですることはないわけで、ついつい声を荒らげてしまう私なのであった。

「ふふふ、あのなぁ、今、ザスーラで流行ってる病気はそりゃあもうひどいもんなんやで？　一流のヒーラーも薬草も歯が立たんねん。それの特効薬を用意できます！　キリッ！　なんてよう恥ずかしげもなく言えるなぁ。お姉さん、びっくりやで？」

フレアさんは私の提案をあきらかに馬鹿にした感じで腐す。

私は別に「キリッ」なんてやってないし。これまた完全にメテオのデジャブである。

「うわ、おかん、お姉さんってキッツいわぁ。腰痛持ちのくせにきっしょ」

「クエイク、うっさいで？」

しかも、クエイクのつっこみを秒でシャットアウト。まさしくメテオみたい。

……この人、本当にメテオと仲が悪いのよね？

……私だけが騙されてるんじゃないでしょうね？

余計な思考が入ってくるけど、ここで引いちゃ駄目だ。

「いいえ、論より証拠をお見せします！　クエイク、用意はいい？」

「もちろんです！」

ここでフレアさんに主導権を握らせるわけにはいかない。

クエイクに合図をすると、彼女は袋の中からあるものを取り出す。

なにはともあれ、現物を見ればわかってもらえるはずなのだ。

「な、な、な、それは!!?　本物やん!?」

そう、クエイクの手には聖域草が握られていた。

黄金色に輝くその花はまだ新鮮な色をしたままだった。

だって、村長さんが朝崖ついでに回収してきたものだからね。

「こんなんどこで手に入れたん!?　ええええ、自分、禁断の大地のくっそド田舎のしょっぽい領主ちゃうかったん!?」

フレアさんは本音を交えながら、とことんまで驚いてくれる。

くっそド田舎のしょっぽい領主で悪かったわね。

……この人の中にメテオが入ってるんじゃないよね？

この人とメテオ、生き写しかってくらいリアクションが似てるんだけど。

「し、しかしやで！　こんな聖域草が何本かあったところで、ザスーラ全体は無理な話や！　病気の人がどれだけいると思っててんねや!?」

話を聞いてくれると思いきや、彼女は私たちをびしっと指さして片眉を上げる。

確かに、薬草が多少ある程度じゃ国家レベルの流行病には対応できないだろう。

だけど、今の私たちは違う。

「ご安心ください。うちの領地には聖域草の群生地があります。しかも、成分を抽出した特効薬を量産できるんです」

「これがそれやで！　おかん、目ぇ見開いて拝むがええわ！」

クエイクは懐から瓶を取り出して、フレアさんに見せつける。

その中には聖域草と温泉の成分でできた特効薬が百二十錠ほど入っていた。

これはドレスたちがここに持ってくる直前まで開発してくれた代物だ。

運びやすい、腐らない、管理しやすいの三拍子が揃っている白い丸薬。

村にいる冒険者のそれっぽい病気にかかっている人に飲んでもらったところ、効果てきめんとの報告も頂いているのだ。

「ふんっ、口だけならなんでも言えるわ。それなら、ディア、その薬を病気の奥さんに飲ましたれ。交渉はその結果次第や」

「ははっ……」

そう言うと、フレアさんは入り口近くに侍《はべ》っていたボディガードのディアさんという人物に、薬を渡すように言う。彼もまた猫人で私よりも小柄だった。男の人なのに、すごくかわいい。

「ディアさん、お気の毒です。これで大丈夫ですよ」

「……信じていますよ、お嬢様」

クエイクはディアさんに一錠だけ丸薬を渡す。

すると彼は言葉少なに去っていくのだった。

「ほな、待ったろうやないかい。言っとくけど、半端なやつやったら叩き出したるで？　お母ちゃん、本気出したら鬼みたいになるからな。ま、効果が出るまで三日だけ待ったるわ」

フレアさんはどうやら、あの薬が効くのには時間がかかると思っているらしい。

確かに、普通の薬なら少なくとも一晩はかかるだろう。しかし、あれは普通ではない。即効性があるのだ。

あ、そう言えば、よくよく考えたら、どんな結果になるかは私たちもよくわかっていない。そう、あの丸薬には副作用があるのだ。

お願いだから、筋肉が膨張したりしないでほしいんだけど。

服が張り裂けたら、治ったって思わないかもしれないし。

……髪の毛が逆立つぐらいならいいけど。

「お、お、奥様！　す、すごいですよ！　これは！」

十数分後、ディアさんは血相を変えて駆け込んできた。

いや、駆け込んできたのは奥さんだった。なんと彼は奥さんに抱きかかえられているのだ。

彼の奥さんも猫人で小柄な女性だったのだが、彼女はディアさんをお姫様抱っこしているのだ。

もちろん、彼女の髪の毛は逆立っていた。

「な、な、なにしとんねん!?　その髪の毛、なに？　どういう状況!?　もう効果出てん!?」

これにはフレアさんもツッコミを入れざるを得ない。

「それが錠剤を飲ませたところ、一分ほどで咳が完全に止まり、五分ほどで立ち上がり、十分ほどで腕立て伏せを始めたのです！　そして、たまには私を抱っこしたいと言い出しまして！」

ディアさんは興奮気味にそう語る。

あぁあああ、ドレスの薬、やっぱりちょっとおかしなことになってるよ!?

変なもの飲ませてごめんなさいと、叫びたいけれど、叫べない。

私とクエイクはなにも言えず、口をあうあうとさせる。

「どういうわけや？　治ったんかい？　悪いほうに治ったとか、そういうのはいらんからな？」

「治りました！　今なら空も飛べますわ！　奥様、ほんまにありがとうございます！」

奥さんはディアさんを抱きかかえたまま、何度も頭をさげる。

元気すぎて心配になるけど、これはこれでよかったって喜んでいいんだよね？

フレアさんの言う「悪いほうに治った」は言いえて妙だ。奥さんは元気すぎるのである。これでは元気になったことを素直に喜んでいいのかわからない。

やはりうちの村には薬師とか、錬金術師がいるなぁ。

いくら研究熱心とはいえ、ドレスの本職は大工だもの。大工に薬を作らせるってまずいよね。

「ふんっ、礼ならこっちに言わなあかんで」

「そうでした！　お嬢様がた、ほんまにおおきに！」

「ありがとうございます！」

ディアさんたちはそれこそ床に頭をこすりつけんばかりに感謝してくれる。

病気が治ったのはよかったけど、素直には喜べない私なのであった。

まぁ、村長さんの結果からすると、小一時間もたてば副作用が切れるからいいかな。

第8話　魔女様、クエイクとフレアの応酬に笑いを抑えることができません。しかし、成り行きで黒ずくめ集団と戦うことになったんですけど

「流行病の特効薬ぽいものを持ってるんはわかった。それじゃ、あんたらがどうしてあの薬を作れるようになったんか教えてもらおうか」

ディアさんたちがいなくなると、再び部屋は静かになる。

フレアさんはやっと私たちの話を聞いてくれる気になったらしい。

私たちは手短に今回の聖域草の一件について話すのだった。

「それじゃ、あんたの村には聖域草の群生地がある言うんかい？　そのおんせんいうのが鍵なんかなぁ。ふぅむ、謎や……、ありえへんやろ、頭おかしなるで」

フレアさんは口元に手を当てて、真剣な表情になる。考え込む仕草もこれまたメテオにそっくりで、ほとんど瓜二つだ。メテオの場合、この後に変なことを言い出すんだけど……。

「ユオさんに、クエイク、あんたらはええ子やと思うで。領地のことを考えて、メテオのアホのことも一生懸命に考えて、ほんまに偉い！　正直、どんな同世代の子らよりも、頑張っとるわ！」

フレアさんは突然、私たちのことを褒め始める。

これは予想外のことでちょっと面食らってしまう。

これは彼女が私たちを認めてくれたってことなんだろうか。

「せやろ？　うふふ、うちらの村はさいっこーやねん！」

フレアさんの誉め言葉にクエイクは鼻息荒く胸を張る。

お母さんに認められるっていうのは、やっぱり嬉しいんだなぁ。

「……そやけどなぁ」

フレアさんのドスの利いた声がホールに響き、場の空気がぴりっと変わるのを感じる。

そして、彼女はにやりと微笑みながらこんなことを言うのだ。

「その村ごと、うちらがかすめ取ることも可能なんやで？　そのかわいい領主のお嬢さんを人質にすればええんやから。自分らの村は、どうせ、たいした軍隊も持ってないやろうし」

「え……!?」

フレアさんの突然の言葉に空気が凍る。

えぇえ、どういうこと!?

村をかすめ取るって!?

当然、私の思考は混乱してぐちゃぐちゃになる。

つまり、この人、私たちの村を武力で乗っ取ることも可能だ、と言ってるんだよね？

ううう、どうなんだろう？

確かに私の村に軍隊はない。防衛担当なんて言えるのは村長さんとハンナぐらいかもしれない。

……あの三人でどうにでもなっちゃう気もするけど。

あとはクレイモア。

「……ふふっ、お母ちゃん、そんなん冗談きっついで？」

クエイクはフレアさんの言葉を鼻で笑う。これまた芝居がかった低い声で。

冗談？　あ、そっか、今のフレアさんの言葉は冗談だったのか。

確かに、これまでのやり取りを考えると、フレアさんの言葉を額面通りに受け取るのは変に思える。彼女の言葉の裏には、隠されたメッセージがあるのだ。

この場合、彼女はこう言っているのだ。

『大事な資産を持っていても、それを守れなければダメなんだよ？』

これをフレアさんは敢えて、面白く言ったのだ。そうに違いない。

「悪いけど、うちらにはそういう脅しは一切きかへんで？　ユオ様はこの部屋にいる誰よりも強い。ビビッド商会の兵隊なんてお話にならんわ、悪いけど」

クエイクは先程のトーンで、言葉を続ける。

あれ、今、私の名前を出さなかった!?

一瞬、ぎょっとするけど、これはお約束パターンだ。怒っているように見えて怒っていないっていう、そういうやつ。

どこかでオチがついて、「はい、実は全部冗談でしたぁ、あはは」ってなるんでしょ？

「ほほぉ、今の聞いたか？　あのお嬢さん、やりおるらしいで？」

「あぁ、わしらじゃ歯がたたん言いよるわ？　わし、元A級なんやけど、これはキッツいで？」

「この部屋にいる誰よりも強い」なんて言葉を聞いたためか、後方にいるボディガードの人たちは指をぽきぽき鳴らし始めている。

うふふ、さすがはビビッド商会の人たちだ。彼らもフレアさんとクエイクの芝居に乗っかっているってわけね。ノリがいいのは嫌いじゃないよ。

「言うようになったやないか、クエイク。いっつも姉ちゃんの陰でぴぃぴぃ泣いとったくせになぁ」

「いつまでも子供やと思っとったら火傷するで？　もっともユオ様相手やと、火傷じゃすまへんけどな？　どっちかというと火葬場送りやで？　いや、灰すら残らんかもわからんな、ほんま」

「ほほぉ、おもろい冗談を言うてくれるわ。あ、せやせや。うちの武闘派集団、影の十人《テンシャドウ》いうんが今日は全員そろっとんのやけど？　どんな仕事でもまあるくおさめまっせいう連中やで？」

「ふんっ、十人程度やったら、ユオ様一人が秒で始末したるわ。どうせなら、後ろの兄ちゃんたちも参加してええんよ？　後腐れのないように全力出してほしいわぁ」

脅し文句で畳みかけるフレアさんと、平気な顔をして、それをいなすクエイク。

その応酬を背に、ボディガードの人たちはストレッチをしたり、パンチの練習をしたりしている。

空気が張り詰めて、とてもお芝居とは思えない雰囲気。

この緊迫感が逆に笑いを引き立てるのね！

うふふ、早く、面白いオチをつけてくれないかなぁ。

「言うたな？　ほな、見せてもらおうやないか！　なんでもありの一本勝負や、その領主様が泣いても知らへんで？　影の十人、出番や！」

「かかってこいや！　武器に刃引きなんぞいらんからな、うちのユオ様は！　死ぬ気でこいや！」

フレアさんの啖呵にクエイクが乗る。まさに売り言葉に買い言葉の真骨頂。

そろそろ、このお芝居にオチがついてもいい頃合いよね？

あ、わかった。

影の十人っていうのが、すっごく面白い集団なんだろう。つまり、オチ要員ってやつだ。

私はわくわくしながら、彼らの出番を待つ。

フレアさんが怖い顔をして右手を挙げると、その後ろにどこからともなく黒ずくめの集団が現れる。顔を布で覆っているため、ちょっと息苦しそうな出で立ちだ。

うふふ、こんな息苦しい服装で戦えるわけないじゃん！

そういう、ツッコミ待ちなのかな？

「げっ、テンシャドウとか言うて、十二人おるやん!? なにそれ、だっさいわ！ ずるいでっ！」

クエイクがツッコミを入れるものの、「誰が十人言うたんや？ ちなみにあと一人は有給中やで」などとフレアさんはとぼける。

「あはははははっ！ 十三人じゃん！」

私は彼女たちの芝居に笑いをこらえることができず、吹き出してしまう。

いやぁ、面白かった。笑いの力は万国共通。十分に打ち解けることができたよね。

「ほな、先生、よろしゅうたのんます！ 派手にやっつけてください！」

「は!? なにそれ!? あ、これがオチでしょ？ 十分に笑ったよ！」

「オチとかやなくてですね。これガチですよ？ さぁ、いつものようにやっちゃってください」

「……ガチ?? へ？ いつものようにってなに？」

そして気づいた時には、私はさっきの大広間の真ん中にぽつんと立たされていたのだ。

ちょっとぉおお、今の今までなんだったのよ!?

みんなで面白劇場やってたんじゃないの？

それに、先生って誰よ!?

「きししし、お嬢さん、お手柔らかにたのんまっせぇ」

「ケガしてもうたら、えらいすんまへんなぁ」

クエイクに抗議しようにも、私の前には十二人の黒ずくめの集団。

さっきまでは劇団員に見えたけど、今では戦闘員に見える。

一人ひとりが剣とか、斧とか、鎌とか持っているし、どう見ても芝居の続きみたいなんだけど。

うぅ、嫌だなぁ。こういうのってハンナとかクレイモアに頼みたい。私は平和主義者なのだ。

とはいえ、私はフレアさんの真意がわかっている。

つまり、私たちに彼女と交渉する資格があるか試したいということだろう。ここで私が力を示せばフレアさんも私たちの本気を理解してくれるはず。

私は黒ずくめの集団を前に、大きく息を吐くのだった。

第9話　魔女様、派手に戦うも、派手の意味を取り違えて無事に炎上する

「ここは訓練場やから、どれだけ壊しても問題なしやで！　ほな、はじめっ！」

そんなこんなで私たちは屋外の訓練場へと移動することになってしまった。

そして、フレアさんの号令とともに、試練が始まる。

黒ずくめの集団は私を取り囲み、いわゆる袋叩きのポジションに入る。

ふぅむ、こんなに大人数と戦うなんて聞いてないよ。相手の出方を見ればいいのかしら。

よく考えたら、私はあんまり対人で戦闘する機会はなかった気がする。まともに相手をしたのは盗賊とクレイモアぐらいだからなぁ。ん？

ひゅばっ、じゅっ……。

うかうかしていたら、突然、後方からなにかが飛んできた。

おそらく武器かなにかだと思うけどとんでもない速さだ。

試合開始の合図とともに、熱鎧《ヒートドレス》を発動していたから蒸発しちゃったみたいだけれど。

人になにかを投げつけるなんて、結構、危ないよね。なんて失礼なのかしら。

「………わしの鉄球が消えたで!?」

「死角をついたはずやん!?」

黒ずくめの人たちは私を指さして、なにかを言っているようだ。

遠いので聞こえづらいけど、作戦会議なのだろうか。

ふぅむ、どうしようかな？

「疾速のライブラ、参るでっ！」

考え事をしていると、黒ずくめの一人がものすごい速さで突っ込んでくる。

素手で戦うスタイルなんだろうけど、これは危ない！　私に触ったら、死んじゃうよ!?

しかし、そんなことを伝えられる時間があるわけもなく、私は彼を守ることにする。


ちゅどぉおおおおん！


「ぬぐぉおおお!?」

久々の熱爆破を作動させて、床ごと失速のなんとかさんをふっとばすのだった。

熱鎧を発動させている以上、不用意に突っ込んできてほしくないよ。

「スピード自慢のライブラがやられた!?」

「なんやねん、あいつ!?　得体が知れないぞ？」

「ならば手加減はなしだ、殲滅陣でいくぞ!?」

黒ずくめの集団は再び、なにかをひそひそと話している。

ひょっとして、まだお芝居の途中とかじゃないよね？

「「「きえぇぇえええええ!!」」」

黒ずくめの集団はなにを決断したのか、高い声を上げて一気にとびかかってくる。しかも、集団で。

なるほど、同時に複数方向からの攻撃ってことなんだろうか。

でも、これじゃ、ただの盗賊スタイルじゃん！

……しょうがない、あれを試してみよう。

「えいっ」

彼らが私の周囲三メートルぐらいに近づいたタイミングで、私は強烈な熱波を発動させる。

小さい範囲だけに限定した熱の波だ。それも、失神させるだけの微妙な熱加減で。

結果。

どたどたどたっ！

黒ずくめの集団はまるで喜劇のように床に寝転ぶことになる。みんな白目をむいているけど、呼吸はしていると思う。誰一人こんがり焼けてないよ。

「くそぉっ、化け物やで、こいつ！」

「合体魔法や！　ダイヤモンドアイスブレード！」

奥にいた魔法使いの二人には熱が届いていなかったようだ。

彼女たちが二人で魔法を唱えると、無数の氷の刃が空中に出現する。それを私にぶつけようという算段なのだろう。

私に当たっても溶けるからいいとして、この失神した人たちに当たったら危ないよね。

私はとりあえず少し開けた場所へと移動する。

「うちの団員の礼をさせてもらうでぇ！」

魔法使いの二人組は空中にどんどん氷の刃を出現させていく。

その数はもはや百以上あるだろう。

「よっしゃぁあ、氷の影二人組の必殺魔法やぁああ！　あの量のアイスブレードに敵はおらへんぞ！　そろそろ白旗あげてええんやでぇええ！」

フレアさんの声が響く。

アイスブレードとはいえ、氷なんだから溶かすのは簡単だとは思う。

それじゃ、適当に失神してもらえばいいのかな？

「魔女様、頑張ってください！」

完全にアウェーの状態だけど、クエイクだけは私の味方だ。

ここで私はあることを思い出す。

この腕試しの前に、クエイクは「派手にやっつけてください」と言ったのだ。さっきはあっという間に失神させちゃったし、振り返ってみれば私の戦い方は派手さに欠けるかもしれない。

それに、そもそもフレアさんの派手好きは見ての通り。建物も服も派手である。

なるほど、敢えて派手さを見せつけたほうが好印象だってこと？

「フレアさん、よく見ていてください！　派手なの行きますから！」

私はフレアさんに手を振って合図を送る。

私は先日の一件で、ラヴァなんとか、現在の燃え吉を説得する時にある発見をした。

それは溶岩ってなんだか、かっこいいってことだ。

あのぐらぐらと煮えたぎっている様子が、私のハートをくすぐったのだ。許されるなら、戦いの中であぁいうのをやってみたいって思ってしまった。

よし、なんでもありっていうんだから試させてもらおう。フレアさん、どれだけ壊してもいいって言ってたし。

「派手？　派手ってなんやねん？　何の話？」

フレアさんは私の言葉に首をかしげている。

だけど、私はわかっている。

彼女の言葉はフリってやつなんだろう。本心ではすっごく派手なのが好きなくせに。

「溶けちゃえ！」

私は石造りの床に手を置くと、私の半径数メートルがぐらぐらと煮えたぎるのをイメージする。

この世のすべてを燃やし尽くすような、真っ赤な溶岩が現れて煮えたぎる様子を！


……どぐぷっ、どぐぷっ！


五秒ぐらい経つと、妙な音とともに、私の足元は真っ赤に変色。さらに十秒後にはぐらぐらと煮え始める。どうやら石の床材が溶けて、その下の土までも溶け始めたらしい。

足元が沸騰し、ぐらぐらと振動して、ちょっと面白い。ほのかに感じる熱も気持ちいい。

気づいた時には足元に半径数メートルの溶岩の池ができていた。

オレンジと赤の光に胸がわくわくする。なんだかちょっと楽しい。

このまま溶岩の池を大きくしたら、ひょっとして泳げたりして。

「どうですかー？　けっこう派手ですよねー？」

フレアさんに大きめの声で尋ねると、目を大きく見開いている。

気に入ってもらえたかな？

「なななななんやねん、あんた!?　溶岩の上になんで立っとんねん」

「ひぃいいいい、燃え死ぬで、これ」

突然出現した溶岩の池に、声を荒らげる魔法使いの人。

じゅっ、じゅっ、じゅっ……。

水の中に熱したナイフを入れたときのような音をたてながら、彼女たちの周辺にあった氷の刃はすべて溶けてしまう。

さらには溶岩の熱で地面が変なダメージを負ったのか、溶岩池の周囲にどんどん亀裂が生まれていく。

近くの建物がぴしぴし言い始め、微妙に振動し始める。

あ、やばいかも、と気づいた私はとりあえず出力をストップさせる。

このままじゃいろんなものが燃えてしまうかもしれない。

「こんなん聞いてないぃぃぃ！　実家に帰る！」

「単なる化け物やんか、あの女……」

魔法使いの二人は戦意喪失したのか、その場でへたり込んでしまう。

よっし、結構、派手にできたんじゃないかな？

これから溶岩をどぱぁと操ったりしようと思ったんだけど、できなかったのは残念だ。

またいつかやってみよう。

「はぁあああああ!?　ありえへんやろぉおお」とめちゃくちゃ大きな声をあげるフレアさん。

「うちの思ってた派手とは違うけど、結果オーライやぁああ！」と飛び跳ねるクエイク。

かくして、フレアさんの腕試しは何事もなく無事に終わったのだった。

……あ、訓練場の地面がめちゃくちゃなことになっていた。


【魔女様の発揮した能力】

熱失神（小範囲）：自分の周辺の限られた範囲に絞って熱失神のスキルを発現させる。即死しない。

岩溶かし（初級）：手近な岩や土を超高熱で溶かす技。溶岩の池を発生させることで、敵の戦意を削ぐことができる。一般人は溶岩の池に落ちると即死。近づくだけでやけどの危険あり。

第10話　フレアさん、魔女様の派手さを見せつけられて商会の崩壊を覚悟する

「奥様、アクト商会から使いの者が手紙を持ってきております」

朝の胸騒ぎはこのことだったのか。そうビビッド商会の会頭であるフレアは思った。

アクト商会からの『重要案件』と明記された手紙を開けてみると、そこにはある人物を捕縛したと書かれている。犯人は自分のことを一切喋らないが、ビビッド商会の関係者の可能性があるため、身元を照会してほしいとのことだ。

その捕縛された人物の魔法絵画を見たうちはぎょっとする。

そこには長女のメテオが映っていたのだ。

彼女はかれこれ一年ほど前にうちと仲違いをして、家を出ていったはず。

あのアホ、食うに困って罪を犯したのだろうか。よりによって、あのアクト商会の勢力圏で。

手紙を持った手がわなわなと震える。

アクト商会は、もしこの人物がうちの商会の者であれば、罪を不問にする代わりに港湾開発の仕事を回すように、と言っているようだ。

これは正直痛い。これまでの投資が無駄になるのはかなりの痛手だ。

しかし、うちの答えは決まっている。

娘の命以上に大切なものはない。

うちは側近の一人に返事の手紙を送らせることにした。港湾の仕事を失っても、我々の仕事がゼロになるわけではない。メテオにしっかりと説教をしたら、再びやり直せばいいと思っていた。もっとも五年ぐらいはただ働きしてもらわな割に合わないけど。

そんな折、娘のクエイクお嬢様がお戻りです！」

「お、奥様、クエイクお嬢様がお戻りです！」

顔を見せるのは数カ月ぶりである。

彼女はメテオと一緒に辺境で仕事をしていたはずだ。

急いで招き入れると、なんと、メテオの捕縛を知っていて、助けてほしいと言うではないか。

すぐにでもイエスと言いたいところだけれど、そうはいかない。

いくら娘でも現在は部外者であるし、罪を犯したとなれば、二つ返事ではいかない。

それに泣きつけばなんでも解決してくれると思われるのは、彼女にとってもよくないだろう。

懇願するクエイクに、うちは敢えて、つっけんどんな態度をとるのだった。

すると、クエイクの雇い主である黒髪の少女が、メテオ救出に当たって協力の見返りを用意していると言う。

彼女に促されたクエイクはあるものをカバンから取り出して、うちに見せてくれる。

それは聖域草。辺境でしか採取できない黄金色の花は間違いなく、聖域草だった。

そして、なんのかんのと応酬していたら、その黒髪の少女の腕を試すことになってしまっていた。

ちょっと怖がらせたろうと思っただけなのに、大掛かりなことになってしまった。いつも冷静なうちにしては、珍しいことである。

自らメテオを救出する機会を奪われた気がして、うちは正直、嫉妬していたのかもしれない。

♨　♨　♨

影の十人《テンシャドウ》、こいつらはうちの商会の汚れ仕事を引き受ける、影の軍団。十三人の精鋭によって構築されるこのチームはどんなことでも成し遂げてきた。

一人一人の力は剣聖などの化け物に劣るだろう。

しかし、彼らは集団で戦闘することによって、その力を倍増させることができる。

十三人の波状攻撃はどんな強敵でも打ち砕いてきた。凶悪極まる陸ドラゴンすらも歯が立たないのだ。集団での彼らの攻撃に対抗できる人物は世界広しと言えど、そうはいないだろう。

クエイクがあの領主の力にべたぼれしているのは声色や目つきからわかる。おそらく、多少は使えるのだろう。

しかし、誰が相手でも勝ち目はない。

「ほな、遊んできますわ」

黒ずくめの彼らは邪悪な笑みを浮かべる。顔まで隠れているから表情は読めへんけど。

連中に殺すなとは伝えてあるが、どうかひどいケガを負わないようにと願うばかりだ。まぁ、さっさと泣かされるのが関の山やろうな。

……そう思っていた時期がうちにもあった。

「はぁあああああ!?」

気づいた時にはうちの精鋭部隊のほとんどが地面に突っ伏しているではないか。

なにが起こったのか、さっぱりわからない。

あの黒髪の少女は魔法使いかなにかだったのか!?

しかし、詠唱もない、魔法陣も出ない。うちはなにを見せられているんやろ!?

開いた口がふさがらないとはこのことだ。

「ふふふ、うちらの人型災厄はこんなもんやおまへんで？」

私の隣に立っているクエイクはそういって口角を上げる。

「はぁ？　災厄やて？　なに言っとんねん……。冗談きっついわ」

災厄という言葉を聞いて、ぞわっとする。

なぜならば、人型の災厄と聞いて真っ先に思いつくのは、大昔、世界を焼いた灼熱の魔女だったからだ。悪趣味な冗談でしかないとはわかっているが、心のどこかに引っかかる。

「フレアさん、よく見ていてください！　派手なの行きますから！」

そうこうするうちに、あの娘はわけのわからんことを口走る。真面目な顔で。

「んにゃがぁ？」

次の瞬間、うちの口から変な音が漏れ出る。

あの娘は訓練場の地面を溶岩に変化させたのだ。

最初は幻術かと思ったけれど、肌にびりびりと感じるこの熱は本物。汗をかくどころじゃない、髪の毛が、衣服が、今すぐ燃えそうなほど熱くなっている。

それに対峙した魔法使い二人は戦意喪失。攻撃を諦めて、その場にへたり込んでしまった。

こんなガッツのない戦い方は普段のうちであれば認められない。一矢報いろと檄《げき》を飛ばすだろう。

しかし、今のうちは魔法使いたちの気持ちが痛いぐらいにわかる。

だって、あの女、溶岩の池の中に立ってるんやぞ？

平然と、立ってるんやぞ!?

しかも、ちょっと、笑っとるんやぞ!!?

なにこの女、新手の魔王なんか？

彼女の生み出した溶岩の池は地面に深い亀裂を作り出す。次第に建物が揺れ始め、明らかに地盤がおかしくなっているのを感じる。

このままいくと、うちの商会の建物が崩壊する流れやんけ!?

うちの汗と涙の結晶がぁあああ瓦解してまうぅぅぅぅ。

「クエイク、どうしてくれんねんこれ!?　っていうか、こんな能力あるんなら、アクト商会をダイレクトにぶっ潰せばええやん!?　うちのところに来んなやぁあああ!?」

「……魔女様、めっちゃ怖いけど、かっこいいわぁ」

うちの絶叫をよそに、隣で見ていたクエイクはぽつりとつぶやく。

よく見てみると、あの少女の髪の毛に異変が起きているのに気づく。

そう、溶岩の中に立つ彼女の髪が赤く光っているのだ!?

その様子は、先ほど思い出した、おとぎ話に出てくる伝説の魔女そのものだった。

溶岩の熱にやられて死ぬほど熱いはずなのに、うちの背筋には冷たい汗が流れる。

「クエイク、アレをやめさせろや、うちの商会が崩壊するやんけ！　世の中にはやってええことと、悪いことがあるんやで!?」

「ごめん。派手にやってって言うたら、想像以上やったわ。ユオ様に悪気はないと思うんやけど」

「謝ってすむ問題ちゃうわ！　ちょい待て、アレって一度、暴走したら、すべてを破壊するまでとめられへんとか、そういうたちの悪いやつやないやろうな!?　もはや魔王やろ、あれ？」

「大丈夫。本人はちょっとやりすぎたって気づいて焦ってるみたいやし」

「えぇぇからもう止めてぇな！　うちの負けでええわ！　ええから、アレを止めてぇええええ！」

「うしし。よっしゃあ、ユオ様、勝利ですぅううう！」

その後、彼女は「派手でしたか？　やりすぎたかもですけど」などと言いながら出力を止める。

なに、派手とか聞いとんねん。溶岩に派手もへったくれもあるか。

見りゃわかるやろ、うちらの目の前には巨大な溶岩の池が広がり、燃えカスがぶすぶすと音を立ててるんやで。地面には穴が空き、ところどころヒビが入っているし、まるでドラゴンの集団に襲われたかのような有様やんか。知らんけど。

めっちゃ派手やわ！

そう、これは断じて、「やりすぎたかも」ではない。

やりすぎてるやん！

うちの体はツッコミを入れたくてわなわなと震えてしまう。

だが、なんでもやっていいと言ったのは自分だ。うちのアホ！　おたんこなす！

うちは自分の言葉の軽さを呪うのだった。

……とりあえず、土下座のウォーミングアップだけはしとかなあかんな。

第11話　魔女様、アクト商会に商売で勝つと宣言します！　一方、その頃、アクト商会は美味しいお酒を飲んでいた

「さっきのは冗談やからな？　娘たちの大恩人様と本気で喧嘩しようとか思ってないから、そこんところは誤解せんようにな？　あ、土下座ぐらいするけど、やっとく？　うちの本気の土下座、めっちゃ価値高いんやけど？」

私の腕試しが終わった後、フレアさんは別室へと案内してくれた。

そこはいかにも執務室って感じの場所で、高そうな装飾がしつらえてあった。

「いえいえ、おっしゃることの意味はわかっていますよ。自分の資産は自分で守れってことですよね。フレアさんにそう言われて、覚悟が決まりました！　ありがとうございます！」

「せ、せやで？　あんたはよくわかってるみたいやな。ははっ、まぁ、お茶でも飲む？　お菓子も豚まんもあるで？」

「ぜひぜひ」

とまぁ、フレアさんは今度こそ本当に私たちのことを歓待してくれているようだ。

お茶と一緒に出された「豚まん」なる料理はとても美味しかった。クエイクは「あるときー」とか言いながら、それにかぶりつく。なにそれ。

「これ美味しい！」

口の中に広がる、ふわふわの食感と肉汁じゅわっのコンビネーション。

ふぅむ、うちの村の肉パンとつくりは似てるけどだいぶ違う。パンのふわふわさが違う。お肉の味はうちの村でとれる激殺イノシシに似てると思うし、このレシピ、ぜひ、聞いて帰りたい。美味しい。

こんな感じに打ち解けたところで、私たちは相談に入る。

そう、メテオを救出するための作戦会議をするのだ。

「ほんでやな、ざっくり言うと、うちらはユオさんのところで作った特効薬の流通と小売の権利をもらって商いをする。その代わりに港の仕事をアクト商会に渡して、メテオを返してもらう。こういうことでええな？」

フレアさんは頭の回転が速く、私たちの言いたいことをすぐにまとめてくれる。

人のことをすぐに茶化す割に、物事の本題に入るのがすごく早い。これまたメテオそっくりである。

「しかし、わからんなぁ。特効薬やで？　はっきり言って、小売りするほうがめちゃくちゃ金になるんやで？　言い方悪いかもしれへんけど、メテオ程度のために手放す？　各都市に店舗を出して、うちらがバックアップするだけでもええんやで？」

フレアさんは私の決断が信じられないといった感じだ。

正直言うと、特効薬の小売りの権利を譲るっていうのは金銭的には痛いことだとは思う。ララにはきっと怒られる。

しかし、私にとって一番の宝は人材だ。

メテオがいてくれれば、この先、特効薬の何倍もの利益をたたき出してくれると信じている。

それにフレアさんに無償で協力してもらうのも違和感があるわけで。

「いいえ。お言葉ですが、メテオは私にとって、村にとってかけがえのない存在なんです。ちょっとぐらいの利益なんかじゃ割に合いません」

「……ふふっ。そかそか。メテオもえらい人に気に入られたんやなぁ」

私がきっぱりそう伝えると、フレアさんは涼やかな笑みを浮かべるのだった。

先ほどまでの含み笑いじゃなくて、なんだか憑《つ》きものが落ちたようなそんな表情で。

よぉし、これでメテオの救出の目途がつきそうだよ！

アクト商会にいいようにやられるのは悔しいけどね。

「おかん、悪いけど、それだけじゃうちは満足できひんわ」

これでいいかなってところで、クエイクが口をはさむ。

えぇえ？　せっかくいい感じでまとまりそうなのに!?

「だって、うちのお姉ちゃん、なにも悪いことしてへんのに濡れ衣着せられて牢屋に入れられたんやで？　ありえへんやろ？」

豚まんを食べ終わり、その後、串を揚げた料理も平らげたクエイクの瞳は怒りに燃えていた。

彼女の気持ちはわかる。言いがかりをつけられて、メテオは捕えられてしまったのだ。アクト商会に何の痛みも与えられないことに腹立ちを覚えているのだろう。

「そんなん簡単やん。ユオさんがさくっと突撃すればええやん。牢屋どころか、アクトの屋敷ごと炎上させたらええんや。にゃはは、それがええわ！　対岸の火事とはこのことや！　さいっこぉ！」

フレアさんは真剣な顔でそんなことを言う。

私みたいな淑女をつかまえて、なんてこと言うんだ、この人は。

「おかん、それ、うちが言おうと思っとってん……。ナイスアイデアや！」

クエイクは抗議するかと思ったが、親指を立ててうんうんと頷く。

「せや、ユオさんがアクト商会の上から、すとーんと落ちてきたらええんちゃう？　辺り一面を溶岩の海に変えて、ブルーノのボケごと燃やし尽くす。これや。にひひひ」

「ええなぁ、それ。他にもどえらいことができまっせ、うちの領主様は。破壊行為の追加オプションは今なら五割引や！　ふっくっくっ」

邪悪な表情で笑い合う二人。その笑顔はそっくりである。

クエイクは常識人だし、メテオやフレアさん寄りじゃないと思っていたけど、やっぱりいろんな部分が遺伝してるんだなぁと感心する。

とはいえ、私はこれがただの寸劇だってわかっている。

実力行使なんてできるわけないじゃん、どう考えても。相手は商会なんだから、こっちも商売で勝負すべきよね。

「えぇええ、商売で勝負？　あのアクト商会とやりあうのはきっついでぇ？　あいつらいろんな権力者とつながっとんねんから。火の海に沈めたほうが早いで？」

フレアさんは冗談を言いながら渋い顔をする。

アクト商会があんまり柄のよろしくない集団であることは知っている。コラートさんを裏から操ろうとしたし、印象は最悪だ。

だけど、私の頭の中にはとあるアイデアがあるのだ。ちょっと荒唐無稽だけど、チャレンジする価値のあるアイデアが。

「それじゃ、よく聞いてください」

私はメテオ奪還計画について話し始める。

言っとくけど、爆破はしないよ。燃やすのもなし！

♨　一方、そのころ、アクト商会では　♨

「お願いします！　子供が流行病なんです。どうか、薬を分けてください！　ここに十万ありますす」

「バカを言うな、アクト商会の聖域草薬は最低でも百万だ！　貧乏人は出直してこい！」

アクト商会には今日も薬を求める人々が殺到していた。

その理由は流行病の『特効薬』なる商品を彼らが売り出したからだ。

百万ゼニーは確かに高額だ。しかし、貴族や豪商でなくてもギリギリ購入できる価格である。

流行病に悩む人々はなけなしの財産をつかんで店頭に駆けつけるのだった。

「これで娘を救えますぅ！」

「アクト商会様、ありがとうございます！」

薬を購入した人々はアクト商会に感謝して去っていく。

一方で購入できなかった人々は、自分の人生を呪い、必死の思いで家族を看病するのだった。

「あははは、馬鹿なやつらだよ、まったく」

人々がごった返すさまを見ながら、アクト商会、会長のブルーノ・アクトは笑い声を上げる。

今日は第一回目の売上報告の会合であり、さながらパーティの様相を呈していた。

「この『特効薬』には聖域草の成分なんてほとんど入っていないっていうのに騙されちゃってさぁ。ま、一旦は体が軽くなるから感謝するだろうし、末永く僕に富をもたらしてくれるだろう」

「さすがはブルーノ様！　商売の天才でございます！」

ブルーノの『特効薬』のからくりはこうだった。

聖域草の成分を抽出し、それをありえないほど薄めて、他の薬草や砂糖などと一緒に薬剤にするのだ。それでも、聖域草の効果が発揮され、流行病の症状がいくらか緩和されることが報告されていた。

症状が治るように見えて、すぐにぶり返すのが流行病の特徴だ。ブルーノはこれを利用して、「生かさず殺さず」の特効薬を開発したのだった。

「貴族や王族に卸すための希少な薬草だぞ。そんなものを貧乏人のために使うものか！」

ブルーノにとって、この薬草はあくまでも特権階級とのつながりを強化するためのものだった。

それでも平民たちから財を吸い取ろうとするのは、商才に長けた彼らしい判断だった。

「この特効薬で天下をとってやるぞ！　ラインハルトからの在庫はまだ十分にある。みんな、この僕についてこい！」

「はいっ、ブルーノ様、ばんざい！」

ブルーノは拳を掲げ、部下たちは盛大に拍手をする。

美味しい酒に豪華な料理が供され、彼らはこの世の春を謳歌していた。


「ブルーノ様、大変でございますっ！」

そのさなか、顔面蒼白の部下が駆け込んでくる。

パーティの雰囲気とは相容れない表情であり、ブルーノは顔を曇らせる。

「どうした？　大事な報告会の場だぞ！」

「そ、それが、ビビッド商会が、オーサの街で我々と同じような特効薬を売り出しています！」

「な、な、な？」

「しかも、その価格、一万ゼニー、我々の百分の一です！」

「なぁあああ!?　いっちまんゼニーだとぉおお!?」

この報告が何代にも渡って栄華を極めていたアクト商会の崩壊を告げるものだとは、彼らはまだ知るよしもなかった。

第12話　魔女様、特効薬の力でアクト商会を壊滅寸前にまで追い込みます

「ユオ様、シュガーショックが戻りました！」

フレアさんと協力関係を築いた次の日のこと、村から大量の丸薬が届く。

私たちが村を出るときに、ドレスたちに量産を頼んでいたのだ。

村に燃え吉がいてくれるおかげで、薬の調合がはかどっていると手紙に書いてある。

あの子をうちの村にスカウトして、本当によかった。帰ったら褒めてあげよう。

「魔女様、私もお手伝いします！　村の外に出たの、生まれてはじめてです！」

シュガーショックに乗ってきたのはハンナだった。彼女は興奮した面持ちで、私の手をぶんぶん振る。痛い。

それにしても、この子は全速力のシュガーショックに乗っても気絶しないらしい。さすがだよね。

薬の価格については、ちょっと高めの一万ゼニーということで落ち着いた。

フレアさんが言うには、『安すぎても売れないし、あることを予防するため』とのこと。お金がない人や孤児のためには教会経由で救護室を用意して、そこで無償で治療に当たることにした。

そして、今回、最も力を入れたのは、その売り方である。ただただ店頭販売するだけではない。

ちょっとした工夫を凝らしたのだ。

「それじゃあ、薬を売るときにしっかり、この口上を伝えるんやで」

フレアさんは営業部隊の人たちの前に立ち、四枚の巨大なパネルを前に解説を始める。その内容は以下のようだった。

パネルその一：「昔、あるところにかわいらしい猫人の姉妹と病気の美しい母親がいた」
パネルその二：「その姉妹は薬草を探しに森に行き、苦労の末、薬草を見つけた。姉妹はこれがあれば美人の母の病気を治せると喜んだ」
パネルその三：「しかし、あくどい商会がそれに目をつけて、姉妹の姉を誘拐してしまう」
パネルその四：「妹はなんとか逃げ出して、寝ずに作ったのがこの薬。許さへんで、あくとく商会！　姉を返せ、あくとく商会！　叩きのめせ、あくとく商会！」

補足すると、パネルには一つ一つの場面の絵が描かれていた。例えば、一枚目には、メテオとクエイクそっくりの姉妹が薬草を見つけている場面。そこにはやたらと美化されて、まつ毛がばっちばちのフレアさん似の母親の姿も垣間見える。

「ユオ様の作戦、おもろいですわぁ！」

パネルを見ながら、クエイクはニコニコしている。

今回、私が考えた作戦はお話とともに特効薬を販売するということだ。物語があると、人々が薬を買いやすくなるし、口コミも起きやすいと思ったからだ。もっとも、フレアさんとクエイクがお話を少々脚色してしまったけれど。

もちろん、これはお話であって、薬草を見つけたのはアリシアさんだし、薬を作ったのはドレスと村のみんななんだけどね。

登場人物の味付けがやたらと濃い気がするけど、まぁ、しょうがない。

「ええか、売って、売って、売りまくるんや！　売るか、死ぬか、やで！　役立たずのセールスはビビッド商会にはおらへんぞ！　死ぬ気で売りや、死なへんから！」

「うぉおおおお！」

沸き立つような熱気とはこのことなのか。

フレアさんが部下の皆さんに檄を飛ばすと、彼らはものすごい勢いで声を上げる。まるで今から戦争に行くかのような気合いである。

「こんなん売れるなんて商人冥利に尽きるってやつや！　めっちゃ誇らしいわ！」

「なんせこの特効薬はアクト商会のと違ってモノホンやからな！　純度が違うわ！」

「うちのオトンにも飲ませたけど、元気になりすぎやわ！　飲ませなきゃよかったぐらいや！」

「ホンマにフレア様、クエイク様、ユオ様、ばんざいやで！」

彼ら、彼女らはわぁわぁ言いながら、ががーっと外へと出ていくのだった。

かくして、私たちの特効薬の販売はスタートした。さぁ、どんな結果になるだろうか。

私はドキドキしながら、特効薬の袋詰めを手伝うのだった。


「奥様、在庫が全部はけましたでぇ！」

「病気が治ったと沢山の人が報告してくれています！」

数時間後、シュガーショックに持ってきてもらった分が売れたとの報告を受ける。しかも、効果を感じる声も続々と届く。

「よっしゃぁああ！　ユオ様、やりました！」

「やったね！」

想像以上の売れ行きに手を叩いて喜ぶ私たちだ。

しかし、これは序章にすぎなかった。

次の日になると、『オーサの街で特効薬を売っている』という噂は隣町まで拡大。フレアさんの商会の営業力はものすごく、各都市でばんばん売れていくのだ。

アクト商会に比べて格安で販売していることも効いたのだろう。

「にゃははははは！　笑いが止まらん！　頰の筋肉が痛いぃいい！」

「にひひひ、うちの村の儲けもすごいことになるでぇえ！」

フレアさんとクエイクの母子は入ってくるお金に大興奮。

いちばん大変なのは村とこのオーサの街を往復しているシュガーショックのはずだが、けろりとした表情だ。あとでブラッシングして、美味しい肉をあげよう。

♨　♨　♨

「うちの特効薬が偽物だという噂が流れています！　ザスーラ中部では販売が禁止されました！」

「な、なんですって!?」

数日後のことだ。アクト商会が地域の権力者と結託して私たちの販売を阻止しようとしてきた。

実際にたくさんの人が治っているわけだし、偽物だと言われる筋合いはない。

とはいえ、権力者から押さえつけられ、販売停止処分を受けるのはかなりきつい状況だ。

フレアさんの本拠地である、オーサの街で販売するだけじゃ国全土に行き渡ることは難しいかもしれない。

「よし、クエイク、アリシアさんたちに相談に行こうよ！」

「なるほど、その手がありましたね！」

ここで打開策となったのが、冒険者ギルドの協力だった。

私たちは首都に向かい、今回の事態についてアリシアさんとコラートさんに報告したのだ。

もちろん、メテオがアクト商会に捕まってしまっていることも。

「メテオが!?　そんなこと、許せない！　絶対に、私がなんとかしてみせますから！」

アリシアさんたちは私たちの販売する薬が本物であることをギルドに証言してくれたのだ。

後で伝え聞いたところによると、彼女たちが帰国した当初に行った報告は握りつぶされていたらしい。だが、メテオが捕まったと知った彼女は、かなりの気迫と執拗さで上層部を説得してくれたとのことだ。

ありがとう、アリシア先輩！

冒険者ギルドからのお墨付きは大きく、私たちの薬を『本物の特効薬』として人々が認知してくれる決定打となったのだ。

「アクト商会の販売網はもはや壊滅寸前です！」

さらに数日後、ザスーラの中で特効薬を扱うのは私たちだけになった。

そもそもの話、アクト商会の販売している『特効薬』はほとんど効果のないまがい物だったらしい。そんなものが私たちの薬に太刀打ちできるはずもないわけで、市場から淘汰されるのは当然の話だよね。

「さぁ、いよいよザスーラ首都での販売も開始しまっせぇえぇ！」

アクト商会の影響力を排除できたからか、私たちは意外にもすんなりザスーラで最も大きな都市、首都で薬を販売できるようになった。

人の行き来が多い首都での販売は庶民の皆さんはもとより、貴族や、富豪など、権力者に太鼓判を押される結果となる。

これが決まれば、とんとん拍子に事が進んでいくわけで、何としてでも成功させたい。

私は薬の仕分けぐらいしか手伝えることがないけど、それでも頑張るよ！

「さらにアクト商会に対して抗議活動が起きております！」

「偽物の薬を売った罪で訴えてやると商館に民衆が押し寄せているようです！」

しかも、報告には続きがあった。

アクト商会にまがい物を売りつけられた人々が抗議集会を行っているとのこと。

確かに気持ちはわかる。向こうの値段は百万ゼニーだったらしいもの。インチキ特効薬なのに、ぼったくりすぎだよね。

「さらに、さらに、いくつかの街ではアクト商会の私兵団と民衆が衝突しているとのこと！　特に、アクト商会の本部のある街ではほとんど戦闘状態だそうです！」

報告にはさらに続きがあるのだった。

まがい物を高値で売られた人々が怒りのあまり、直接的な行動に出てしまったのだ。あわわ、これって大丈夫なんだろうか。

フレアさんたちが、ちょっと焚き付けすぎちゃったのも原因だと思う。

あの「許すまじ、あくとく商会」っていう口上が効きすぎてしまったのだ。

アクト商会って軍隊を持っているっていうし、嫌な予感がする。せっかく病気が治ったのに、ケガをしてほしくない。

薬を買った人たちが危険な目にあわないかとハラハラする私なのである。

「しかも、しかも、アクト商会の私兵団ですが、髪を逆立てた素手の庶民にボコボコにされているようです！　ほぼ半殺しの有様です！」

あれ？　私の思っていたのと違う結果だ。

どうして、アクト商会が一方的にやられているの？

いや、これはいいことなのかもしれないけど、どういうこと？

「あぁ、想定通りやな。うん」

「にひひ。思った通りの副作用やわ。もはや、本作用やな」

フレアさんとクエイクは邪悪な顔をして喜んでいる。

そういえば、私の村の丸薬にはちょっとした副作用があるのだった。肉体がものすごく頑強になって、性格が戦闘的になるのだ。つまり、暴れているのは病人だった人たちなの!?

「せやから、あんまり安値で売ると危険なんや。将来的には診断なしには売れへんようにせんと闇で乱用されるで。まぁ、それはそれでビジネスチャンスやけど、ふふふ」

フレアさんはこうなることを予想していたのだろうか。

彼女は含み笑いをしながら、恐ろしげなことを言う。

「アクト商会の私兵団は完全に沈黙！　もはやいつ商館に火をつけられてもおかしくありません！」

怒った庶民の皆さんはアクト商会を壊滅寸前にまで追い込んでしまった。

自業自得とは言え、ちょっと気の毒なことをしたのかもしれない。


「フレア様、アクト商会から使いが来て、メテオお嬢様を引き渡したいとのこと！　その代わり、例の口上をやめてほしいとのことです」

さらに報告は続く。なんとメテオの解放を向こうから申し出てきたのだ。つまり、アクト商会は完全に白旗を揚げたわけである。

これには全員が全員、歓声を上げる。

なんてったって、これこそが今回の目的だったものね。

もちろん、私たちは申し出を受け入れ、特効薬の売り口上をやめることにした。

すると、まるで魔法が解けたかのように、人々は落ち着きを取り戻す。

アクト商会は崩壊する寸前のところで、難を免れたのだった。

後はメテオを迎えに行くだけだよ！

「せや、メテオの身柄はユオさんが引き受けに行ってくれへん？　今のメテオはユオさんのものやからな」

フレアさんの言葉にちょっと照れくささを感じるけど、確かにメテオに会いたいのも事実。

私は二つ返事で「もちろん！」と答えるのだった。

そして、私はアクト商会の本拠地へと向かうのだった。

待っててね、メテオ。もうすぐ会えるからね！

第13話　アクト商会、突然のビビッド商会の攻勢に手も足も出ません。だけど、一発逆転の奇策を思いつきました！

「なにをやってるんだ！　貴族どもに金をばらまいて、販売禁止にさせろ！」

あ、あ、ありえないことが起きている。

あの悪名高きビビッド商会が特効薬の販売に参戦してきたのだ。

しかも、著しく安い値段で。

このままでは高値でさばいていたものが売れなくなる。僕の威信が吹っ飛んでしまう。僕の連合国首相への道が遠ざかってしまう。

僕は各地域の権力者に連絡を入れて、販売を止めるように強く伝える。

いくらビビッド商会が悪辣な手を使っても、所詮はぽっと出の成り上がり商会だ。

アクト商会は先祖代々、各地の貴族と商売をしてきた。有力者からの信用は遥かに上だ。

案の定、数日もしないうちにやつらの販売はストップする。

ふくく、これが信用の力というものだ。思い知るがいい、平民どもめ。

「ブルーノ様、冒険者ギルドがやつらの薬を本物と認定しましたぁああ！」

「な、なにぃいいい!?」

しかし、やつらの卑怯な攻撃は止まらない。

ビビッド商会は冒険者ギルドを抱え込み、『本物』と保証されてしまうではないか。

くそっ、冒険者ギルドめ、なんて恩知らずなやつらだ。これまでいくら金をばらまいてやったと思っている。お前ら、覚えておけよ。

「ブルーノ様、各地域の有力者からぞくぞくと離脱者が出ております！」

冒険者ギルドが裏切ったおかげで、貴族の中には僕の指示を聞かない連中も出始める。

大局の読めない愚か者どもめ！

この騒ぎが収まったら、ぶっ潰してやるからな！

「ゆ、許せない……!!　僕をコケにしやがって！　銀魔の十人《テンジーニアス》にやつらの荷馬車を襲わせろ！　徹底的にやれ！」

こうなったら本領発揮だ。

商会の子飼いの裏工作軍団である銀魔の十人にビビッド商会の荷馬車を襲わせるのだ。

連中はこれまでにも沢山の危険な仕事をしてきた、生粋の武闘派集団。

犠牲者の第一号は首都に向かってやってきた荷馬車だ。あれを襲って、ビビッド商会の流通を切り裂いてやる。

その馬車には、「造れ！　送れ！　撃て！　とっこうやく販売中！」という看板がついていた。

まるで狙ってくださいと言っているようなものだ。くくく、愚かなやつらだ。

ビビッド商会に影の十人という凄腕がいるのは知っている。

だが、うちの銀魔の十人は実際には四十七人もいるのだ。

戦いは数だ。うちの銀魔が負けるはずはない。

あわよくば、ビビッド商会の特効薬を奪うのもいいだろう。そうだ、ビビッド商会の在庫を全部奪ってしまえばいい。

さすが、僕、ブルーノ・アクトは天才だ！


「ブルーノ様ぁあああ、銀魔の連中が全員、やられましたぁあ！」

「はぁあああ!?　影の十人にやられたのか!?」

「いいえ、鬼のように強い金髪の少女一人に蹴散らされたそうです！」

「な、なんだそれはぁああ!?」

「笑いながら戦う悪鬼のような少女だったそうで、みんな、盗賊として捕まりました！」

「ぬぉがぁあああ!?」

執務室でほくそ笑んでいると、部下が血相を変えて飛び込んでくる。

僕の銀魔の十人が全員、捕縛されたというのだ。

どうして、五十人近い猛者たちが一人の少女にやられるのだ!?

くそっ、ビビッド商会め、化け物でも飼っているというのか!?

「ブルーノ様、私たちの商館が平民どもに囲まれております！　ものすごい数です！」

さらに事態は悪い方向へと加速する。

これまで僕が薬を売ってやった連中が「金を返せ」だの「インチキ野郎」だのと抗議にやってき

たのだ。涙を流すほど感謝して買っていったくせに、なにを言っているんだ、こいつらは。

「ええい、騎士団を出して蹴散らしてしまえ！」

イライラが募った僕は商会の私兵団である黄金の悪夢《ゴールデンナイトメア》を投入する。

各国の騎士団から凄腕たちを引き抜いてきたオールスター軍団。もちろん武器も防具も一級品。どんな相手でも踏み潰す、強靫な騎士団なのだ。はっきり言って、ザスーラ首都の騎士団よりも強力に違いない。

いくら数が多くても、所詮、相手は平民。身の程知らずの平民など、簡単に追い返せるはず。

多少、殺してしまってもしょうがないだろう。

鼠どもが獅子に歯向かった報いを受けるがいい！

ふははは、これで少しは僕のうさも晴れるというものだ。


「ブルーノ様ぁ、あ、あのぉ、黄金の悪夢が全員、やられましたぁあああ！　半殺しです！」

「んがぎぃ？」

騎士団を投入して十数分後、部下が真っ青な顔をして飛び込んでくる。

なんと、僕の黄金の悪夢が壊滅させられたというのだ。

さっき送り出したばかりだぞ。ほとんど瞬殺されているじゃないか。なにを言ってるんだ。

報告にあった金髪の女にでもやられたというのか!?

「そ、それが素手の平民どもにこてんぱんにやられた模様です！　騎士たちは身ぐるみ剝がされて縛り上げられています！」

「な、な、なにが起こってるんだぁ!?」

もはや現実が信じられないほどの状況だ。

あれだけ金をかけた、僕の最強騎士団が素手の庶民にやられただと!?

脚が震え、喉の奥が渇き、頭がくらくらしてくる。

騎士団を壊滅させた平民どもは商館をぐるりと囲い、わぁわぁと声をあげる。

やばいぞ、このままじゃ火でもつけられかねない。

僕の商会が終わってしまうぅぅううう!?

「平民どもは『姉を返せ』と『許すまじ、アクト商会』などと世迷い言を叫んでいます！　どういうことですか、これは!?」

部下は恐怖の張り付いた顔でそんなことを言う。

うぅう、姉を返せだと？

もしかしたら、あの牢屋にいる猫人のことか？

ええい、あの女め、とんだ疫病神になってくれたな。

僕は商会が壊滅するのをなんとか回避すべく、ビビッド商会に急いで伝令を送る。

あの猫人を返却してやると伝えるのだ。


「くそっ！　くそっ！　くそがあああああぁぁぁっ！」

僕のはらわたは煮えくり返っていた。

僕を罠にはめて、特効薬の商売を滅茶苦茶にしてくれたことに。さらには平民どもを操り、僕の商館を襲ってくれたことに。

僕はまっとうな商売をしているだけなのに、ビビッド商会はなんてあくどい集団なのだろうか。

このまま邪悪なやつらを放っておくことが許されるだろうか？

答えはノーだ。

天誅を加えなければならない！　この僕が！

「……くくく、あの猫人を迎えに来たら、そいつらを人質にしてやろう。僕に恥をかかせたこと、絶対に許さないぞ」

僕の脳裏に最高のアイデアが浮かぶ。

よぉし、この策略でフレアを震え上がらせてやる。

僕たちの戦いは始まったばかりだ！

第14話　魔女様、アクト商会の策略にハマって魔法空間に閉じ込められ、よりによってヤツと戦うはめになる

「お姉ちゃん！」

「メテオ！」

ここはアクト商会の商館の一室。

私とクエイクの目の前にメテオが連れてこられ、私たちは久しぶりの再会となった。

「二人とも来てくれたんか」

メテオはか細い声でそう言うと、ゆっくりとこちら側に歩いてくる。

彼女の血色は悪く、髪もぼさぼさになっている。この間まで輝くような肌ツヤだったのに。

一刻も早く、温泉に入れてあげたい。

「お姉ちゃん、大丈夫？」

クエイクはメテオに抱き着き、わぁわぁと泣き出す。

メテオは目を閉じて、クエイクの背中をぽんぽんと叩く。

「メテオ、よく頑張ったね。もう大丈夫だよ」

もちろん、私もメテオに抱き着く。

久しぶりなのは私も同じだ。

「……ユオ様、クエイク、うち、信じとったで、ありがとな」

「お姉ちゃん、もぉおおお、ここで泣かんでもええやぁああん」

メテオはその場で泣き出してしまい、クエイクもそれに釣られて泣き出す始末。

感情にブレーキをかけているけど、私の涙腺だってじわじわしている。

「……ふんっ、仲良しごっこはやめてくれないか。君たちのせいで僕らは大損害を被っているんだ」

さっさとお暇《いとま》しようという頃合いに、部屋の奥から悪態をつく声が聞こえてくる。

宝石をきらきらさせた白い服の細身の男の人だ。

いかにも貴族っていう風貌で、神経質そうな顔立ちをしていた。

「ブルーノ、元はと言えば、あんたらがお姉ちゃんを！」

クエイクは相手の言葉に激高して大きな声を出す。

今にも摑みかからんばかりの勢い。

「クエイク、ダメだよ！」

私はクエイクを制止する。気持ちはわかるけれど抑えなきゃいけないよ。

こんなところで揉めたらせっかくの努力が水の泡だ。

とはいえ、私だって悔しい。

だから、ブルーノとかいう人を睨み付けてやった。彼は性格の悪さがにじみ出た顔をしている。

「ぼ、僕を呼び捨てにするな。身の程知らずの愚民どもが。まぁ、せいぜい、僕を楽しませてみろ。……おい、やってしまえ！」

「ははっ！」

彼が部下の人になにかを指示すると、きぃいいいんっと耳障りな音とともに、床が光り始める。

「な、なにこれ!?　魔法!?」

私たちの足元に現れたのは魔法陣だった。

沢山の幾何学模様が床に浮かび上がり、なんらかの魔法が発動しようとしている。

ええぇ、どういうこと!?


そして、気づいた時には、私たち三人はまるで洞窟のようなところに放り出されていたのだった。

壁には照明魔石が光っているけれど薄暗い。かび臭くて、空気が淀んでいるのがわかる。

な、なにここ!?

「くははははは！　お前たちを商館の地下の魔法迷宮に転移してやった！　ここからは出られないぞ！　僕が捕獲したモンスターから逃げ惑い、命乞いをするがいい！」

ブルーノの姿は見えないのに、どこからともなく声が聞こえてくる。

彼の言っていることが本当だとしたら、私たちは閉じ込められたってことだろう。

自分の商館の地下にモンスターを飼っているなんて趣味の悪いやつ。

「こんなん、ずるいでぇええ！」

「とっとと諦めろ、このボケぇ！」

メテオたちは二人で罵声を上げるものの、ブルーノの高笑いは止まらない。

なんていう嫌がらせをしてくるんだろうか。滅茶苦茶腹が立つんだけど。

そんな時である。

ふしゅるるるるるっるるぅうう……。

後ろの方から、やかんから蒸気が勢いよく出てくるときのような音がするではないか。

この音、どこかで聞いたことがあるような。

振り返ると、そこには牛の頭が人体にくっついたような化け物が立っていた。

「ぎゃははは、お前たちも運がない！　そいつは涅槃《ねはん》のダンジョンから連れてきた、レッドミノタウロスだ。さぁ、逃げ惑え！　泣きながら、僕に詫びろ！」

天井の方からブルーノの声が響く。

ぎゃあぎゃあ、とってもうるさい。

どうやら彼は私たちに謝って欲しくて、こんなことをしているらしい。

あいつの性格、最悪だよ。嫌がらせにもほどがある。

「ユ、ユオ様ぁああ、これはやばいんとちゃいます？」

「大丈夫や、クエイク。うちらのユオ様は伊達やない！」

メテオたちは私の後ろにささっと隠れる。

まるで私を盾にするかのように。

とはいえ、こいつは牛男《ぎゅうお》といって、ハンナが言うには大したことのないモンスターだ。

シュガーショックも餌にしていたし。


ぐごぁあああああ！

牛男は大声で叫ぶと、特大の斧を持って挑みかかってくる。

ぶるんぶるんっと刃が空《くう》を切る音は凄まじい。剣で斬り合うとしたら大変な相手だろう。

だけど、今の私は暇じゃない。

さっさとここから抜け出して、メテオをお湯で洗ってあげないといけないのだ。

「えいやっ！」

私は熱の平面を作り出して、牛男の真正面にすすーっと飛ばす。

それは牛男を包み込むぐらいの大きさの真っ赤な楕円。

牛男は熱平面に触れた部分からふしゅっと音を立てていなくなるのだった。

ふぅ、鼻息の荒い暑苦しいやつだった。

「な、な、なんだ、お前はぁあ!?　僕のレッドミノタウロスをどこへやったぁああ!?」

天井の方から再びやかましい声がする。

どこへやったと聞かれても、私にだってわからない。

物が燃えたら、どこに行くんだっけ？

「ええい、怪しい幻術使いめ。貴様らはここに閉じ込めてやる。出られるものなら出てくればいいさ！　あのフレアから身代金をふんだくってやるぞ、ぎゃははは！」

ブルーノ・アクトは相当せっかちな人物らしい。

彼は言いたいことだけ言って、それっきり声がしなくなる。

「なにさらしてけつかんねん！　さっさと出せや！　服が似合っとらんわぁ！」

「どつきまわして燃やすぞ！　ボケが！」

うちの猫人姉妹はすさまじい罵声を浴びせ続けるも、ブルーノからは一切反応がない。

あっちゃぁあ、本当に閉じ込められたみたいだ。

どうしよう。ここってなんだか、かび臭いし、湿っぽいし、嫌なんだよなぁ。

なんだか変なやつとか出てきそうだし。

お願いだから、和む生き物が出てきてくれないかなぁ。

あいつだけは、あいつだけは出てきませんように！


カサカサ……カサカサ……カサカサ……。

そして、嫌な予感というのはたいてい的中するものだ。目の前の暗がりに、カサカサ音を聞いた私は背筋にぞわっと悪寒が走るのを感じる。

やつだ、これはやつの気配だよね……!?

「ひ、ひぇええええ、ユオ様、う、上です……」

そして、私たちは直面する。

真の絶望に。

天井に大きな虫が何匹も張り付いていたのだ。

それは手のひらサイズで無用に大きいバッタみたいだけど、脚が妙に長いやつだった。

「にぎゃあぁあああああ!?」

「あきゃぁあああ!?」

「うちの大嫌いなカマドウマやぁあああああ!?」

当然のごとく、悲鳴を上げる三人。

え、カマドウマっていうの!?

黒くてたまに飛ぶあいつじゃないのは幸いだけど、羽がなくて、うわーやだやだ直視できない。

でも、気持ち悪いやつほど見ちゃうんだよねぇ、うわーやだやだ。

悪気があってあの見た目じゃないんだろうけど、不気味なデザインで生理的に無理。ごめんなさい、無理なものは無理。

メテオが言うにはあまりに大きいのでモンスターの一種かもしれないとのこと。

「あ、あのぉ、メテオはこういうの得意でしょ？」

「得意なわけあるかい！　うちはゴキはあんがい平気やけど、こいつはあかん。うぅ、さぶいぼが出る」

「うちはどっちもダメやぁあああ」

メテオとクエイクも大きなカマドウマは苦手らしい。

私たちは恐怖に凍りついた表情でじりじりと後ずさる。

こっちに来たらどうしよう。ダッシュで逃げられると思ったけど、脚に力が入らない。

ぴょん！

嫌な予感というのは、以下略！

なんということだろう、カマドウマはこっちの方に跳んできやがったのだ。

尻餅をついて、わぁぎゃあと悲鳴を上げる私たち。

しかも、驚いたことにやつは歩いたりもする！（あとで当たり前だと気づいたけど）彼我《ひが》の距離は数メートルあるかないかにまで迫っているのだが、虫特有の変なリズム感で突然止まるのが逆に恐ろしい。

「あうううぅ」

私の体はがくがくと震え、言葉にならない悲鳴が漏れ出る。

おのれ、ブルーノ、あんた許さないからね！

「ユオ様、どうにかしてぇええ」

私の後ろに再び隠れる二人。

もう、これって私たちが襲われてるってことでいいよね!?

虫とは言え無益な殺生はしたくないけど、しょうがないから、戦うよ、私！

ぴょんっとやつが飛び跳ねた瞬間！

「いなくなれぇええええ！」

無我夢中とはこのことだろうか。

私は目前の三体のカマドウマに対して、滅茶苦茶に熱視線や熱平面を放つ。

しかし、敵もさるもの。寸前のところで攻撃をかわす。

さらにこちらにぴょんぴょん跳んだり、じりじり近寄ったりしてくる。

まるでこの世のことわりを無視したかのような動きである。敵ながらすごい。

「ひぃいいいい、流れ弾に当たったら、こっちが死ぬで!?」

「姉ちゃん、こんなところで死ぬんやないで」

メテオとクエイクは私の熱視線を避けるために地面に這いつくばる。
ごめんって言いたいけど、やつはまだいるんだもん。
こっちに来てるんだもん。
やらなきゃ、やられるんだもん！
「消え去れぇぇえええ！　この痴《し》れ者がぁあああ！」
私は無我夢中で熱による攻撃を加えるのだった。
あれ、なんか、悪役みたいなこと言っちゃったかも。

ごごごごっごごごごごごっ……

熱平面と熱視線をやたらめったらに放った、その数秒後のことだ。
洞窟の地面がぐらぐらと揺れ始め、壁がぴしぴし言い始める。
その揺れは次第に大きくなり、天井からパラパラと砂埃が落ちてくる。
あら？　なにが起きてるの？

第15話　魔女様、アクト商会を完膚なきまでに崩壊させるも、自分のせいだとは気づきません。だって、爆破してないし

「ひぃいいいい、地震やぁあああ!?」

「ユオ様が暴れるからやでぇええ!?」

悪辣なブルーノによって閉じ込められた私たちなのであるが、あの虫たちとの死闘の結果、どういうわけか洞窟が揺れだした。

メテオとクエイクの二人は抱き合って青い顔をする。

いやいやいや、私のせいじゃないと思うけど。

だってここ、魔法空間なんだから熱視線程度で崩れたりなんかしないでしょ。

たぶんきっと、別のことが原因だよ。


ごがががががが……!!


しかし、揺れは収まらない。それどころか壁が崩れ始め、天井からは建材みたいなものさえ落ちてくる。

「いやや、うちはまだ死にたくない！　金貨の湯船につかる夢があるんや！」

「うちだって勝ちまくり、モテまくりしたいんやぁあああ！」

抱き合ったまま煩悩の限りのことを言い出す二人。

こういう時にその人の本性が垣間見えるっていうよね。

とはいえ、芳しくない状況だ。天井が崩れてきたら一巻の終わりかもしれない。

「二人とも私のところに来て！」

「わ、わかったぁあ！」

「ひぃいいい、お助けぇ！」

私は二人の手をとると、三人分の熱鎧《ヒートドレス》をイメージする。私たち三人を熱の鎧が覆って、危害を加えるものを排除する。そんなイメージをするのだ。

いい感じ。一呼吸もすると、熱の鎧が私たち全員を覆っている感覚に包まれる。

ひび割れた天井の破片が当たっても、じゅっと音がして蒸発してしまう。

よぉし、大丈夫！

「ジャンプするよ！」

こんな陰気なところに長居なんかしていられない。

私は足の裏に意識を集中させてジャンプしてみることにした。

燃え吉を説得する時にあみだした、あの技だ。

どぉんっ！

足裏から爆発音がした次の瞬間、私たちの体は一気に加速！

天井を突き抜けると、ばしゅんばしゅんっとなにかの音。爽快なことこの上ない感覚。

「えぎゃあああ!?　なにこれぇえええ」

「にぎゃあああ!?　こんなん聞いてないぃいい」

説明もせず猛スピードで急上昇したからか、メテオとクエイクの悲鳴が耳をつんざく。

でもまぁ、緊急事態だし、しょうがないよね。

そして、数秒後。私たちはしゅたっと地面に着地する。そこは見覚えのある、アクト商会の敷地だった。どうやら外に出られたらしい。

「見ろよ、どうなってるんだ!?」

私たちの目の前には人だかりができていた。

人々はなにかを指差して叫び声をあげており、まるで火事のときのように騒々しい雰囲気。

「あれ？　アクト商会ってこういうのだったたっけ？」

人々が指差す方向を見ると、アクト商会の建物に異変が起きていた。

所々に大きな丸い穴や、刃物で切断されたような直線状の切り口がある。穴あきチーズをめちゃくちゃに切ったような感じというか。

しかも、真っ白い建物のはずが焦げている。

地盤沈下でも起きたのか、建物の二階部分までが完全に陥没。

建物の周辺の地面には亀裂が走っていた。

「おおぉおおい、倒れるぞぉおお!?」

「逃げろぉおおお！」

商館を囲んでいる人々が大きな声を上げる。

どがぁあああああん……。


私たちが慌ててそこを離れると、十秒もしないうちに商館は崩壊してしまうのだった。

危ないなぁ、もうちょっとで巻き込まれるところだったじゃん!?

しかし、突然、建物が崩れるなんてことがあっていいんだろうか。

……あ、わかった。これってもしかして違法建築ってやつでしょ!?

建材が高騰しているから柱をけちったとか、そういうやつだよ！

この前ドレスが言ってたもん、そういうのが都会では横行しているって。

たぶんきっと、アクト商会の建物では隣の部屋の人のくしゃみさえ聞こえていたに違いない。

建物の中にいた皆さんは無事なんだろうか。善良な私たちにひどい仕打ちをしてくれたけれど、不運な事故に巻き込まれたことには同情してしまう。

「ぼ、ぼ、ぼ、僕の商会があぁああああああ!?」

「ブルーノ様ぁあああああ!?」

幸運なことにブルーノ・アクトやその仲間たちは生きていた。

白い服はどろどろに汚れていて、顔はすすだらけになっていたけど。

「お、お、お前らのせいでぇええええ！」

彼はこちらに気づいたのか、脚を引きずりながら怒鳴り込んでくる。

どっちかというと、怒るのは我々のほうだ。

変な迷宮に閉じ込められたし、カマドウマと遭遇したし。

あれはもう最悪だったんだからね！

うぅう、思い出したくないものほどしっかり覚えているのはなんなんだろう。

「うっさいわ、ぼけっ！」

「お姉ちゃんに地獄で詫びろっ！」

私をかばうように、メテオとクエイクが前に出る。

彼女たちはブルーノにダブルでグーパンチするのだった。

ちなみにメテオは生きているよ、念のため。

「ひ、ひぶぅううう。なんで僕がぁぁあああ」

ブルーノは情けない声をあげながら地面を転げまわる。

どうやら彼の防御力はだいぶ低いらしい。

インチキな品を人々に売ったのは悪いことだし、メテオにひどい仕打ちをしたのだから、自業自得である。そこらへんは反省してほしい。


「ブルーノ・アクトとその一味！　詐欺罪・国家騒乱罪・収賄罪、その他もろもろの容疑で逮捕する！」

「ひ、ひぇえええぇ」

さらに、場面は急展開。

ブルーノの前にザスーラ首都からの騎士団が現れ、彼を捕縛してしまったのだ。他の無事だった

アクト商会の面々も、どんどん捕縛されていく。

悪事が全部、バレてしまったっていうことなんだろう。

「待ってくれ！　すべて、あの化け物が悪いんだぁあああ！」

「黙れ！　この詐欺師が！」

ブルーノは抗議の声をあげるも、聞く耳は持っていないらしい。

彼はそのまま縄で縛られて連れていかれるのだった。

それにしても、私たちを指差して化け物だなんて、どこまでも失礼なやつ。

メテオもクエイクも、二人ともいい子だっていうのに。

「……終わったん、これ？」

「……たぶん。やっぱりユオ様に絡むとどんな悪党も殲滅されるなぁ」

「せ、せやなぁ」

メテオとクエイクは呆然とした表情で瓦礫の山を見つめていた。

時間は夕方近くになっていて、赤い夕焼けが空に広がりつつあった。

ふぅ、一応、これで一件落着なのかな。

「メテオ、おかえり」

「ユオ様、たっだいまぁあああ！」

私はメテオに向き直り、今度こそ抱きしめる。

がっちりと抱きついてくるメテオは目に涙を浮かべていた。

いつも明るいメテオだけど今回は怖かったよね、かわいそうに。

彼女は食事も満足に食べられなかったからか、ちょっと痩せてしまっている気がする。牢屋の中じゃ、体を拭くことだって満足にできなかったろうし。

かくいう私だってホコリまみれだ。

となれば、することは決まっている。

「ユオ様、これですよね！」

クエイクはバッグから例の白い粉を出してにやっと笑う。

さぁ、フレアさんのところで、即席の温泉を作るよっ！

♨　ブルーノの供述書　♨

ブルーノは捕縛後、自身の商館が崩壊した経緯についてこのように供述していた。

・突然、床から怪光線が飛び出し、手に持っていたワイングラスが一直線に切られた

・次の瞬間、壁や天井に丸い穴が開いた

・何事かと手に剣を持つも、その剣の一部が突然消えた

・辺りに焦げ臭い匂いが立ち込め、部下たちは恐れをなして逃げ始めた

・そうこうするうちに、建物はどんどん削られていき、頑丈な柱さえも破壊された

・自分が逃げ出した直後に商館が崩壊した

・不気味な虫が数匹、地面から這い出てきてどこかへ行った

※注記：以上はブルーノの錯乱による幻覚と判断

【魔女様の発揮した能力】

熱付与：魔女様と物理的につながっている相手を熱で包む。とてもポカポカする。

熱視線および熱平面（魔法結界貫通型）：魔法空間の中に隔離された場合、通常では物理的な攻撃を魔法空間そのものに加えることはできない。これは強固な魔法結界が張られているためで、これを破るためには膨大な魔力と高度な術式が必要になる。しかし、魔女様の恐怖心による攻撃はその結界を貫通し、外の世界にまで干渉する。平たく言えば、強固な魔法防御を貫通する攻撃を放つということである。チリも残さぬ即死技。

第16話　魔女様、メテオの髪を洗いながら色々考える。一方、その頃、ドワーフのドレスはマッド大工になるのだった

「お姉ちゃん、豚まんあったでぇえ！　お風呂の前の腹ごしらえや！」

フレアさんのところに戻った後、メテオは軽食を済ませる。メテオとクエイクは例の豚まんを手に持ち、「あるときー」「ないとき」などと大いに盛り上がっていた。仲良しである。

「それじゃ、お待ちかねだよ！」

それから大きな桶にお湯を張ってもらい、湯浴み場に即席温泉を作るのだった。

クエイクが例の白い粉をお湯に投入すると素晴らしい香りと手触りのお湯ができる。

完全に再現しているわけじゃないけど、すごいよ、これ。ばんばん売り出したい。

「メテオ、髪、洗ってあげるね！」

「ええぇ、なんか悪いわぁ」

「いいから、いいから」

私はメテオの髪の毛を洗ってあげることにした。彼女の髪の毛は私の髪質とは違って柔らかくて細い。それに猫耳がかわいい。すっごいかわいい。はぁはぁ。

「メテオ、お母さんと仲悪いんじゃなかったの？」

髪を洗いながら、私は彼女に尋ねてみる。

なんとなく、その方が本心から話してくれそうに思えたからだ。

「……悪いと言えば、悪いねん。でも、それとこれとは別やし……」

メテオは少し照れたような表情でそんなことを言う。

と、いうのも、無事に戻ったとき、こんな一幕があったからなのだ。


「このアホ、よう帰ってきたな！　ぐすっ、まったく心配したんやで、クエイクもユオ様も！　あああ、もう、このアホ娘！」

まず、泣き崩れたのはフレアさんだった。

口ではアホとか言っているけど、内心、とても心配していたんだろう。

それに対して、メテオは「迷惑かけて、ごめん。それと、ありがとう。ユオ様に協力してくれて……。ほんまにありがとう、ひぐっ……、ごめんなさい」と頭を下げた。

強がるのかなって思っていたのに、意外や意外。言葉の後半はほとんど声がかすれていた。

その素直さにじぃんっと来てしまって、私はメテオを抱きしめたのだった。

仲が悪いと言っていたけど、今回の事件で少しは関係性が変わるのだろうか。

「ふふふ、お姉ちゃんのは同族嫌悪やからね。この人、おかあちゃんに似てるって言われるの、めっちゃ気にしてんねん」

三人でお湯に浸かりながら、クエイクが口を挟んでくる。

「なぁっ!?　そんなことないわい。うちをあんな業突く張りと一緒にしないでほしいわ」

メテオは口を尖らせる。

だけど、図星だったのだろう。早口になってまくしたてる様子がかわいくて、私たちはメテオをからかうのだった。

「誰が美人のママお姉さんやねん!?」

私たち三人がわぁきゃあ言っていると、部屋の扉をがらっと開く人がいる。

もちろん、フレアさんだ。

湯浴み部屋には鍵をかけておいたはずなのに、この人、本当にルール無用だな。

「って、ガールズトーク中やぞ!?　なんで入ってくんねん!?」

「ふふふ、ええやん？　親しき仲にも礼儀ありやん？　ママもまだまだガールやん？　ママガールやん？」

「使い方間違ってるから、それ！　おかんはどう見てもガールちゃうわ！」

彼女は素っ裸でも恥じらいなどないらしく、すたすたと入ってくる。

ふぅむ、すらりとしたラインはすっごくきれい。

それにやんちゃなものが胸にぽぽんとついている。なんなの猫人って、羨ましい。

「って、これが温泉いうもんなん!?　うわぁ、地獄みたいな匂いがするなぁ！」

フレアさんは姉妹の話を聞く耳など持たないらしく、クエイクから入浴方法を聞くと、ざぶんと入ってきた。さぁ、どんな反応をしてくれるんだろうか。

私はその様子を注視するのだった。

「素敵やん……。浮かぶやん……」

フレアさんはそう言うとぷかぷかとお湯に浮かぼうとする。

いくら大きな桶とは言え、全身を伸ばすのは難しい。思いっきりメテオとクエイクに足が当たる。

「自由すぎや！　これだからおかんといるのは嫌やねん、ほんまに！」

「うわぁ、邪魔やぁああ！　子供か、あんたは！」

メテオとクエイクは心底迷惑そうに叫び声を上げる。

それから彼女たちは本当に面倒くさそうにフレアさんの手足を折り畳むのだった。

「あれえぇええ、メテオ、顔のアザ、なくなってるやん!?　かわいい顔ひっさびさに見たで！」

「……気づくのおっそいねん」

「びっくりやわ、どうしたん？　お腹がすいて食べたん？」

「食べるわけないやん！　自分の顔を食べるとかどうなってん、うちはタコか!?」

その後、フレアさんとメテオはいつまでも口喧嘩をしていた。

仲良さそうでなにより、だよね。

そんな様子を見ていると、私も自分のお母さんのことが気になってきた。

まぁ、顔も覚えていないし、どんな人なのかさっぱりわからないけど。

「そういえばユオ様、うちの首相のじいさんが会いたいって言ってたわぁ」

「首相!?　それって、この国で一番偉い人の？」

「せやで。お礼が言いたいとかなんとか」

寝耳に水とはこのことで、なかなかびっくりなことをフレアさんは言う。

首相さんってすごく偉い人だよね。

ちょっと不安だけど、うちの温泉を売り込むいいチャンスかもしれない。

くふふ、頑張るぞ。

♨　一方、その頃、ドレスちゃんはマッド大工になる　♨

「ふふふ、これはすげぇぞ……」

ここは禁断の大地のユオの村。

特効薬作りを一段落させたドワーフのドレスは相変わらず村の工房にこもっていた。

彼女はある素材を眺めながら、口元に笑みを浮かべている。

「親方、今日のノルマは終わりやんした！」

声をかけたのは火の精霊、燃え吉だ。

彼（彼女かもしれない）は村の領主の言いつけで、ドレスのところで働いているのだった。

「おう、お疲れ！　ふふふ、燃え吉、これ、覚えてるか？」

ドレスはそう言うと、工房の広い床に無造作に転がる、あるものを指差す。

「こ、これは……!!」

それを見た燃え吉は微妙な表情をする。

それはこの精霊にとって、とても馴染み深いものだったからだ。

「あそこから拾っていたのさ。知っての通り、こいつはすげぇ素材なんだぜ？」

「お、親方、これをどうしようっていうんですかい？　あっしはもう足を洗ったんでやんすよ？」

「まぁ、あるものを作ろうって思ってな。今夜は眠れないぜ！」

「ちゃ、ちゃんと寝てくださいよぉおお」

「大丈夫。あっしは今、猛烈に燃えているぜ！　おぉし、みんな、話を聞いてくれ！」

ドレスはにやりと笑うと、工房の仲間たちに新たな企みについて話し始めるのだった。

第17話　ラインハルト家のミラージュ、禁断の大地に聖域草があると知って、ユオの村に攻め込みます！　さぁ、戦争だ！

「なんだとぉっ!?　ユオの村の近くに聖域草の群生地があるだと!?」

ここはリース王国のミラージュの執務室である。

部下からの知らせを聞いたミラージュは仰天する。

「は、はい。ザスーラの冒険者ギルドが声明を出しまして、ザスーラ中が仰天しております。これはおそらく、ビビッド商会が販売している特効薬とも大きく関係していると思われます」

「ちぃっ、やつらが出てきたのか……」

ビビッド商会の名前を聞いてミラージュは歯がみする。

その商会は儲かることとならなんでも口を挟んでくることで知られていた。独自のスパイや兵団を持っており、真正面から戦うには骨の折れる相手だ。

「我々のパートナーであるアクト商会の販売網は激減しております！　いかが致しましょう」

ミラージュの部下は聖域草取引のパートナーであるアクト商会の現状について事細かに説明する。

聞けば聞くほど、アクト商会は劣勢に立たされていることがわかる。

特に悪手だったのが平民相手にインチキ薬を売りさばいたことだ。

ザスーラの首相は平民出身ということもあって、あまりおおっぴらにそんなことをやると睨まれる可能性があるのに、アクト商会は儲けを優先しすぎた。

　このままではラインハルト家も非難されるかもしれず、今こそが引き際を模索するタイミングだと言える。ミラージュは顎に手を当てながら、しばし熟考する。

「アクト商会との関係はこれで終わりだと伝えよ。もう十分に儲けさせてもらったからな」

「ははっ」

　ラインハルト家にとって、アクト商会は商売上のパートナーでしかないわけで、これ以上、深入りするのは危険だと彼は判断したのだ。

　何事も引き際が肝心なのだとミラージュは自分の判断を誇らしく思うのだった。

「今回の件につきまして、ガガン様にはいかがお伝え致しましょうか？」

「在庫が一掃され、アクト商会との取引は円満に終了し、大儲けに終わったと事実のみ伝えよ。父上は休暇中だ、報告は遅れてもよい」

「ははっ」

　ミラージュは禁断の大地にある聖域草の群生地については伏せた上で父親に報告するように伝える。

　なぜ聖域草について伏せたのかというと理由がある。

　彼にはもう一つやるべきことがあったからだ。

「それと、聖王国に伝令を出し、優秀な魔獣使いを派遣するように伝えよ」

「聖王国ですか!?　しょ、承知いたしました！」

　部下の男が部屋から去っていくと、ミラージュは地図を見てにやりと笑う。

彼の視線の先にはユオの住む禁断の大地があった。

そう、彼のやるべきことというのは、禁断の大地を手に入れることだったのだ。

「ユオ、お前は私のための踏み台となるのだ……!!」

ミラージュは禁断の大地に秘密裏に出兵することを決意していた。

もっとも父親が女王から睨まれていることもあり、派手な動きはできない。例えば、彼の率いる騎士団を行軍させることは不可能だ。

しかし、それでもミラージュに恐れる要素など何一つなかった。

そもそも彼は優れた炎魔法の使い手であり、辺境の村の制圧など一人でも十分だと考えていた。

さらに念を入れて、聖王国から魔獣使いを数人雇い入れることにした。

アクト商会との取引で財源は十分。大規模なモンスター軍団を組織し、村を思いっきり蹂躙してやろう。村を破壊しても、ダンジョンや聖域草を確保すれば十分におつりがくるはず。

「完璧な計画だ……!」

禁断の大地の村を手に入れ、ダンジョンを手に入れ、聖域草の群生地を手に入れること。

それこそが彼の兄たちを出し抜き、ラインハルト家の跡取りレースで先頭を走るための奇策なのだ。ミラージュは含み笑いをしながら、自分の未来が光り輝くのを確信するのだった。

だが、彼は知らない。

その村で新たな化け物が生まれようとしていることを。

♨　数日後　♨

「ララさん、これで今日のノルマは終わりです！」

「皆さん、お疲れ様です！」

ユオがメテオたちの街にいる間、辺境の村は大忙しだった。

特効薬の生産と搬出は村人総出で行う一大事業と化していた。

その先頭で村人を鼓舞していたのが、ララである。

普段はユオの補佐をしている彼女であるが、ユオがいないときにはリーダーとして働くように言われていた。

ララの采配により村人たちの仕事は効率化され、朝から夕方までの七時間労働ですむようになった。もちろん、おやつも昼寝もついてくる。

ユオの手紙にはメテオを無事に取り戻したことが書かれており、特効薬の流通も問題なく、このままのペースで行けば数週間以内に流行病は沈静化するのではないかという話だ。

ユオはこれからザスーラの首相に会ったら、すぐに戻ってくるという。

「これで一仕事、完了ですね……」

ララはふぅっと息を吐いて、主人が帰ってくるのを待つのであった。

そんな折、見張りの一人がララのもとに駆け込んでくる。

「ララさん、大量のモンスターを連れた人たちが見えます！　お、お客様でしょうか!?」

見張りが言うには、村から数キロのところに大規模な布陣が見えるということだ。

旗をたてておらず、どこの勢力かはわからない。

しかし、ララはすぐに尋常ではないことを察知する。この時代において大量のモンスターを使役する目的は一つしかない。

『戦争』、その二文字が彼女の頭の中に浮かび上がる。

おそらく聖域草やダンジョン発見の情報を聞き出した何者かが、村を侵略しようと軍勢を率いてきたのだろう。

ララは村人に急いで鐘を叩かせ、非常事態であることを周知させる。

「みなさん、訓練どおりに整列してください！　冒険者の皆さんに志願を募ってください！」

それから、村人たちに号令をかける。

サジタリアスの兵団に攻め込まれたときは村長とユオの二人が撃退した。

しかし、今はかなり分が悪い。

まず領主かつ村の最大戦力のユオは村から離れている。これは村人の士気を高め、指揮系統を整えるという意味でも、大きな痛手だった。

「ララさん、やっぱり、あの三バカ、じゃなくて、あの三人はダンジョンにモンスターをしばきに行ったみたいですぜ！」

さらにドレスが慌てた顔をして駆け込んできた。村の武力の要であるサンライズ、ハンナ、クレイモアに休暇を与えたら、三人仲良くダンジョンに潜ってしまったのだ。

たまには温泉でゆっくりなんてことができないのが、あの三人である。

リリの話では『ダンジョンで料理を作る』とクレイモアが言っていたらしく、村に戻るのは遅くなる可能性が高い。

『油断』

『平和ボケ』

そんな言葉がララの頭の中をよぎる。

だが、すぐにその考えを振り払う。今は平時ではない。自分を責めるために時間を使ってなどいられないのだ。

ララは考える。

村のハンターを派遣して三人を呼びもどすべきか？

しかし、ダンジョンの中を捜索するのは時間的に厳しい。そもそもダンジョンに到着するまでにあの崖を降りて、モンスターを倒して進む必要がある。

それよりも自分とドレス、そしてハンターだけで村を守るべきか？

冒険者はどれだけ協力してくれるだろうか？

ララの頭の中でいくつものシミュレーションが組み立てられる。

「ララさん、どうしましょう？　ま、また私は囮ですか？」

リリは泣き出しそうな顔をして、そんなことを言う。

だが、今回のモンスターは人間に操られているため、囮に使える可能性は低い。

リリには負傷者の手当をお願いすると伝えると、リリは「わかりました」と強くうなずくのだった。

「おぉい、敵さん、ぞろぞろと集まってやがるぜぇ！」

ララはドレスと一緒に、ひとまず村の城壁で向こうの出方を窺うことにした。

ドワーフたちの構築した頑丈な壁がある以上、一気に攻め込むのは難しいはずだ。

敵もそれをわかってか、隊列を整えて出方を窺っているようだ。

「ララさん、連中から手紙が送られてきました！」

見張りの少年が持ってきた手紙の宛名を見たララは、ぎょっとしてしまう。

そこには見覚えのある文体で『愚かなる妹、ユオへ』と書かれていたのだ。

ララはその筆跡だけでなにが起きているかを理解する。ユオの義兄、ミラージュが攻めてきたことを。

主人あてに送られてきた手紙をメイドの自分が開けることはできない。だが、中になにが書かれているかは想像ができた。傲慢なミラージュがモンスターの軍団を引き連れて、仲良くしようなどと言うはずもない。ダンジョンや聖域草の発見の噂を聞きつけて、攻め込んできたのだ。

そうなると選択肢は一つ。

主人であるユオがもどるまで、せめてサンライズたちがもどるまで守り切るしかない。

ララは城壁の近くに村人を集める。

村人たちは口を真一文字にして奥歯をかみしめ、ララを真剣な表情で見つめる。

ララは彼らを前に大きな声で演説を始めるのだった。

「今、魔女様は村にいない。しかし、これは敗北を意味するのか？　否！　始まりなのだ！　他の地域に比べ、我が村の人口は万分の一以下である。にもかかわらず今日まで戦い抜いてこられたのは何故か。諸君！　我が魔地天国温泉の目的が正義だからだ！　魔女様ばんざい！」

ララにはアジテーションのスキルがあったらしい。その言葉は村人たちを鼓舞し、勇気づけるのだった。

「さぁ、皆さん、防衛戦といきましょう。いいですか、誰一人、死んではいけませんよ！　すべては魔女様と温泉のために！」

「おぉおおおおお！　魔女様さいこぉおおおお！」

「魔地天国おんせぇえええええん！」

ララは村人たちを前に大きく気を吐く。

村人たちはそれに呼応するかのように、大声を張り上げる。

ユオ、サンライズ、ハンナ、クレイモア抜きでの防衛戦争が始まろうとしていた。

第18話　魔獣使いの操るモンスター軍団をドレス率いるアレが粉砕する

「ミラージュ様、いくらなんでも待ちすぎです。かれこれ三時間も足止めを食らっております」

ミラージュの連れてきた魔獣使いたちはイライラが募っていた。

降伏勧告を出したユオの村がのらりくらりと返事を遅らせているからである。

「そろそろ攻撃の許可を！　我々のモンスターどもも、しびれをきらしておりますぞ！」

魔獣使いはにやりと笑って、攻撃開始を進言する。

その笑みは邪悪なもので、破壊することを楽しみにしているとでも言いたげだった。

「ふん、向こうからは酒や食料が届いているのだぞ？　こちらの軍勢に恐れをなしているに決まっておるわ」

一方のミラージュは、もしも戦わずに降伏させられるのならば、その方がいいと考えていた。

ユオが発展させた場所を横取りするほうが楽であり、そのまま自分の実績になるからだ。

村の戦力を考えれば、すぐに命乞いをしてきてもおかしくはない。実際に村からは食べ物が送られてきており、明らかに服従の意思が見える。

「それなのに降伏するとは一言も言ってこないのも妙ですぞ！」

ミラージュを急かすように、魔獣使いの長はまくしたてる。

彼の言うとおり、ユオの村が時間稼ぎをしているのは明白だった。ミラージュは妙な胸さわぎを感じ、それを振り払うために行動に出ることにする。

「ふん。いいだろう。そろそろ田舎者を脅かしてやれ」

「ははっ。ありがたき幸せにございます！　最高の破壊ショーをご覧に入れましょう！」

魔獣使いは心底嬉しそうにそう言うと、仲間たちのところへ戻る。

今回、ミラージュが連れてきた魔獣使いは三人。

彼ら全員が凄腕で、操っているモンスターは全て合わせて百体を超える。たとえ、辺境の村の冒険者が出てきたとしても、太刀打ちのできない数なのだ。

しかも、連れてきているのは突撃に適したイノシシ型のモンスター。余談であるが、先日のアリシアたちを襲撃した魔獣使いも、今回の戦いに参加していた。

「行くぞぉおおおおお！」

「遊びの時間だ！」

魔獣使いはモンスターに号令を出すと村へ進軍を始めるのだった。

♨　♨　♨

「ちぃっ、ダメだ。鋼鉄の防具なんかつけてやがる」

禁断の大地の村のハンターは困った声を出す。

それは彼らの放った矢が敵の魔獣使いのモンスターに弾かれるからである。

普通のモンスターであれば、彼らの矢で撃退することができる。

しかし、敵のモンスターは対人戦用に飼われているらしく、防御手段を持ち合わせていた。

「そうなると、肉弾戦しかないですね……」

ララは押し殺したような声を出す。

武装した村人たちは剣を手にとって、「いけるぜ」「やれます」と威勢のいい声を上げる。

ハンスを始めとした冒険者の傭兵たちも「やってやるぜ！」と息巻いている。

みんながみんな、この禁断の大地の村をかけがえのない場所だと思っており、士気は十分である。

しかし、できるだけ直接戦闘は避けたいところだった。

物理的に激突した場合、こちらにも被害が出るのは明白だからだ。

できるだけ時間稼ぎをしたものの、サンライズたちが戻ってくる気配はない。領主のユオの影も見えない。

このままでは……。

ララの額に汗が流れる。

圧倒的な戦力差を挽回するために、「あの特効薬を服用すればどうにかなるかもしれない」という考えがララの頭の中をよぎる。

ザスーラの流行病を治癒するために開発した薬剤だったが、どういうわけか肉体と魔力の強化をもたらす効果を持っていた。

万が一の場合には自分が服用して決死隊として飛び込もう。ララはそう決意する。自分の氷魔法ならモンスターの十分の一ぐらいは氷漬けにできるだろう。

だが、あの薬を常用して思わぬ副作用が出ない保証はないのだ。命に係わるかもしれない。

「ララさん、ここはあっしらがいきやすぜ！」

そんな折、後ろから声をかけてきたのはドレスとドワーフたちだった。

ドレスたちは完全に武装し、すぐにでも戦いに行きたいと言うではないか。

確かにドレスの率いるドワーフ旅団はA級冒険者パーティだった。

しかし、相手は百体を超えるモンスターの群れだ。

サンライズやハンナ、クレイモアのように現実離れした攻撃力を持っていなければ、数で押されてしまう。

「ダメです。いくらドレスさんでも押し切られます」

ドレスの申し出は嬉しいが、真っ向勝負は難しい。ドレスのような素晴らしい人材を犬死にさせるわけにはいかないと、ララは首を横に振るしかなかった。

「ふふふ、戦うのはあっしらだけじゃありやせん。これを見てください！」

しかし、ドレスには策があるようだ。

彼女は地面に横たえた、あるものを指さす。

「こ、これはご主人さまの像ですか？　これをどうすると？」

ドレスが示したのは村の中央に建っているはずのユオの立像だった。

高さが五メートルほどの立派なもので、先日、ドレスが『修繕』のために回収していたのだ。もちろん、これには何の戦闘力もない、ただの置物だ。

超硬質レンガでできているとは言え、あくまでも村人たちの心の支えでしかないはずだ。

しかし、ドレスは口角をにやっと上げると、石像に声をかける。

「ふふふ、燃え吉！　いいぞ、魔力を放出して起き上がれ！」

「よぉおおおし、行きまぁすでやんす！」

なんということだろうか、ぐぎぃいいんと音をたてて、ユオの立像の目が光るではないか。

ついで、ふしゅーっと蒸気を出して、立像はゆっくりと起き上がってしまう。

「こ、これは……!?」

「な、なんだあ!?」

突然の出来事に村人たちは戸惑いを隠せない。

彼らの目の前に節々が赤く光る立像が立っていたからだ。

「ユオ様の像に燃え吉がもともと使っていた溶岩魔石のボディを組み込んで作ったんですわ。動かすには大量の魔石がいるけど、すげぇ出力があるんだぜ！」

ドレスが手短にこの立像の正体を解説する。

彼女の天才的な工作能力と、史上稀な素材の組み合わせによって、精霊駆動魔石立像という悪魔の所業のようなものができあがったのだ。

しかも、驚くべきはそれだけではない。

「な、なんだか、変な体形ですね……」

「ううむ、今回はここまでしかできなかったんだよなぁ」

ララの指摘するとおりこの立像、体形がもともとの石像のそれとは異なっていた。

頭がやたらと巨大で、二等身ぐらいなのである。顔はユオの面影を残しているが、かなりデフォルメされていた。

ドレスいわく、燃え吉を入れて魔力回路を組み合わせると、どうしてもこの大きさに変化するとのことだった。

多少バランスの悪い体形だが、「問題ないぜ」「胴体なんて飾りだ」とドワーフたちは押し切る。

「よぉおおおし、俺っちが行きまぁすでやんす！　村の平和を守るでやんすよ！」

燃え吉は久しぶりの体に喜んでいるのか、飛んだりはねたり軽快な動きを繰り返す。

その様子はまるで頭の大きい二歳児がはしゃぎまわるかのようだった。

燃え吉はラヴァガランガとしてユオと戦ったときには災厄の名に恥じない凶悪な存在だった。モンスターの魔石を飲み込み、溶岩の体で圧倒する化け物だった。

しかし、ユオに倒され、村で仕事を得たことによって、村のために働いてくれるという。まるで魂さえも入れ替わったようだ。

ララは訳がわからないながらも、ドレスたちに出撃許可を出すのだった。

「おぉし、無理はするなよ！」

「行くでやんす！」

一団は威勢よく村の門を越えて、モンスターの前に立ちはだかる。

ドドドドドドドドドドドドッ！

目前には鉄鎧で防御したモンスターの群れ。その進軍の足音は破壊の音楽だ。

ドレスは心が少しだけブレるのを感じる。正直、怖い。恐ろしい。

しかし、ここで折れるわけにはいかない。この村こそが自分のいるべき場所なのだ。この村で自分は初めて、本当に作りたいものに出会えたのだから。

彼女は冷静に敵までの距離を測り、絶好のタイミングを探す。

「焼き払え！」

ドレスは大きな声で号令をかける。

すると、ユオの立像の口ががばっと開く。

きぃいいいいいん……。

立像の口の奥に埋め込まれた特別な魔石が赤く光り、耳を塞ぎたくなるような高い音が辺りに響く。

実際にドワーフの面々は耳栓をして作戦に臨んでいた。

そして！


どぎゅしゅうううううん！


猛烈な音とともに、ユオの立像の口から真っ赤な熱線が放射される。

光が網膜に残り、ドレスの目の前がチカチカと揺れる。

どっがぁあああああああんん!!


次に起きたのは、まるでユオがもたらしたような爆発だった。

ぶぎぃいいい!?

突然の熱線攻撃に驚く敵のモンスターたち。直撃したモンスターは防具の甲斐もなく、ふっとんでしまう。

「ひぃいいい、なんだぁあ!?」

「ば、化け物ぉおおお!?」

おそらくは魔獣使いのものであろう、人間たちの悲鳴も聞こえてくる。

「いいぞぉおおお！　もっとやれぇえ！」

「魔女様、ばんざぁあい！」

燃え吉の攻撃はあからさまに人智を超えたものだった。その爆音はまるでユオがこの場に戻ってきたかのような感覚を村人に与える。

ララは眉間にシワを寄せながら、戦いの行く手を見守るのだった。

♨　一方そのころ、村長のサンライズたちは？　♨

「おおっ、こんなところに落とし穴なのだ！」

「あっ、デスワームがいますよ！　駆除してきます！」

「ふぉふぉふぉ、急いだら危ないぞい」

クレイモア、ハンナ、サンライズの三人は村に起きていることなどつゆ知らず、平和な時間を楽しんでいた。

【魔女様の手に入れたもの】

精霊駆動魔石立像（二頭身ユオ型）：ドワーフの驚異のメカニズムとラヴァガランガ（燃え吉）の魔石操作によって生まれた怪物。口から熱線を飛ばすなど、災厄的なことが可能。技術的限界もあり現状では二頭身になってしまった。その体は溶岩のように熱く、接近戦も不足なし。動力は魔石。燃費は悪い。

第19話　ドレスによって魔改造された燃え吉、例のごとく蹂躙する。しかし、敵さんも一筋縄ではいかないようで

「ミラージュさまぁあああ、なんですかあれは!?　奇妙な石像が動いております！」

ミラージュのところに魔獣使いの男が駆け込んでくる。

その顔は血の気が引いており、目は充血していた。

彼らの視線の先には村から現れた謎の石像があった。

節々が赤く光る石像が謎の熱線を吐き出し、モンスターの軍団を攻撃し始めたのだ。

熱線に触れた場所はモンスターともども爆発し、多大な被害が出ている。

こんな兵器は魔法が進んでいるリース王国でも見たことがない。

「悪鬼羅刹《らせつ》の魔族と手を組むとは、ユオのやつ、地の底まで落ちたかぁあああっ！」

ミラージュは苦々しい顔をして、そう言い放つ。

あの謎の石像はおそらく魔族の力によって生まれたものだと結論づけたのだ。

そうでもなければ、破壊光線を発する石像など作ることはできないだろう。

「ひぃいいい、ふざけた姿をしおって、なんだあの力は!?」

戦場にはちゅどーん、ちゅどーんと爆発音が鳴り響き、魔獣使いは怯えた声を出す。

敵の石像は二頭身で、頭がやたらと大きい。まるで子供のおもちゃのようにさえ見える。

それなのに、その破壊力は舌を巻くほどだった。

子供に似た石像が口をがばりと開けてこちらを攻撃してくる様は、まさに悪夢だった。

「あ、あの顔立ち、まさかユオか……!?」

ミラージュはあの石像がユオの姿を模したものであることに気づく。

口がやたら大きいが、目鼻立ちはそっくりだ。

攻撃をする瞬間、にっこりと目が笑うのも忌々しい。

「兄を、この私をバカにしやがって……!!」

ミラージュは背中に火がついたような感覚に陥る。

おそらくユオは自分たちをあざ笑っているだろう。

「くそぉっ、一斉攻撃だ！　やつだけを狙って突撃させよ！」

ミラージュは状況を打開するために、敵の石像だけに攻撃を集中させることにした。

観察したところ、あの石像は一定の間隔でしか熱線を浴びせることはできないようだ。

それならば、囲ってしまえばいいと判断したのだ。

「し、しかし、そうなると、モンスターをさらに失うことになります！」

この作戦は失敗したときの損失があまりにも大きい、一か八かのものである。

そのため魔獣使いは難色を示すが、雇い主のミラージュに押し切られてしまった。

「くそぉっ、こうなったらヤケだ！　あの化け物を破壊せよぉおお！」

「おおっ！」

魔獣使いたちはやけに大きな声を張り上げて、モンスターを鼓舞する。

かくして、ユオの村への侵略戦争は二番目のフェーズを迎えるのだった。

♨　♨　♨

「燃え吉、大丈夫か!?　まだやれそうか？」

一方、そのころ、ドレスたちは燃え吉のメンテナンスにかかりきりだった。

なんせ初めての実戦投入である。

立ち上がったのは昨日のことであり、口から熱線を出せるようになったのは、今日の朝のことだったのだ。

「ひぃ、ひぃ、なんとかいけるでやんすぅ」

燃え吉の入った石像は体からしゅーしゅーと蒸気をあげながら、そんな声を出す。

動力源である魔石は十分にあるとはいえ、ぎりぎりの状態だった。

特に問題なのは、石像の操作性が徐々に落ちていることである。破壊光線を出す際には、高温の熱が生じるのだが、急ごしらえの石像には耐え切れないのが明白だった。

これまで燃え吉の体を構築していたラヴァガランガの体は数百年の時を経て形成されていた特殊なものだった。

しかし、ドレスが谷で回収した素材はユオの熱によってかなり破壊されており、利用できる部分はそう多くなかった。もともと持っていた力の数分の一も発揮できてはいないのだ。

「まずいな……」

ドレスは眉間にシワを寄せて、ぎりっと奥歯をかみしめる。
村の方向を見やるに、まだ剣聖たちが戻ってきている気配はない。
燃え吉だけで敵を撃退できるのか？
それとも、こちらが崩壊するのが先か？
ドレスの額には汗がにじみ始めていた。
「団長！　やつら、気づいちまったようですぜ！」
ドワーフの一人が大きな声を上げる。
敵はモンスターを指揮して、燃え吉だけを殲滅させる作戦に出たようだ。
イノシシのモンスターたちは地響きをたてて、こちらに突進してくる。
「ふふふ、俺っちはこんなことで負けないでやんす！　あの技を使うでやんす！」
それでも、燃え吉の心は折れていなかった。
燃え吉の石像はその口から特大の魔石を飲み込むと、射撃の態勢に入る。
ドレスは燃え吉の意気を汲んで、こくりとうなずくと狙いを定める。
「薙ぎ払え！」
ドレスの号令とともに、より強い光が石像の口の周辺に集まる。
ぎぃいいいいいんと、より大きな音が鼓膜を刺激する。

しゅどぉおおおおおっ!!

そして、石像から放たれた光線はモンスターの群れをより広範囲に攻撃する。

まるでユオの技を再現したような、横一列の熱線攻撃を発生させたのだ。


ちゅっどぉおおおおおん!!


破壊光線が触れた場所には猛烈な音と風が発生し、戦場は煙に包まれる。

おそらく一度の攻撃で敵の三分の一はふっとばしただろう。

「負けるかぁあああ！」

しかし、それでも半分以上は残っている。

敵の魔獣使いたちも必死の形相。彼らはそのまま玉砕覚悟で突っ込んでくるのだった。

「あうあうあう、やばいでやんすぅぅう。体が、体が……」

石像からは蒸気が上がり、がくっと膝をついて前のめりに倒れ込む。

なんとか四つん這いの姿勢になるものの、非常にまずい状態だ。

ドワーフたちは必死で燃え吉の体に水をかけるも、浴びせた直後に蒸発する。まさに焼け石に水。

「どうした、それでもこの世で最も邪悪な精霊の末裔か！」

倒れ込む石像にドレスは必死に発破をかける。

冷却用の水はほとんどなくなり、このままでは自壊してしまう状況だった。

「こなくそぉおおお！」

会心の一撃とでも言うべきだろうか。

檄を飛ばされ奮起した燃え吉は四つん這いの姿勢のまま、大量の熱線を放射する。

体の中に溜め込んだ魔力を全部使い切る猛烈な一撃だった。


ちゅどかぁああああん！！！


その攻撃は凄まじい爆風と爆音をあげて、敵の残りを一掃する。

「やったぁああああ！」

値千金の攻撃にドレスたちは大声をあげる。

しかし。

「溶けてやがる……。早すぎたんだ」

恐れていた事態がついに起きてしまう。

石像の口の部分が熱に耐えられず、溶け出してしまったのだ。全身からは蒸気が吹き出し、もはや稼働させることは不可能だった。

「燃え吉、よくやったぞ!!」

ドレスは石像の胸部分をこじ開け、燃え吉をなんとか回収する。

焼けた石像をこじ開けたので、ドレスは手にやけどを負ってしまう。

だが、大した問題ではなかった。工房での仕事を通じて、ドレスと燃え吉には強い絆が生まれていたのだ。

「ひぃひぃ、焼け死ぬかと思ったでやんすぅうう」

燃え吉は目を回しているものの、命に別状はなさそうだ。火の精霊である燃え吉が焼け死ぬという言葉を使ったので、ドレスやドワーフたちはは思わず吹き出してしまう。

それを見た燃え吉は「笑い事じゃないでやんすよぉおお?」などと抗議の声をあげるのだった。


「敵のモンスターは燃え吉が討ち取ったぜ！　あっしたちの勝利だ！」

ドレスは腕を上げて、村人に勝利のサインを送る。

「やったぞぉおおお！」

「ドレスさんたちが、燃え吉がやりましたぁ！」

ララの周りの村人たちはにわかに活気づく。

ドレスの率いる石像部隊が百体はいたであろうモンスターを壊滅させてしまったのだ。

戦場では敵の三分の一でも撃退できれば大手柄であるのに、全滅とはとんでもない戦果だった。

「ドレスさん、すごいですね……」

今回は時間がなかったこともあり、燃え吉の稼働はここでストップしてしまった。だが、いずれ本格稼働した場合には村を守る強大な力になり得る。

ララはドレスと燃え吉の潜在能力に空恐ろしさすら感じるのだった。

敵軍は完全に沈黙し、おそらくは撤退するだろう。

いや、追撃を避けるために白旗をあげてもおかしくない状況だ。

そう誰もが確信するタイミングだったのだが、見張りの少年が声を上げる。

「敵陣から大男がやってきます！　髪が黄緑色の男です!!」

少年の指差す方向には黄緑色の髪を逆立て白目を剝いた男が立っていた。

そう、戦いのゴングは再び、鳴らされたのであった。

第20話　ミラージュ、あれを使って超パワーに覚醒します！　対するララはどうするのさ!?

「う、うちのモンスターが全部、やられましたぁあああ!?」

もはや叫び声としか言えない声でミラージュに報告してくるのは、魔獣使いの長だった。

彼の顔は蒼白で、目は落ちくぼんでいる。

ショックのあまり、病人のような顔になってしまっていた。

「ユオめ、悪あがきをしおって……!!　しかし、敵の石像はもはや動かんではないか」

「それはそうですが、こちらのモンスターはほぼ全滅です！　皆殺しにされますよ！」

「ふはは、ド田舎の蛮族相手になにを恐れる必要がある！　今こそ好機到来というわけだ！」

ミラージュは父親譲りの鈍感力を持ち合わせている人物であり、多少の劣勢でへこたれることはなかった。

彼はむしろ今こそ自分の見せ場とばかりに立ち上がる。

「し、しかし、敵の戦力はまだ全然削れておりませんが……」

魔獣使いは弱気な姿勢を崩せないでいる。

それもそのはず、小都市すら崩壊させることのできるモンスターの行軍を、たった一体の石像が阻んでしまったのだ。

向こうにはもっと強力な敵がいる可能性さえある。

ここで攻め込むのは迂闊すぎる。

「愚か者め！　やつらは所詮、辺境の村の田舎者だ。人口は数百人程度で、おそらく常設軍もない。あの摩訶不思議な石像だけが防衛手段だったのだ」

「な、なるほど……！」

ミラージュは彼なりに冷静に、現状を整理しようとする。

よくよく考えてみれば、人口の少ない村にそれほど沢山の兵士がいるはずもない。

こちらの勢いに恐れをなして、冒険者の協力もないだろうと判断した。

「よ、よし、かくなる上は我々が突撃してまいります！　モンスターどもの仇を討たねばなりません……!!」

「そうです、我々にも魔獣使いとしての意地があります！」

魔獣使いたちは、自身の手勢をやられたことに強い憤りを感じていた。

意外なことに彼らは自分自身が村へと突撃すると言うではないか。

「ふん、なにを言うかと思えば。お前たちのその貧弱な体でなにができるというのだ？」

あまりにも突拍子もない申し出にミラージュは思わず笑ってしまう。

魔獣使いは魔力で魔獣を扱ってこそ戦うことのできる存在だ。

魔獣を失った魔獣使いに攻撃の能力はない。

誰もがそう考えるだろう。

「ふふふ、ミラージュ様、我々はザスーラの闇市で面白いものを入手したのですよ」

魔獣使いはにやりと邪悪な笑みを浮かべ、手を差し出した。

「なんだそれは？」

魔獣使いの手のひらには白い丸薬のようなものが三つ乗っていた。

突然こんなものを見せて、なにを言い出すのか。

ミラージュの顔に困惑の色が浮かぶ。

「これはザスーラの冒険者が『白い悪魔』と呼んでいるものです」

「白い悪魔だと……!?」

ミラージュはごくりと喉を鳴らす。

差し出された丸薬の正体はわからないが、魔獣使いの鬼気迫る表情から、尋常のものではないと感じ取ったのだ。

「ふふふ、これは肉体と魔力を強化します。かのアクト商会の騎士団を素手の平民が叩き潰したのも、この力があったからと噂されております」

「三錠だけ入手できたので、これさえあれば我々だけでも村を制圧できるでしょう」

魔獣使いたちは口々に、その恐ろしい丸薬について説明し始める。

「平民が武装した騎士団を圧倒しただと……!?」

聞けば聞くほど、危険極まりない丸薬であり、これが出回った日には世界の勢力図さえ変わってしまいそうだ。

ミラージュは「ううむ」と唸って眉間にしわを寄せる。

そして、彼はあることを思いつくのだ。

「ふくく、貴様ら凡百《ぼんぴやく》の人間がそれほど強化されるのならば、私のようなS級戦士であればどうなる？」

「そ、それは……!?」

「答えは簡単だ。史上最強の戦士ができる、そうだろう？　なぁに、金は支払うさ」

「確かに、そうではございますが……」

ミラージュは邪悪な笑みを浮かべて、自分自身がその丸薬を使うと言う。

モンスターの仇を自分自身で討ちたい魔獣使いは難色を示す。

だが、今回の雇い主はミラージュだ。追加で金を払うと言われれば、逆らうことはできない。魔獣使いは渋々、彼の提案を受け入れることにした。

魔獣使いとしては不本意だが、一人はバックアップに回ればいいだろうと考えたのだ。

「しかも、これを全て飲んだらどうなる？　歴史に名を残す戦士が出来上がるはずだ」

しかし、ミラージュは魔獣使いたちのさらに斜め上の行動に出る。

彼はあろうことか、手のひらに載せた丸薬を三錠とも全て奪ってしまったのだ。

「お、おやめください！　一人、一錠で十分でございます！」

「複数錠の服用は人間性の崩壊を招くと言われております！」

「ええい、黙れ。不甲斐ない貴様らに本物の蹂躙というものを見せてやろう」

魔獣使いは懇願するものの、ミラージュは聞く耳を持たない。

彼はワインの瓶をラッパ飲みすると、丸薬を一気に流し込んでしまった。

そして、次の瞬間、ミラージュは雄叫びを上げるのだった。

「う、うぐごぁあああああ!?　な、なんだ、この力はあぁぁあああ!?」

魔獣使いたちは目撃する。

全身から凄まじい魔力が放出され、白目をむいたミラージュの姿を。

髪の毛が黄緑色に逆立ち、上半身の衣服がびりびりに破れている。

恐るべき丸薬によって彼の肉体は瞬く間に強化され、さらには身長さえ伸び、常人の二倍ほどもある大男へと変貌を遂げていた。

「ぐがぁあああああ！　ユオ、許さぬぅうううう!!」

ミラージュは闘争本能にしたがって、標的となる村へと突撃していくのだった。

♨　♨　♨

「黄緑髪の大男がやってきます！　ものすごい速さです！」

一方、その頃、ララたちは不意をつかれたことで動揺していた。

敵のモンスター軍団を全滅させ、これで戦闘は終了すると思っていたのに。

「ちぃっ、矢が通らないぞ!?　なんだ、あの野郎!?」

ハンターたちは城壁から鋭い矢を放つも、敵の大男に当たると折れてしまう。

通常であればモンスターの硬い皮膚さえ貫く攻撃であるにもかかわらず、である。

あの大男が異様なのは、見た目だけではないことがすぐにわかる。

「ララさん、あっしらがいくぜ！」

「おおっ！」

燃え吉を村に連れ帰ったドレスたちは、再び戦場へと駆け出していく。

彼女率いるドワーフ旅団はもともとA級冒険者のパーティだ。

あんな化け物と戦ったことはないが、それでも百体のモンスターの相手をするよりはマシに思えた。

しかし。

「うぐぉあおおおお！　炎の神よ、全てを焼き払えッ！　地獄の業火弾《インフェルノファイア》！」

大男は高度な魔法を放ったのだ。

敵は白目をむき、正常な思考を失っているかのように見えるが、見た目に反して魔法を使うだけの理性を保っていたのだ。

「うわぁあっ!?」

不意打ちで大量の火炎がドレスたちを包み、彼らは一気に劣勢に追い込まれる。

肉弾戦でくると思っていたのが仇になった格好だ。

「ドレスさん!?」

ララは急いで救援に駆けつけ、氷魔法を放つ。

彼女の魔法は凄まじい火炎の勢いをなんとか相殺させる。

「ふはは！　いいぞ、素晴らしい力だ！」

だが、敵の勢いは止まらない。

大男から立ち上る魔力は本物だった。

「その声はミラージュ……!?」

そして、ララは気づくことになる。

目の前で白目をむいている黄緑髪の大男が、ラインハルト家の三男、ミラージュであることを。

まさかのまさか、敵の総大将が突撃してきたのだ。

「呼び捨てにするとは、メイドの分際で無礼な……!　様をつけろよ、デコ助野郎!!」

かつての使用人に呼び捨てにされたのが相当に不愉快だったらしい。

ミラージュは激高し、連続して火炎魔法を発動させる。

凄まじい火炎の威力。さらに、その詠唱時間は短く、何度も放ってくる。

ララはドレスたちをかばって、氷魔法で防御することしかできない。

「ふはは!　守るだけではなにもできないぞぉっ!　さぁどうした、俺を楽しませてみろ!」

ミラージュは大声で笑いながら、大量の火炎弾を放つ。

確かに彼一人だけで、普通の村など簡単に制圧できるだろう。

そう思わせるのに十分な攻撃力だった。

「……しょうがないですね、私も行かせてもらいますよ!」

しかし、ララにも秘策があった。

彼女は懐に忍ばせていた白い丸薬を取り出すと、それをごくりと飲み込む。

「うぐぅううう……!!」

全身に広がる魔力。

脳の一部が解放されたかのような、強い覚醒。

この世界のすべてが遅く見えるような感覚。

ララは自分の魔力が膨大に膨れ上がるのを感じる。

「お待たせしましたね……さぁて、第二回戦と参りましょうか……」

ララはにやりと笑って、ミラージュの前に立ちはだかる。

それは先程まで冷や汗をかいていた、彼女ではなかった。

村を守るため、仲間を守るために覚醒した、戦士の姿がそこにはあった。彼女の後ろには魔力の渦が生まれ、空気がびりびりときしむような音をたてる。

「邪悪な敵に永遠の罰を与えよ、氷の監獄《アイシクルプリズン》!!」

彼女は得意の氷魔法でミラージュを氷漬けにする。普段は肉の冷凍に用いる家庭的な魔法であるが、実戦では沢山のモンスターを氷漬けにしてきた攻撃魔法だ。

「ドレスさん、今のうちに村に戻ってください！」

ララはドレスたちを村に逃がすと、ありったけの魔力を注入する。

これで事切れてもいいとさえ思えるほどの、全力を。

自分の体から信じられないほどの魔力が湧き起こる。いかに強大な敵でも打ち負かすことができるように思えた。

ミラージュの足元が、さらには胴体まで凍り付いていく。

「生意気なぁああ!!」

「きゃあっ!?」

それでも白い丸薬三錠によって強化された、ミラージュの魔力には敵わなかった。

そもそも地力では、辺境で鍛えたララが勝っていたかもしれない。だが、三錠の『白い悪魔』はそれを凌駕するほどの圧倒的な魔力増強をもたらしたのだった。

ミラージュは体中から高熱を発し、ララの氷を蒸発させる。さらには爆風さえ発生させ、その衝撃で彼女をふっ飛ばしてしまう。

全身から白い蒸気を吹き出すそのミラージュの姿は、もはや人間と呼べるものではなかった。

口の中に感じる血の味。

彼女は今、自分が生死の狭間にいることを悟るのだった。

第21話　そして、あいつが現れる（誰とは言いませんが、最近出てこないあの人です）

「こうなったら……」

ララは歯を食いしばって、目前に迫るミラージュをにらみつける。

ここでミラージュに負ければ、後はない。

無力な村人たちが蹂躙されるのは必然であるかのように思えた。

そうなれば、毎日の平和な暮らしも、胸躍るような発見もすべて消え去ってしまう。

「そんなことはさせませんよ。絶対に……」

ユオと仲間たちがほとんどゼロから築き上げてきたものを崩壊させるわけにはいかない。

ユオは自分を救ってくれた人なのだから。彼女こそが、自分の王になるべき人物なのだから。

ララは唇をかみしめて、懐に手を入れる。

彼女の手には、例の白い丸薬があと二錠、握られていた。

これを飲んだらなにが起こるかはわからない。

村でも連続して三錠服用した人間はおらず、未知の領域だった。

しかし、迷っている場合ではない。

たとえ自分が死んでしまったとしても、ミラージュを通すわけにはいかない。

「メイド風情が生意気だ！　ここで俺がとどめを刺してやる！」

ミラージュはずしり、ずしりと重い足音をさせながら、こちらへと歩み寄ってくる。

その手には魔法陣が禍々しく輝き、新たな術式を完成させたようだ。

もはや一刻の猶予もない。

ララは目をつぶって、白い丸薬を飲み込もうとした。

「ララさん、やめたほうがええぞ。そりゃ人間やめますか、じゃぞ？」

すんでのところで、彼女を制止する者がいた。

それはダンジョン探索に向かっていたはずの村長のサンライズだった。

「ふくく、あたしが調味料を忘れたので戻ってきたのだ！」

「なんだか、楽しそうなことをやってますね！」

さらにはクレイモアとハンナの声もする。

偶然なことに、彼女たちは村へと戻ってきたというのだった。

ララは三人が三人とも、現れるとは思っておらず、夢を見ているような気分になる。

「さぁて、わがまま放題のガガンの息子に仕置きをしてやらんとのぉ」

「上半身裸ってことは温泉に入りに来たのかな？　にゃはは、ユオ様っぽく言ってみたのだ！」

「それっていかにも魔女様が言いそうですね。あはは！」

サンライズ、クレイモア、ハンナはミラージュの前に立ち、剣を構える。

その切っ先には巨大化したミラージュが立ちはだかっていた。

「……とはいえ、三対一でやるのは野暮というものじゃのぉ。誰が行く？」

「ふふん、ヨタヨタの白目野郎になめられてたまるかなのだ。あたしが行くのだ」

「私たちは健康優良善良少女ですよ！　もちろん、私が行きます！」

サンライズの言葉にクレイモアとハンナが呼応する。

二人の少女は先鋒を譲るつもりはないらしく、サンライズよりも一歩だけ前に出る。

「なにをごちゃごちゃと！　雑魚どもがぁあああっ！　地獄の死炎《ヘルズインフェルノ》!!」

ミラージュはしびれを切らしたかのように、大規模な術式を展開する。

その魔法は辺り一帯を高温の炎の海で覆ってしまうというものであり、並のモンスターであれば、群れ単位で撃滅することができるだろう。

しかし。

「陣風《じんぷう》ッ!!」

サンライズは剣を風車のように回しながら、炎へと突撃する。彼の剣にぶつかった炎はまるで霧のように散り散りになってしまうのだった。

「ハンナ、クレイモア、殺すなよ！」

「わかってるのだ！」

「右に同じくですっ！」

サンライズの合図を待つまでもなく、クレイモアとハンナの二人の少女は跳ぶ。

そして、ミラージュに反応する暇さえ与えずに、背中に重い一撃を喰らわせる。

それは剣の柄で叩くという、不殺攻撃だった。

「うぐ」

あっけないと言えばそれまでだが、ミラージュは一言だけ唸るとそのまま卒倒してしまう。

あれだけ大口を叩いていたのに、一瞬の幕切れだった。

「そ、そんなぁ……」

戦いの行方を見守っていた魔獣使いたちはがっくりと肩を落とす。

いくら薬剤で強化していたとしても、クレイモアやハンナでは相手が悪すぎた。純天然の暴力と神技的な戦闘技術には対抗のしようがないのだった。

もっとも、ミラージュは強大な力を制御できなかっただけとも言えるかもしれないが。

「た、助かりましたぁああぁ」

一部始終を見守っていたララはへなへなとその場に腰を落とす。

一気に緊張が緩み、腰が抜けてしまったようだ。

彼女はあくまで補佐を第一とし、そもそも戦闘向きではない。

ミラージュと相対するのにも、相当の勇気を要したのだ。

「くそぉおおおっ！　こんなところで逃すものかぁあああ！　やっと見つけたのだぞ、究極の霊薬、聖域草をぉおおおっ！」

剣聖たちが村へと戻り、防衛戦争は完全に終わったかのように思えた。

あとは敵を捕縛するなり、退散させるなりで終わる状況だ。

魔獣使いたちの選択肢は、白旗を揚げて命乞いをするぐらいしかないはずだった。

しかし、それなのに、である。

魔獣使いの長だけは大声を出して、その憤りを叫びちらしていた。

「おやめください！　それはローグ伯爵の全財産と引き換えに授かったものですよ！」

「それは来たるべき聖戦のためのもの！　こんなところで使って、聖王様になんと言うのですか！」

しかも、彼の部下である魔獣使いの二人はなにかを必死で止めようとしている。

「なにやっとるんじゃ、あいつらは？」

「とりあえず、殴ってこようかなのだ？」

「様子を見ましょうよ。なにか企んでるっぽいですよ」

サンライズたちは魔獣使いたちが争う様子を不思議そうに眺めていた。

彼らにとっては魔物を連れていない魔獣使いなど、どうでもいい相手だったからだ。

「くそぉおおお、蛮族どもが、これをぉおおお、見ろぉおおお！」

魔獣使いの長は大きな声をあげる。

彼の手には巻物《スクロール》が握られていて、そこには高度な魔法陣が描かれていた。

「ほう、あれは……。なんじゃったかいのぉ？」

「あれ、どっかで見たことがある気がするのだ」

「へぇええ、光ってますよ、あれ」

三人は相変わらず、のんびりした様子でそれを眺める。

クレイモアにいたっては、それとよく似たものをサジタリアスで見ていたはずなのだが、完全に忘れてしまっているらしい。

しゅぐぉおおおおおおおおおお！


魔獣使いの長が開いた巻物から大量の光と煙が発せられる。

そして、サンライズたちの前に現れたのは、巨大なサソリのような化け物だった。

脚が通常のサソリよりも多く、ハサミも三対揃っていた。

大きさは人間の屋敷ほどもあり、ハサミの一撃だけで甚大な被害をもたらすことがわかる。

しかし、最も注目すべきは、その体の色である。

眩しいほどの金色をしていたのだ。

「ひゃははははぁ！　これぞ、かつての魔王軍の柱、黄金蟲《おうごんちゅう》の一つ、ガガルグだぁああ！」

魔獣使いの長は大きな声で叫ぶ。

黄金蟲とは、かつての魔王大戦で人間たちを蹂躙したモンスターの一群だった。その金色の皮膚は並の攻撃を通さないことで知られ、魔法をことごとく跳ね返す。賢者や剣聖を追い詰めたことでも知られていた。

「ミラージュ様など、もはやどうでもよい！　当初の計画通り、私たちが禁断の大地を、そして、聖域草を頂くぞ！　ガガルグ、やつらを踏み潰せぇえええええっ！」

魔獣使いの長は巨大な化け物に攻撃命令を下す。

それは、巨大な体軀で三人を押しつぶすという、単純極まりない攻撃だった。

ガガルグは上体を引き起こし、サンライズたちの上にのしかかろうとしていた。

「なかなか、やりそうじゃのぉ」

「ふくく、かかってこいなのだ」

「これからが本番ですよ」

しかし、サンライズを始めとする村の暴力装置たちは一歩も引かない。彼らは剣を抜くと、それぞれの技を繰り出すための構えに入る。

巨大なモンスターと、三人の剣の達人。

今、ここに巨大なエネルギー同士の衝突が起きようとしていた。

ちゅいん……

ちゅいん……

ちゅいいいいいん……

その時だった。

サンライズの頭上で、まるで刃物を削るような音がしたのは。

「……うぅむ、これは、いかんのぉ。ハンナ、ララさんを担いで跳べっ！」

なにかが起きたのを本能で察知したサンライズはそのまま回避行動に出る。ハンナとクレイモアもそれを理解し、急遽、モンスターのそばから離れるのだった。

「ひゃははは、逃げ惑うがいい！　愚か者どもがぁああ！」

それを見た魔獣使いの長は、サンライズたちが恐れをなして逃げ出したのだと解釈する。

彼は大きな声で嘲笑う。

しかし、彼は知らない。

黄金蟲の身になにが起きているのかを。
話は少しさかのぼることになる。

第22話　魔女様、害虫を思いのほか上から駆除する

「ユオ様、あともう少しで村やで！」

ザスーラの首相さんに会った後、私たちは一路、村へと向かう。シュガーショックの背中に乗って、快適な旅路である。メテオもクエイクも笑顔を絶やさない。

首相さんはなにかと騒がしいおじいさんだったけど、とても好人物だった。なんと村長さんの知人であり、昔、村長さんと旅をしていたこともあるそうだ。これにはびっくりした。

そして、今。

私たちは村まであと少しという場所に差し掛かっていた。

ふふふ、久々に温泉に入れると思うと嬉しくてたまらない。

温泉の粉もいいけど、やっぱり温泉っていうのは桶に張ったお湯とは全然違う。空間全体が私を包み込んで、魂の領域までほぐしてくれるものなのだ。

帰宅した暁にはじっくりゆっくりお湯に入って、自分の心と体を隅々までいたわってあげたい。

「げげげ、最悪なんだけど」

いざ、村が見えてくると私は愕然とするのだった。

だって村の前にでっかい、アレがいるんだもの。誰だってびっくりする。

「ひぇええ、うち、カニはええけど、サソリはダメなんやぁ」

「うちもあかんわぁ。エビはいけるけどもぉ」

一緒に帰ってきたメテオとクエイクは怯えた声を出す。

そう、私たちの目の前にはでっかいサソリみたいなのがいるのだ。

脚がたくさん生えていて、大きなハサミがある。

一瞬、ザリガニのように見えたけど、絶対違う。

「尋常じゃない大きさですよ、あれは……」

私と一緒に帰ってきたのはメテオとクエイクだけではない。

なんと、冒険者ギルドのアリシアさんも同行してくれたのだ。

彼女は一念発起して、私たちの村で冒険者ギルドの仕事をしてくれるという。

アリシアさんは冒険者ギルドのお偉方を説得する時に活躍してくれたし、本当にお世話になった。

そんな彼女が来てくれるというのだから、これほど嬉しいことはない。

そもそも、私とリリの先輩であり、その妙技を学ぶという意味でも非常に心強い。

「うわぁ、やだやだ、あれやだぁ、無理無理、脚がたくさんあるのとかゼッタイ無理」

そんな嬉しい楽しいニュースがある時に、でかい虫さんモンスターの襲来である。まるで駄々をこねる子供のような言葉が私の口から漏れ出てしまう。

「どないするの、あれ？」

メテオが苦笑いをしながら、私の方を見る。

正直言って関わりたくない。こっち見るなと言いたい。

とは言え、あれが村を襲うのを黙って見ていられるはずもない。

村長さんとかクレイモアがばっさばっさと掃除してくれるのが一番なのだが、一刻も早く視界からいなくなってほしいのも事実。

うぅう、私がやっつけるしかないんだろうか。

この間もカマドウマだっけ？　あれと戦ったっていうのに。

「そんなら、うすーく目を開けて攻撃すればええやん」

「そんなアホな、村に当たったらどないすんねん！」

メテオがふざけた提案をして、クエイクがツッコむ。

いつもの流れではあるけれど、さすがの私も村に向けて熱視線や熱円を飛ばすことはできない。

ちょっとでも狙いが狂ったら村に大打撃を与えてしまうかもしれないし。

「そんなら、上からやっつければええんちゃう？　ほら、ユオ様がシュガーショックに乗ってかっこよく」

「それはかっこええなぁ。ユオ様ならやれんことないやろし……」

「ですね。あれじゃ、私たちも村に入れませんし……」

メテオはシュガーショックに乗ってモンスターの頭上から攻撃するのはどうかと提案する。

ジャンプしながら熱視線をばばっと放ち、モンスターをやっつけるとのこと。

いくらなんでも荒唐無稽すぎるって思うけど、三人の「やってみろ」という視線が痛い。

メテオは近づきすぎれば逆に怖くなくなるなんて、謎の理論を言ってくるし。

「うぅう、じゃあ、ちょっとだけだよ。シュガーショック、おいで」

私はシュガーショックの目を見て、「あいつの上に跳んで」と伝える。私の熱ジャンプでいけなくはないのかもしれないけど、一人じゃ心細い。

シュガーショックはくぅんと鼻を鳴らして、私の言葉を理解したと伝えるのだ。

ふふ、これこそ以心伝心。

私とシュガーショックは魂の深いところでつながっているんだよね。大好き。

シュガーショックにまたがって、いざ大きくジャンプ!

よぉし、村の平和を守るため頑張るぞ!

そう思った矢先、不可解なことが起こる。

あれ、なんだか低くない?

このままじゃあいつの背中的なところに着地するんじゃ、ひぇええええ!?

「あきゃあぁあああ!?」

私の口から大音量の叫び声が飛び出す。

なぜかって言うと、シュガーショックは私を虫の上に振り落としてくれたのだ。

上に行くって言ったけど、そういう意味じゃない!　降りたいわけじゃない!

金ピカ虫の背中は予想外に毛が生えていて、それはそれで悪寒が走る。

しかも、その毛が私の足に絡みつこうとするのだ。

恐怖だよ。

恐怖と焦りで喉の奥から、ひひひ、と空気が漏れてくる。

「この虫ケラがぁあああ!!」

私の口から悪役みたいなセリフが飛び出す。

これは昔読んだ本の影響であって、普段の私はこんなことを言わないよ、念のため。

そして、この時の私は勢い余って足の裏から大量の熱爆破を発していたらしいのだが、このヘンテコな虫、素直に爆発せずに、代わりに変な音を出すのみだった。

ちゅいいん……。

ちゅいいいいん……。

ちゅいいいいいいん……。

どうやら関節がこすれあって変な音が出ているみたいだ。

ひょっとして内側で爆発しているってこと?

次いで、虫の背中がぼこぼこぼこっと膨れ上がり始める。なんて言うか、リリが作った発酵に失敗したキノコのパンみたいだった。

ひぃぎゃあああ、気持ち悪っ!

あやうく失神しそうなところでシュガーショックが駆けつけてくれて、メテオたちのいる場所へジャンプする。


どぉぉおおおん……。

その直後、あの脚の多い化け物は大きな音をたてて、地面に崩れ落ちるのだった。

助かったけど、やっぱりシュガーショックは犬だ。油断しちゃダメだ。

おかげでトラウマが一つ増えちゃったよ。

「よぉし、金ぴか虫が死んだで！　バラバラやったら怖くないし、素材集めや！」

「うちも！　金色やし、縁起のいいモンスターかもしれへんし、財布にしたら儲かりそう！」

メテオとクエイクは敵がやっつけられたのを確認すると、走って行ってしまう。

死んだモンスターは素材に見えるらしい。

どういう脳みそしてんのよ、あんたらは？

言っとくけど、虫素材の財布とか私は使わないからね。

「ひぃいいいいいい、爆発したぁあああ！」

「どうしてガガルグがバラバラになるんだぁ!?」

「逃げましょう！　ミラージュ様はとりあえず、荷台に乗せておきました！」

途中、私はフードをかぶったおじさんたちが大慌てで逃げてくるのに出くわす。

おそらくはあの化け物に恐れをなして、逃げ出したのだろう。

私が片付けたから大丈夫と言いたいけど、すごい速さで帰ってしまった。お詫びを言うことさえできなかったのは残念の極み。

はぁああ、貴重なお客様が帰っちゃったじゃん。

うーむ、モンスターのいない安全な街道を作らなきゃ、村の発展は難しそうだなぁ。

私は悲しい気持ちで、彼らを見送り、村へと急ぐのだった。

「……ご、ご主人さまぁあああ！」

私に気づいたのだろうか、ララが涙を流しながら駆け寄ってくる。

これにはちょっとびっくりしてしまう私なのだ。

「たっだいまぁ！」

私が両手を広げると、がばりとララが抱きついてくる。その抱擁は熱烈なもので、ちょっとだけびっくりしてしまう。

いつもはクールな彼女だけど、やっぱりちょっと寂しかったのかもね。

それにしても泣くほど寂しかったのかしら。ララにしては珍しい。

「おかえりなさいませぇ、ご主人さまぁあああっ!!」

「ちょっと、ララ、ひひゃ!?」

ララは私をさらに猛烈な力で抱きしめる。

私は彼女のお胸で溺れるようになり、正直、呼吸ができない。ひぃ、死ぬ。ちょっと待って。

「魔女様、黄金蟲を瞬殺とはさすがですすぞっ！」

「バラバラ殺虫事件なのだ！　やっぱり爆破に飢えていたのだな！」

「あれを虫けら扱いとは、さすがは私たちの偉大なる指導者です！　人生の太陽です！」

ララから何とか抜け出すと、村長さんにクレイモアやハンナまで出迎えに来てくれる。

うぅう、あれ黄金蟲っていうの？

なんなのそれ、名前からしてキモいんだけど。

と、まぁ、こんな感じに色々あったものの、私は無事に村に帰還できたのだった。

爆破欲が満たされたわけじゃないけど、私はとってもスッキリしていた。だって、久しぶりにみんなに会えたんだものね。

「みんな、私たちがいない間のお留守番、ご苦労さま！　それじゃ、私は長旅の疲れを癒すために温泉に入るから話はそこで……、ん？　あれなに？」

ここで私は村の前に真っ黒な塊があるのを発見する。

近づいてみると、どうもなにかの人形のようだ。それもかなり大きい。

「な、なにこれ？」

その特殊な光沢を放つ塊はただの岩ではない。

どうやら女の子の人形のようだ。

頭がやたらと大きくて、まるで子供のおもちゃみたいなデザイン。

しかもどういうわけか、四つん這いの姿勢のまま放置されている。

ん、この顔、……私っぽくない？

口から下が溶けてるけど、どういうこと？

「ユオ様、お帰りなさいだぜ！　へへっ、これは世界で初めての精霊駆動魔石立像だぜ！」

「せいれいくどう、なに？」

ドレスが興奮した顔で駆け寄ってきて、わぁわぁとわけのわからないことを話す。

いわく、燃え吉がこれを操ってモンスターの群れを撃退したとか、そういうことを。

「すごいんですよ、こいつの口ががばりと開いて謎の熱光線で敵を撃つんです！」

「破壊力抜群の鬼神のような攻撃ですよ！」

「まさに魔女様の生き写しですし！　顔もそっくりですし！」

ドワーフのおじさんたちも興奮した表情でわぁわぁと話す。

ふむ、つまり、あんたたちは私の顔をした人形で好き勝手に暴れてくれたってこと⁉

それを村人みんなが見ていて、大騒ぎしたってこと⁉

何なのそれ、恥ずかしすぎる。

だって、私、口から光線とか出さないし！　目からだし‼

これじゃ私が口から破壊光線を出す化け物みたいじゃん！

「ご主人様、大差ないと思われますが……」

ララはさっきまで泣いていたくせに、冷静さを取り戻してお小言を言う。

いやいや目と口じゃ全然違うでしょ、目から出すのはクールだけど、口から出すのは野蛮でしょ。

必死に食い下がるも、みんな、首を横に振るばかり。

クレイモアまでもが、「どっちもどっちなのだ」などと言ってくれるし。

「ドレス、燃え吉、あとでお説教だからね！　あんたたち、覚えてなさいよ！」

私は負け犬じみた捨てゼリフを吐くと、村へと走り出したのだった。

こんな気持ちを洗い流すには温泉しかない。

温泉だよ。うん、温泉に入って、全て忘れよう。

♨　一方、その頃、ドレスたちは　♨

「やっぱり、本物の災厄は違うな……」

「俺っちも精進するでやんす……」

ドレスと燃え吉はユオが村へ駆け出すのを眺めながら、大きなため息をつくのだった。


【魔女様の発揮したスキル】

熱爆破（足裏）：足裏から大量の熱を発生させ爆発させるスキル。踏んだやつらは大体爆発。即死技。

第23話　ラインハルト家の受難：ガガン、女王様にあれを飲まされる

「ガガン・ラインハルト、ただ今、参りました！」

ここはリース王国の謁見の間。

ラインハルト公爵家のガガンは女王の前に跪いていた。

彼は休暇中に呼び出され不機嫌だったが、感情を顔に出すことはできない。

目の前の相手はリース王国で最強の魔法使いだからだ。それも、他人を苦しめることが趣味という、悪辣極まりない性格の女なのである。

打倒女王を胸に秘めるガガンは寸分のすきもなく謁見を済ませなければならなかった。

「ガガン、最近は手広くやっているそうじゃないか」

女王は含み笑いをしながら、そんなことを言う。

その笑みは一見すると爽やかで、その美しさに心を奪われてしまいそうになる。しかし、その裏には腹黒い思考が待ち構えているのが常だった。

ガガンはそれを理解しつつ、慎重に言葉を選ぶ。

「ははっ。恐れ多いことですが、我がラインハルト家は様々なことをやっております。陛下はどちらの事業のことをおっしゃっているのでしょうか」

ラインハルト家は魔石の流通を始めとする、いくつかの事業を行っている。

そのため、この受け答えで問題はないはずだ。

ガガンは表情を見せないために、頭を下げたままの姿勢を崩さない。

「ふふふ、しらばっくれるな。ザスーラに卸している聖域草のことだ。アクト商会と組んで大儲けしているそうじゃないか」

女王はガガンが最近行っている、聖域草の商いについて知るに至ったらしい。

耳の早いやつめ!

ガガンは心の中で舌打ちするものの、表情は一切変えない。

「ははっ。私の父が残していた聖域草をザスーラの流行病に使えないかと思いまして……。ザスーラには知り合いの貴族もおりますし、僅かでも協力できればと」

ガガンの言っていることに間違いはなかった。

彼の聖域草は確かに流行病を機にアクト商会に卸したものだ。

彼の言葉だけを聞いていると、いかにも流行病に心を痛めて行動したように思える。

もっとも、これは完全に演技であり、ガガンは儲けることしか考えていなかったが、大義名分は十分だった。

「ほう、それは殊勝な心掛けだな。わらわもお前のような臣下を持てて誇らしく思うぞ」

女王は珍しくにこりと笑ってガガンを褒める。

彼女の見た目は純然たる美少女であり、その笑顔はいかにも無邪気に思える。

「ははっ。お褒めの言葉を頂戴し、ありがたき幸せに存じます。ザスーラの貴族からも私の聖域草は大好評をいただいております」

女王に褒められたことで、ガガンは少しだけ口数を増やしてしまう。

彼は口走ってしまったのだ。

『自分の聖域草は大好評である』などと。

もっとも、それは間違いではなかった。

確かにアクト商会が流行病の特効薬を発売した際には、ザスーラの人々は諸手を挙げて喜んだ。

しかし、そのあとの展開を休暇中のガガンは知らされていなかったのだ。

「ほう、大好評だと？　ふぅむ、わらわが知っているものとはちょっと違うようだ。わらわの聞いた話だと、大不評も大不評らしいが」

女王は笑顔を崩さないまま、同じ表情でそんなことを言う。

ただし、その目は笑っていなかった。

「なぁっ!?　そんなことはありません！　うちの聖域草は一級品ですぞ！　なんせあの禁断の大地で採れたものなのですから」

自分の品を馬鹿にされたと感じたのか、ガガンはつい熱くなって女王に抗議してしまう。

彼は自分の父親が辺境で手に入れたこの薬草は、「超」がつくほどの希少品であることを伝える。

「しかしだな、先日、ザスーラの小僧から送られてきたのだ。ザスーラで出回っているまがいものをどうにかしてくれと。……あれを持ってきなさい」

女王は侍女の一人にあるものを持ってこさせる。

「そ、それは……」

それはガラスの瓶に入った、聖域草だった。

間違いなくガガンが売りさばいたものであり、相変わらず金色の光を発していて、神々しさすら感じさせるものだった。

「陛下、いいですか、この金色に輝く花こそが聖域草の証でございます！　聖域草とは魔物の発生を封じ、数々の英雄譚を飾る幻の薬草の一つ！　いいですか、かぁっ、ごほっ、ごほっ」

ガガンは聖域草の素晴らしさを熱弁するあまり、つい早口になってしまう。

あろうことか喉の奥に痰が絡んで咳ばらいをしてしまった。

「ほほう、ガガンよ、わらわの前で咳をするとはなんと不躾なやつじゃ」

「も、申し訳ございません！」

「よし、許そう。ふむ、わらわは慈悲深い女王であることで通っておる。ここにおぬしの聖域草があるので、忠臣であるおぬしに飲ませてやろう」

「なぁっ!?　それを飲めとおっしゃいますか？」

ガガンは女王の意図が読めず、目を白黒させる。

咳ばらいをしてなじられたと思いきや、今度は聖域草を自分のために使わせるという。

なにを言い出すのだ、このバカは。聖域草は超高級品なのだぞ!?

ガガンはいつもにもまして思考の読めない女王につくづく嫌気がさす。

「恐れながら、陛下、聖域草は難病の治癒に使うものでして、私はこの通り健康体であります。先程の咳はなんでもございません。私には無用でございます」

カチンと来ていながらも、ガガンは女王の申し出をやんわりと断る。

いつも痛い目を見ていることから、女王がなにかを企んでいることは明白だったからだ。

女王の提案は即ち、痛い目を見るサインのようなものだ。

「いかんぞ、ガガン。わらわはお前が心配なのだ。お前の咳は大病のサインかもしれん。遠慮するな、わらわはお前を失いたくないぞ。お前にはいつまでも元気でいてもらいたい」

女王は慈悲にあふれた笑みをガガンに返す。

心配だ、失いたくない、などと心にもない言葉であることは子供でもわかる。

しかし、女王にそこまで言われてはもう後には引けない。

ガガンは「ぐぅっ」と喉を鳴らすと、女王の言う通りに聖域草を飲むことにした。

「ところで、おぬし、これをどうやって飲むのか知っているのか?」

「聖域草とはいえ、所詮は野草です。熱い湯でぐらぐら煮てやれば成分が抽出されることでしょう」

「ふくく、そうかそうか。煮れば良いのだな。……あはははっ。お前はなにからなにまで正しいやつだ。よし、これを煮出すことにしよう」

ガガンの返事に女王は目を丸くし、お腹を抱えて、嬉しそうに笑う。

あまりに大きな声で笑うのでガガンだけでなく、周囲のものまで怪訝な顔をする。

女王は侍女に聖域草を渡すと、「ガガンの言ったようにやれ」と伝える。

その後、彼女はずっとニヤニヤと笑い、足をバタバタとさせ、楽しそうな素振りをしていた。

突然、機嫌が良くなった女王にガガンは心底呆れ返り、できるだけ早くクーデターを遂行しようと画策するのだった。

「お持ちいたしました」

数分後、侍女はティーセットをワゴンに載せて現れる。

「ふむ、ガガン、飲んでよいぞ」

侍女は慣れた手つきでポットからカップに金色の液体を注ぎ込む。

ふわぁっと、むせかえるほどの強い香りが辺りに漂う。

良い匂いであることには違いないが、バラの花の数十倍の強さだ。

慣れない香りだということもあって、ガガンは思わず顔をしかめてしまう。

「それでは頂きますぞ。ふふ、これです、これこれ。この芳醇な香り！　これこそ、私が執務室で飲むいつもの味です。私にとって新鮮みのないことが、聖域草の証だと言えましょう」

実を言えば、ガガンはこれまで一度たりとも聖域草の茶を飲んだことはなかった。今の言葉は完全な知ったかぶりである。

しかし、一度も自分で試したことのないものを他国に売ったとなれば、女王に責められかねない。

そのため、敢えて香りをかいで愛飲している振りをしたのだ。

わずかな時間でそこまで考えるとは、このガガンという男、なかなかの策士である。

「そうだな、まったく、その通りだ！　それじゃ、そのいつもの味とやらの感想も聞かせてくれ」

女王は目をらんらんと輝かせ、口角を持ち上げている。

まるでこれからとても面白いことが起きるかのような表情だった。

「ふむ、それでは」

ガガンは女王の意図がわからぬまま、ティーカップに口をつける。

強い香りは彼の肺へと侵入し、喉の奥がぐっと変な音をたてる。

そして、多めの一口を胃の中に流し込んだ。

「ぐ、ふぐぎっ」

ガガンは胃袋から妙な音を発して、そのまま固まってしまう。

いや、凍りついてしまったと言ってもいいだろう。

彼の体になにが起こっているかを解説すると、以下の通りである。

まず目の前が真っ暗になる。

ついで、きぃいいいいいんと激しい耳鳴り。

数秒後、心臓がばくばく言い始め、頭が恐ろしい速さで回転し始める。

生まれてからこれまでの記憶が、脳裏を駆け巡る。

まるで自分が死に直面しているような、そんな衝撃が彼を襲うのだった。

「な、な、なんだ、これは」

ガガンはやっとのことで我に返る。

彼が死の淵まで追いやられた理由は、聖域草のお茶にあった。

そもそも、えぐいのだ、その味が。口の中がしびれるどころではない。脳天をえぐられるような味なのだ。金色の高貴な色合いからは到底想像もつかないような、えぐみのある味なのである。

苦さはもちろんのこと、甘さ、辛さ、かび臭さ、生臭さ、塩辛さまで加わっている。

まるで腐りかけの動物の皮をたんねんにたんねんに絞って発酵させたものを、下水と合わせたかのような、そんな味だった。

聖域草の芳醇な香りはむしろ、その味を際立たせ、邪悪にすら感じる。これのどこが伝説の霊薬なのか見当もつかないほどだ。

ガガンは女王がひどいいたずらをしていると邪推するに至る。

「あ、あのぉ、冗談がすぎますぞ、女王陛下、こちらは別のなにか、どぶ川の」

「差し替えてはおらぬぞ、ポットの中を見てみよ」

ガガンはこのお茶は偽物だと主張するが、女王はそれを即座に否定する。

侍女がポットのふたを取ると、そこには確かに聖域草が入っていた。

「そ、そ、そんなぁ!?」

「さぁ、四の五の言わずに飲んでみせよ。いつも飲んでいる味なのだろう？」

絶体絶命のピンチにじりじりと圧力をかけてくる女王。

ガガンの額には脂汗が浮かび、次いで冷や汗へと変化する。

ガガンにはここで二つの選択肢があった。

一つはどうにか言い訳をしてお茶を飲まずにすませること。

もう一つは、一気にお茶を飲み干すこと。

体のことを考えれば、一つ目の選択は危険極まりない。

しかし、自分の聖域草の商売に女王が介入する可能性もある。せっかくの金づるに口を出されるのは不快極まりないことだ。

特に、今のラインハルト家の財政はひっ迫している。

こんな時に邪魔が入るのはもってのほかだった。

「ガガンよ、聖域草はぬるいお湯で抽出するのだ。そもそも、お前のものは保存状態が悪すぎる。その香り、私も久々に寒気がするぞ。そんなものを飲んで無事でいられるのは、悪食《あくじき》のサンライズぐらいのものだ」

女王は諭すように聖域草の扱いについて説明する。

彼女は実は何度も禁断の大地に入って、その薬草を扱った経験があるのだった。

「な、なんのことでしょうか。聖域草は古いものでも問題ありません。なぁにかえって免疫がつくというもの。私の飲みざまをとくと、ごらんあれ！」

しかし、そんな言葉はガガンには届かない。

彼は鼻をつまんで、一気にお茶を流し込む。

「……ぶび」

結果、ガガンは卒倒し、意識を失う。

髪の毛を緑色に輝かせながら。

もっとも、即座に女王が解毒魔法をかけ、適切な処置をしたため、大事には至らなかった。だが、このことは再び貴族社会をざわつかせることになった。

リース王国の宮廷を震撼させた、ガガン・ラインハルトの暴飲事件である。

「魔力を暴走させるとはバカなやつよ。これからが本番だったというのに。まぁよい。ザスーラからの請求書はラインハルト家に届けておけ」

ガガンが意地を見せたことで、女王のしっ責は終わったかのように見える。

だが、ガガンは知らない。
彼のもとへ最大の危機をもたらす「請求書」が送られてきていることを。

エピローグ　ユォ様の温泉領地、今日も絶好調だよ

「うちの知らん間にめっちゃ儲け出てるやん！　こりゃあ、笑いが止まらんでぇえぇ！」

「これでうちらも成功者の仲間入りやぁあああ！」

村に帰った次の日のこと、私たちはまた元通りの生活をスタートさせていた。

メテオとクエイクは帳簿を眺めて、歓声にも似た声をあげる。

「これであのド腐れおかんにでかい顔させへんぞ！」

「全くや、あのヒョウ柄には絶対に負けへんで！」

なるほど、彼女たちはお母さんの商会に追いつくことが目標の一つらしい。フレアさんは強烈な人物だったものなぁ。服装も派手だったし。

それにしても、二人とも浮かれすぎではないだろうか。

お金が入ったとはいえ、まだまだ問題は山積みだというのに。

「ちょっと、メテオ、はしゃぐのはいいけど、ダンジョンを封印するのにとんでもないお金がかかるんだからね！」

ここで二人に水を差すのは私ではない。

この村に新設された冒険者ギルドのギルド長であるアリシアさんだ。

彼女はうちの村では珍しい常識人枠であり、彼女の言葉ははしゃぐ二人を急速冷凍してしまう。

いや、訂正。急速冷凍されたのは私もである。なにそのお金!?


「ユオ様、やっとできたぜ！　ぜひ立ち会ってくれよ！」

「え、ちょ、ちょっとぉおお!?」

アリシアさんに謎の支出について聞きだそうとした刹那、ドアをばばんと開けてドレスが現れる。

彼女はニコニコ顔で私の手をとって、執務室の外に連れ出すではないか。

待つように言うも、なんだか興奮している様子で聞く耳を持たず、連れ出された先にあったのは、例の私の石像だった。

そう言えば、村に帰ったらなくなっていたのでラッキーと思っていたのだ。げげげ、復活しちゃってるじゃん。最悪。

「なんとか修理しやしたぜ！　いやぁ、こいつは村の守り神ですからね！」

「おぉっ、ユオ様、いいのができやしたぜ！」

私の思いなど知るつもりもないらしく、ドレスとそのお仲間のドワーフたちは石像をもとの位置に戻してご満悦である。見れば見るほどふてぶてしい表情で、私とちっとも似ていない。

それでも村人たちには大人気らしい。続々と人が集まってきて、花やお供えを置く。

うわぁ、やだなぁ、勘弁してほしいんだけど。

「おじいちゃん、この石像が動いて怪物をやっつけたって本当？」

「本当じゃぞ！　こいつの口ががばりと開いて辺り一帯を焼き尽くしたのじゃ！　もっとも魔女様

には遠く及ばんがのぉ」

そんな中、私は信じられないことを耳にするのだった。

なんと、この石像、私が村に帰ってきたときに見た、あの頭でっかちな石の人形と同じものだというではないか。

ええええ、ちょっと待って。嘘でしょ、そんなの！

「……ドレスにドワーフの皆さん、今の話は本当なのかしら？」

私は顔の筋肉をひくひくさせながら、とんでもないことをしてくれた犯人たちに真意を問う。

「おぉっと、あっしは急用を思い出したぜっ！」

「俺もだっ！」

「それじゃ、ユオ様、ご機嫌ヨロシクだぜっ！」

まずいと思ったのか、ドレスたちは私の話を聞かなかったことにして走って逃げていった。

あのドワーフ娘と邪悪な三つ目の火の玉野郎、許すまじ。温厚な私であるが、ひっさびさに頭に来た一件なのであった。

とにかく、夜目を盗んで爆破するのはもう絶対決定である。今夜やる。

「おぉっ、魔女様、今日はアウトドア料理の練習なのだぞっ！」

怒りの溜息まじりに歩いていると、その途中で出会ったのがクレイモアだ。

「ユオ様、お料理は楽しいですね！」

その方向を見やると、リリが嬉しそうに調理に参加していた。

ふりふりのエプロンがかわいらしい。はぁああ、癒されるぅ。

「にひひ、今日は料理の中でも一番簡単な焼肉なのだ！　肉を焼くだけなのでリリ様でもオッケーなのだよ！」

クレイモアはででんと胸を張る。

石でかまどのようなものを作り、その上に網を載せてじゅーじゅーと焼いている様子だった。美味しそうな匂いに、私のお腹もきゅうっとしてくる。

「俺っち、こう見えても料理は得意でやんすぅう！」

よく見れば、かまどの中で炎を発しているのは燃え吉だった。炎を巧みに操り、肉のちょうどいい焼き加減にまで調整してくれるとのこと。便利。

「ぬ？　ぬぐぐ？　なんだか変な汁が垂れてきたでやんすぅう!?」

しかし、感心したのもつかの間、燃え吉の表情が曇り始める。

その理由は簡単。

「にゅおおお、リリ様、なにやってるのだ!?　どうして、そこら辺のキノコを勝手に焼いちゃうのだ!?」

そう、リリが怪しげなキノコを網の上に広げ始めたのだ。

そのキノコは青紫でいかにも危なそうな雰囲気。クレイモアも思わず悲鳴に似た声をあげる。燃え吉は青紫に変色し、目を白黒させていた。

「クレイモア、慌てなくても大丈夫ですよ。浄化魔法をかけてますから！」

リリは安心しきっているが、そういう問題ではない。

彼女の料理を食べると服がはじけ飛ぶのだ。

事件が起こるのを危惧した私は恐る恐る、その場を後にしたのだった。

クレイモアの服がその数分後に爆散したのは言うまでもない。ごめんね、クレイモア。


「それじゃぁ、皆さん、剣聖様の楽しい楽しい地獄崖ツアーを開始しますよぉお！」

命からがら抜け出すと、村の一角でハンナがなにやら楽し気な声をあげていた。もっとも、その内容はちっとも楽しそうなものじゃなかったけど。

「おぉ、魔女様！　冒険者から有望な者を見繕って稽古をつけとるんじゃ。わしも老い先短いからのぉ、後進の育成ってやつじゃな」

村長さんはそう言うと、ふぉふぉふぉふぉと笑う。

「よぉっしゃ、剣聖様に稽古をつけてもらえるなんて最高だぜ！」

「初心者向けの訓練らしいし、俺も参加するぜっ！」

とはいえ、意外なことに冒険者の皆さんは想像以上にやる気満々という面持ち。

どうやら村に来てからまだ日が浅く、地獄崖の意味することがわかっていないらしい。

これはまずい。村長さんよりもよっぽど早く寿命を迎える人が続出しそうな気がする。

「安心してください！　今日は初日ですので、まずは命綱ありですよ！」

「さよう、命綱があれば大丈夫ですわい」

ハンナはそう言うと、ひょろひょろの紐を見せてくれる。

どう見ても気休めにしかならない代物であり、危ない匂いがひしひしと伝わってくる。

「シュガーショック、崖から落ちてきた人たちを全員、受け止めてあげて。後で大きな骨をあげるから」

そいうわけで私はシュガーショックに彼ら一行のお目付け役を頼んだのであった。

シュガーショックがいてくれて本当によかったよ。

♨　♨　♨

「ふぅうう、なんだかんだ言っても、温泉は最高だねぇ」

昼下がり、私は少し早めに温泉に浸かる。疲れがお湯の中に溶け込んでいき、光となって蒸発していく。そんなイメージをしながら。

思い返せば、今回の騒動は大変だった。

村おこしについて考えるはずが、ダンジョン発見から特効薬製造にまで至ったわけで。

それでも、お金はたまったし、ダンジョンもあるし、冒険者ギルドもできた。

結果から見れば順調なのである。十分に。

「ララ、ついにここまで来たね。あの古文書《こもんじょ》の温泉街ができちゃうかもだよ！」

そう、私には夢があるのだ。

老若男女問わず、全ての人が楽しめる夢の温泉リゾートをこの場所に作ること。

そして、あの古文書にあった摩訶不思議な街並みを再現すること。

自分の身分や階級にとらわれずに、みんなが裸の心で楽しめる場所。それが温泉なのだから。

「いよいよ独立宣言からの帝国設立ですね。素晴らしい人材もそろいましたし、世界征服まで一生ついていきますよ、ご主人様」

同じく温泉に浸かっているララはまたも本気とも冗談とも思えないことを言う。

「いや、独立宣言とか世界征服とか興味ないからね？」

ララの悪い冗談に苦笑しながら、私はふぅっと息をつく。

確かに、素晴らしい人材が集まってくれたのは本当の話。彼ら彼女らのおかげで今がある。

仲間たちが自分の好きなことや得意なことで村を盛り上げてくれるのは、本当にありがたいことだよね。

「ふふふ、皆様、ご主人様が大好きですからね」

ララはちょっとからかうような表情でそんなことを言う。

気恥ずかしさで顔に血が上っていくのがわかる。

「違うよ、全部、温泉のおかげだよ！」

それを隠すように私はゆっくりと肩までお湯に浸かる。

お湯の熱は私の体を優しく包み込み、この心を勇気づけてくれる。

ふぅ、気持ちいい。

本当に温泉って素晴らしい。

ありがとう、温泉ちゃん。これからも、私たちを導いてね！

書き下ろし番外編

ユオの名言カレンダー

「そうか、あれや！　あれを作ったら大儲けやぁあああ！」

もろもろの用件が片付き、冒険者ギルドができようかという頃合いのことである。

メテオは温泉のお湯をずばしゃぁっと飛ばして立ち上がる。

「な、なんなのよ、突然!?」

「ビッグビジネスの種を見つけてん！　これでビッグサクセスやぁあああ！」

メテオは時折、儲けにつながるアイデアを思いつくのだが、ろくでもないことが多い。今回はいかにも詐欺師が言いそうなことを叫んでおり、嫌な予感しかしない。

「ユオ様にも手伝ってもらわなあかんわ！　いや、怪しいって顔してるけど、もう絶対に儲かるで。今回はホンマやから、マジやから。夢はでっかいほうがええんやでぇえええ！」

メテオはまくし立てると、駆け足で温泉を出て行った。

うちの村はいつだって資金難なのだ。儲けてくれるのならありがたいのだが、絶対によからぬことが起こるに違いない。

私とララは顔を見合わせて、絶対に彼女を監督しようと頷き合う。


「ユオ様、こっちに視線ちょうだい！　おっ、ええなぁ、こっちも！」

数日後、メテオはザスーラから当代一の魔法絵画の使い手とやらを連れてくる。

魔法絵画とは魔力の力で術者が見たものを詳細な絵に起こすというもの。まぁ、私は魔力ゼロなので原理はさっぱり不明。たぶんきっと、すごい力なんだと思うよ。

私が何をしているかというと、その魔法絵画の術者の前でいろんなポーズをとっているのだ。

「おぉしゃ、ええ笑顔！　全世界が惚れたぁあぁ！」

「ご主人様、最高ですよっ！　清楚な黒髪美少女！」

メテオとララの二人は術者のおじさんの傍らで、私にやいのやいのと声をかける。

メテオは色つきメガネなどを着用し、いかにも怪しい雰囲気。

一方のララはカーディガンを背中に羽織り、両袖を胸の前で結ぶ独特のスタイルだ。

一体何を作るのかメテオに尋ねるも、出来てからのお楽しみとはぐらかされてしまった。

私よりも温泉のアピールになるような魔法絵画だったらいいんだけどなぁ。

「次は屋外に行くでぇ！　あの石像の前で撮影や！」

「温泉で優雅にくつろぐのも必要ですね！」

二人は大いに盛り上がり、私はいろんな場所でポーズをとらされるのだった。

温泉の桶を持ったり、♨マークのある布をくぐったり、大忙しである。

「よっしゃ、じゃあ、ちょっとこっちを強く睨んでみよか！」

「ご主人様、最近あったムカつくことを思い出すといいですよ。ミミズが這い出てきて腕立て伏せに挫折したこととか」

最後の方は二人とも混乱していたのだろうか。やたらと荒唐無けいな要求をしてくる。

にらみつけている様子を魔法絵画にしたって、何の面白みもないだろうに。それ、本当にいる？

「ええから、ええから！　よっ、禁断の大地の美少女領主！」

「世界で一番かわいらしい私のご主人様！」

とはいえ、二人は私をその気にさせる天才である。

私はすぐに機嫌をよくして、ほいほいとポーズをとるのだった。

作業が終わるころにはすっかり夕方。魔法絵画の術者のおじさんは魔力切れで目を回すのだった。お疲れ様。温泉でしっかり休んでほしい。

♨　♨　♨

「村の衆！　調子はどうやぁあああ!?　盛り上がっとるかぁあああい？」

私が魔法絵画のことなどすっかり忘れていた、ある日のこと。メテオがうちの村人を集めて、新名物お披露目パーティとやらを開催した。

先日の発表会と同じぐらい、村人たちは大いに盛り上がる。

私はというと、領主の特別席がステージ上に用意されていて、そこに座っていた。

「それじゃあ、この村の新しい名物が誕生したから紹介するで！　これやぁあああっ！」

ばばーんという楽器の音と共に、メテオが皆に示したのは長方形の冊子みたいなものだった。

なにそれ？

「拡大鏡、オープン！」

そんな私たちの疑問を見越していたのか、メテオは誰かに合図を送る。

すると、彼女の手元が後ろ側の幕に大きく映し出され、持っているものが明らかになる。

「ひぇええ、魔女様のお美しいお姿だぁああ」

「カレンダーって書いてあるぞ!?」

その表紙には笑顔の私がでかでかと描かれており、その下には『ユオ様の名言カレンダー』と書かれていた。つまり、すなわち、メテオはカレンダーを作ったのである。

なるほど、この間の魔法絵画はこれに使うためだったのか。

ふぅむ、自分でもびっくりするほどかわいく描かれているような気がする。ドレスの作った石像みたいに誇張しているわけでもないし、かなり嬉しい。

「こ、これは買いだな！　魔女様が美しすぎるぜ！」

「こんなにキレイだったたのねぇ」

村人や冒険者たちは口々にカレンダーの表紙を褒める。

くぅうう、非常にくすぐったい気分。褒められるのは嬉しいけど、さすがに照れる。顔から火が出そう。

「ふふふ、これは当代一の魔法絵画のエキスパートに描いてもらったものやでぇ！　ユオ様の美しさ、愛らしさが炸裂や！　しかも、これ、毎月、いろんな種類の魔女様とその名言を楽しめるんや！」

皆の声援を受けて、メテオはふんすと鼻をならす。完全に得意になっている顔である。

ひぃいい、中はどんな風になっているんだろう。

「みんな、中を見てみたいやろ？　どんなユオ様がおるんか知りたいやろ？　うちは優しいから、ちょっとだけサービスしたる。まずは一月のカレンダーやぁあっ！」

メテオはますます調子に乗り、満面の笑みでカレンダーの表紙をめくった。

「うわぁああああ！　魔女様ぁああ！」

「魔女様、尊いです！　一生ついていきます！」

そこには指をびしっと前方につきだして、凛々しい瞳で何かを見つめる私の姿が描かれていた。

自分で言うのもなんだが、いかにも、できる指導者である。

村人たちは、特にハンナは大盛り上がりだ。

しかし、私は腑に落ちなかった。

そこには魔女様の名言として、次のように書かれていたからだ。

名言その一、『夢は大きく！　温泉で世界征服！』。

言ってない！

言ってないんだけど、そんなこと！

「ちなみにこの名言はララさんの推薦やでぇぇぇぇ！　拍手ぅ！」

メテオの言葉に合わせて、皆はララに大きな拍手と声援を送る。深々とお辞儀を返すララ。

それから彼女は「ご主人様と巡り合った時の第一声がこれでした」などとのたまう。

もちろん、私は世界征服なんて目指してはいない。完全なララの捏造である。

歯がみをしながらララに視線を送ると、ぷいっと横を向いた。なんてメイドなんだろう。

「さぁ、次は四月のカレンダー絵画、いってみようかぁぁあ！　推薦人は皆の愛するメテオちゃん！」

メテオがめくった先には、唇に人差し指を当てて「秘密♡」みたいなポーズをとる私の姿。

これまたかわいい。かわいいのだが、問題は名言の方だ。

名言その四、『お前の温泉は私のもの、私の温泉も私のもの』。

ひどい。ひどすぎる。

もはや私を温泉の略奪者か何かだと思っているかのような名言である。

もちろん、言った覚えはないし、これまた捏造だ。魔法絵画がなまじかわいいだけに名言の異様さがくっきり前に出てくる。

にもかかわらず、村人たちは大盛り上がり。手を叩いて「買ったぁ！」「買うぞ！」の大コールである。

「ぬはは、これもう爆売れ必至やん！　ノリのいい皆のために、今日は特別に出血大サービス！　五月も見せたるでぇ！　推薦人はクレイモア！」

村人たちの熱狂に応えるつもりらしく、メテオはさらにページをめくる。

そこに描かれていたのは、こちらを鋭い視線でにらみつけている私の姿だった。

思わず息をのむ私。だが、私の目が釘付けになったのはその表情ではない。私の姿が異形そのものだったのだ。

ポーズをとる私の手のひらが真っ赤に着色されていて、さらに髪の毛にも赤い筋が浮かんでいる。見るからに禍々しい雰囲気で正直怖い。もちろんこんなの私じゃない。

私は清楚な黒髪の女の子のはず。せっかくの真実を映す魔法絵画に加筆するなんて趣味が悪すぎる。

ちなみに、絵画の隣にはこう記されていた。

名言その五、『盗賊はもれなく爆発なのだ！』。

名言もひどい！　どっちも、ひどすぎるでしょ!?

「ちなみにこの絵を玄関に飾っておくと、泥棒が入らないっちゅう噂やで！　さぁ、このカレンダー、限定五百部のみの販売や！　欲しい人はあちらのクエイクまで！」

メテオがいつの間にか作ったブースを指さすと、村人や冒険者が続々と並び始める。

「私、保管用、観賞用、布教用の三つ、買います！」

その中には顔を紅潮させたハンナの姿もある。ララもなぜか並んでいる。

一見すると、このメテオの企画、大成功に終わったかのように思えるかもしれない。

しかし、一人だけ腹落ちしない人物がいた。

そう、私である。

こんなの売るなんて、冗談じゃない。

どれもこれも一言も言ってないし、そもそも、最後の名言に至っては口調がクレイモアじゃん！

「メテオ、あんた、怒るよ？　焼けるのと焦げるの、どっちがいいかしら？」

怒りを顕わにした私がステージの一部を焼いたことによって、カレンダー販売は差し止めになったのだった。

人前で怒るなんてお行儀が悪かったよね。反省。

とはいえ、あんなものが出回ったら、私は死ぬ、社会的に。

後日、メテオは差し替え版のカレンダーを発売した。

そこには笑顔で温泉の魅力を伝える私の姿が描かれていた。魔法絵画は相変わらずかわいくて、嬉しい。

うふふ、こういうのでいいのよ、こういうので。

「ん？　名言その一『夢はでっかく！　世界征服！』」

……って、名言はそのまんまじゃん!?

あとがき

灼熱の魔女様の楽しい温泉領地経営の第三巻をお読みいただきありがとうございます！

魔女様とその仲間たちのレッツパーリィな感覚が大陸の国々に大迷惑をかけ始める、そんな過渡期にあたる内容だったかと記憶しています。お楽しみいただけたでしょうか。

さて、先日のお話です。

数年間ぶりに実家に帰ったところ、私が懇意にしていた温泉（通称：地獄）がなくなっていました。理由は例のウイルスによる客足の減少とのこと。これには正直、落ち込みました。幼い頃より祖父と一緒に行っていた温泉ですから。

この恨みはらさでおくべきかぁあああ！

一人で勝手に憤り、三巻の内容へと昇華したわけです。

テーマは温泉と病気の代理戦争。温泉は絶対に勝つ。そう言いたかったのです。

三巻と言えば、新キャラですね。

アリシアさんはめちゃくちゃ脱いでくれました。これには自分でもびっくり。「あれ、これ、大丈夫なんですか」などと編集様にお伺いをたてたぐらいです。

お次はフレアさん。猫人姉妹の新たな仲間（？）として、そのおかんが加わるというハプニング。正直、誰得なのか定かではありませんが、好きです。とにかく書いていて楽しかったです。

最後に燃え吉！　こいつの本名は忘れました。ラヴァ……、えーと、そんな感じの名前でした。燃え吉はこれから様々な形態に進化する予定です。第三巻では巨大な神の兵士みたいになりましたが、これはまだ始まりにしかすぎません。次はサイコミュ搭載かな。乞うご期待です。


編集者様のご配慮で追加エピソードを挿入することができたこと、本当にありがたかったです。

魔女様の名言カレンダー、欲しいなぁ。そんな着想を基に泣ける話を書いてみました。

髪の毛を烈火のごとく赤く光らせた女の子に『お前の温泉は私のもの、私の温泉も私のもの』なんて無茶ぶりされたら泣きますよね。泣いてください。

イラストを担当してくださいました切符様には本当に本当に感謝です。ありがとうございます。本を開いた瞬間のアリシアさんですべてを察していただけると思います。灼熱の魔女様の物語はやりつくしたのかな……とさえ思いましたもの。

また、メテオとクエイクの元気溢れる表紙絵も最高です。

メテオとクエイクと言う、商人姉妹のやんちゃさが現れていて大好きです。

正直言いますと、書籍化が決まるまではケモ耳の女の子の良さがわかっていなかった私です。実際の猫の方が好きでした。しかし、切符さんのメテオとクエイクのデザイン案を見た瞬間に、ケモ耳ファンになったのです。ありえへんやろぉっと叫んだほどです。だから、今回の表紙絵にはうっとりしているのです。

担当を続けてくださっている編集者様にも最大の感謝を。まさか三巻まで行くとは思っておりませんでした。ひとえに編集者様のおかげだと思います。私の乱文を編集してくださることで体調を崩されていないかだけが心配です。どうか、お体を大切に。

第一巻より灼熱の魔女様を応援してくださっている読者様、本当に、本当にありがとうございます。すごく……嬉しいです。

そして、海野アロイ、一世一代のお願いがございます。
ぜひ、灼熱の魔女様のご感想や読後感をSNSなどでシェアしてくだされればと思います。
こちらの灼熱の魔女様はギリギリアウトぐらいの感じらしいので、頑張って宣伝していきたい所存です。あなた様のお力を貸して下さい！　ありがとうございます！

さて、コミック アース・スター様にて、むぎちゃぽよこ先生がコミカライズをしてくださっております。な、なんと、単行本も発売されました！
コミカライズのユオ様もまた非常にかわいいです。それに小説版より性格がいい！　素直！　何より小説版のイメージよりちょっと大きい！　（何がとは言いませんが）
ララさんははじめ登場人物の脱ぎっぷりがすごいので、「うわ、殺しに来てるな」と毎回、殺されています。あなた様もぜひ、コミカライズを御手に取ってくださいませ。

万が一、第四巻が出たら、いよいよ、温泉帝国建国の話に入ります。「へ？　温泉帝国って冗談じゃなかったの？」って思われるかもしれませんが、ララさんは大真面目ですよ！

それではまたお会いしましょう！

我が温泉に一片の悔いなし！（魔女様の名言カレンダーより引用）

今回もまたまた楽しく
描かせて頂きました!
耳いっぱい!

わいい!
無自覚な天才少女は気付かない
~あらゆる分野で努力しても家族が全く褒めてくれないので、家出して冒険者になりました~
辺境の貧乏伯爵
嫁ぐことになったので
領地改革に励みます
~ドラゴンと公爵令嬢~
生贄第二皇女の困惑
敵国に人質として嫁いだら不思議と大歓迎されています
追放された聖女ですが、
実は国中から
愛されすぎてて
怖いんですけど!?
毎月1日刊行!!!!!!!!!

強くてか
無自覚聖女は今日も無意識に力を垂れ流す
今代の聖女は姉ではなく、妹の私だったみたいです
異世界転移して教師になったが、魔女と恐れられている件
～王族も貴族も関係ないから真面目に授業を聞け～
エルフさんの魔法料理店
妖精女王として転生したけれど、まずはのんびりお料理作りまくります！
転生料理研究家は今日もマイペースに料理を作る
あなたに興味はございません
最新情報はこちら!
EARTH STAR LUNA
アース・スタールナ

灼熱の魔女様の楽しい温泉領地経営 ③
〜追放された公爵令嬢、災厄級のあたためスキルで世界最強の温泉帝国を築きます〜

発行 ―――――――― 2023年5月1日　初版第1刷発行

著者 ―――――――― 海野アロイ

イラストレーター ―――― 切符

装丁デザイン ―――― 冨永尚弘（木村デザイン・ラボ）

地図イラスト ―――― おぐし篤

発行者 ―――――――― 幕内和博

編集 ―――――――― 及川幹雄

発行所 ―――――――― 株式会社アース・スター エンターテイメント
〒141-0021　東京都品川区上大崎3-1-1
目黒セントラルスクエア　7F
TEL：03-5561-7630
FAX：03-5561-7632
https://www.es-luna.jp

印刷・製本 ―――――― 図書印刷株式会社

ISBN 978-4-8030-1784-7